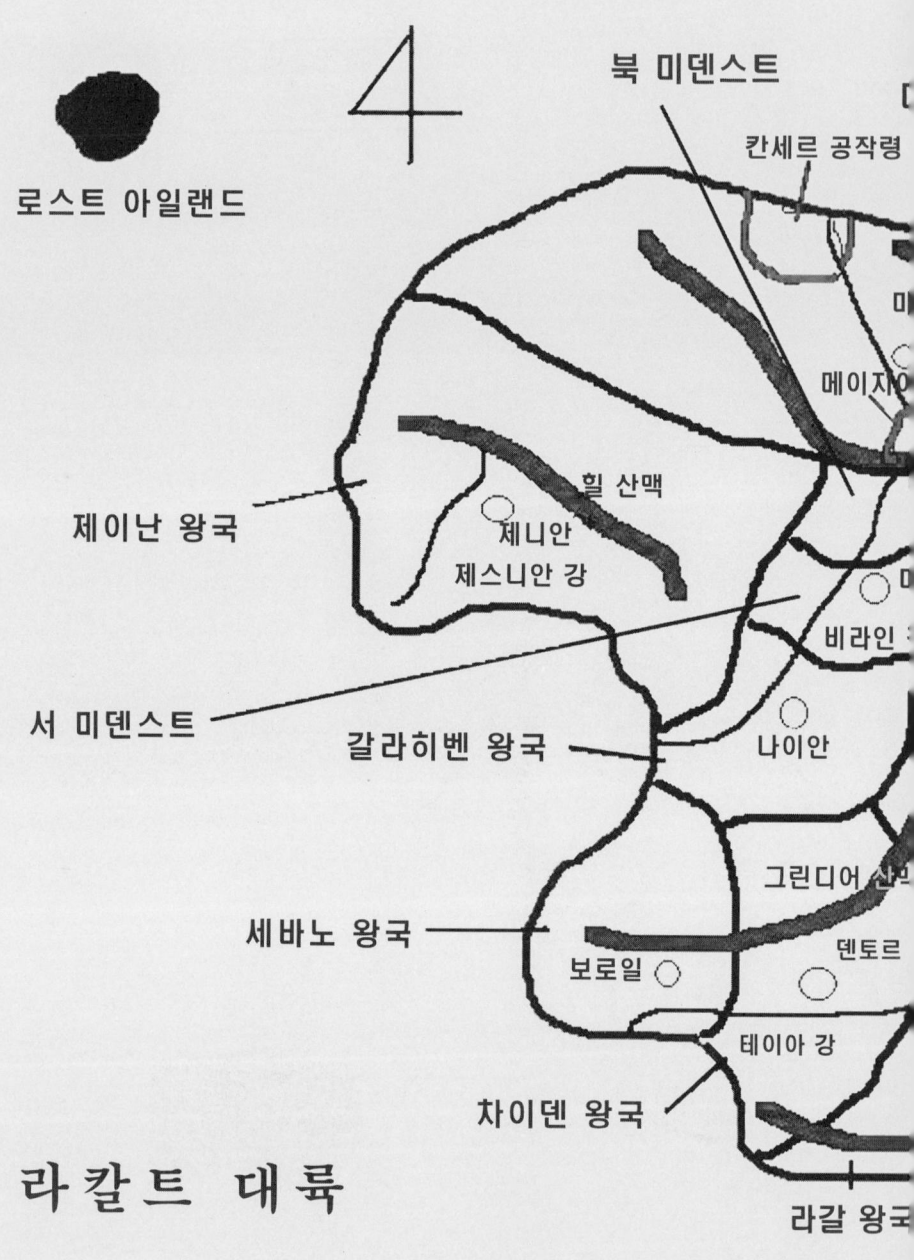

로스트 아일랜드

4

북 미덴스트

칸세르 공작령

메이저

제이난 왕국

힐 산맥

제니안

제스니안 강

비라인

서 미덴스트

갈라히벤 왕국

나이안

그린디어 산

세바노 왕국

덴토르

보로일

테이아 강

차이덴 왕국

라칼트 대륙

라갈 왕국

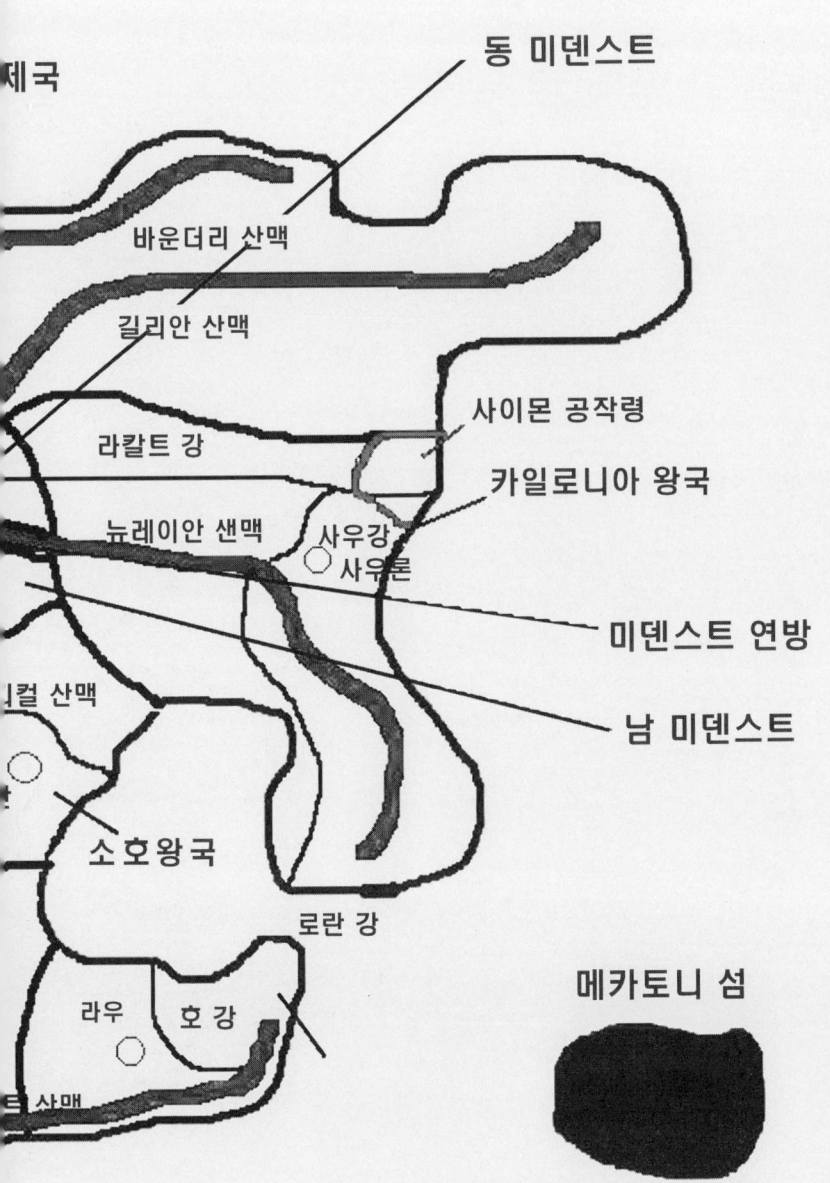

제국

동 미덴스트

바운더리 산맥

길리안 산맥

사이몬 공작령

라칼트 강

카일로니아 왕국

뉴레이안 샌맥

사우강

사우론

미덴스트 연방

남 미덴스트

|컬 산맥

소호왕국

로란 강

메카토니 섬

라우

호 강

트 산맥

GUARDIAN
SWORD

휘파람 소리

가디언 소드

FANTASY FRONTIER SPIRIT

신가 판타지 장편 소설

가디언 소드 2

신가 판타지 장편 소설

초판 1쇄 찍은 날 § 2006년 3월 24일
초판 1쇄 펴낸 날 § 2006년 3월 30일

지은이 § 신가
펴낸이 § 서경석

편집장 § 문혜영
편집책임 § 김민정
편집 § 이재권 · 서지현

펴낸곳 § 도서출판 청어람
등록번호 § 제1081-1-89호
등록일자 § 1999. 5. 31
어람번호 § 제1-0692호

주소 § 경기도 부천시 원미구 심곡1동 350-1 남성B/D 3F (우) 420-011
전화 § 032-656-4452 팩스 § 032-656-4453
http://www.chungeoram.com
E-mail § eoram99@chollian.net

ISBN 89-251-0049-5 04810
ISBN 89-251-0047-9 (SET)

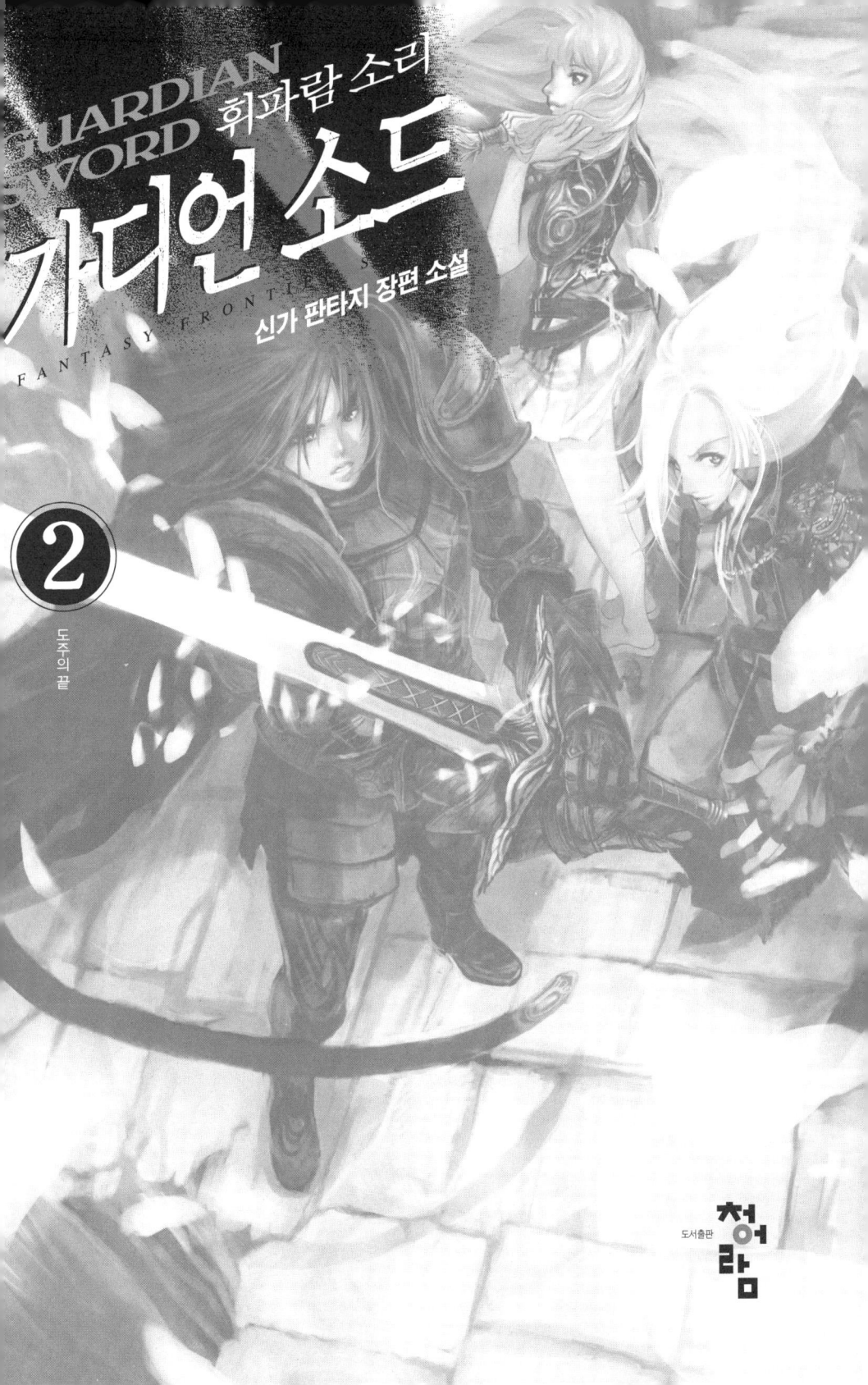

Contents

Chapter 1 난 절대 잔인한 게 아니야 / 7

Chapter 2 차라리 그곳이 상대하기 더 편하다 / 45

Chapter 3 지킨다는 것은 무척 힘든 일이다 / 77

Chapter 4 잃어버린 것은 찾으면 된다 / 107

Chapter 5 무서웠어요 / 149

Chapter 6 그는 이니안 케이 사이몬이다 / 179

Chapter 7 나는 누구죠? / 207

Chapter 8 나의 검에는 눈이 없다 / 233

〈외전〉 이니안의 일기 / 267

Chapter 1

난 절대 잔인한 게 아니야

난 절대 잔인한 게 아니야

검은빛의 눈동자와 은빛의 눈동자가 허공에서 어우러졌다. 둘 모두 라칼트 대륙에서는 흔히 볼 수 없는 신비로운 색의 눈동자다. 그 두 눈이 복잡하게 얽혀 서로를 바라본다.

"그만 말해주는 것이 어떨까, 내가 보고 있는 것들이 뭔지?"

"흐음, 어쩔까나?"

흑안사내의 말에 은안사내가 고민하는 듯한 표정을 짓는다. 그에 따라 흑안에 서서히 살기가 차 오른다. 흑안에 살기가 차 오름에 따라 은안의 사내 얼굴에 땀이 차 올랐다.

"하하하, 이니안. 왜 그래, 장난 좀 친 것 가지고?"

이니안이 온몸에서 살기를 조금씩 피워 올리자 은안의 사내 케라우는 어색하게 웃으며 손을 내저었다.

"내가 지금 듣고 싶은 말은 그런 것이 아닌데?"

이니안은 마나를 오른손에 집중했다. 그러자 오른손 주변의 대기가 넘실거리면서 일렁이기 시작했다. 그 모습을 케라우는 똑똑히 볼 수 있었다. 잔뜩 모여드는 어둠의 힘.

"그, 그러니까 말이야, 지금 네 주위를 돌고 있다는 그 희끄무레한 것들은 말이지……."

이니안은 눈으로 케라우의 말을 재촉했다. 물론 오른손을 살짝 들어 보이는 것을 잊지 않았다. 굳이 이렇게까지 하지 않아도 될 일이지만 케라우라는 녀석은 이렇게 강하게 나가지 않으면 이리저리 사람을 가지고 노는 것을 좋아한다. 그리고 이니안은 그런 것은 질색이었다.

"인간들이 흔히 말하는 유령이라고. 유령이란 것이 원래 죽은 이의 강한 사념에 의해서 어둠의 힘이 모이고 그곳에 영혼이 자리하는 것이지. 영혼이란 본디 육체를 벗어나면 이 세상에 머물지 못하고 죽은 이의 세계로 가야 해. 그런데 이 세상에 미련이나 집착이 강하면 그것들이 죽은 이의 주변으로 어둠의 힘을 불러들이고 육체를 벗어난 영혼은 바로 그 어둠의 힘 속으로 들어가. 그러면 비록 영혼이라 할지라도 이 세상에 머물 수 있지. 그리고 인간들은 그것을 유령이라고 부르는 거야."

오른손을 조금씩 들어올릴 때마다 케라우의 말이 점점 빨라지더니 결국 저 긴 이야기를 숨 한 번 안 쉬고 쏟아냈다.

"진작 그렇게 말했으면 좋았을 것을."

이니안은 오른손에 모은 마나를 풀고 자리에서 일어났다. 그리고 더 이상 케라우에게 볼일없다는 듯 몸을 돌려 자신의 방으로 올라갔다.

"젠장, 빌어먹을 녀석 같으니라고. 무슨 장난 좀 치려고 할라 치면 저리 살벌하게 변하다니. 얼음탱이 같으니라고."

케라우는 이니안의 모습이 시야에서 완전히 사라지자 속에 가득 쌓아놓은 불평을 욕설과 함께 쏟아냈다. 물론 이니안의 예민한 청각이 그것을 듣지 못했을 리 없다. 하지만 이니안은 굳이 그런 것까지는 신경 쓰지 않았다. 케라우가 자신에게 무어라 하든 자신은 자신의 일만 제대로 수행할 수 있으면 그만이었다.

'유령이라……'

자신의 방에 돌아와 침대 위에 가부좌를 틀고 앉은 이니안은 여전히 이곳저곳에 둥둥 떠다니는 희끄무레한 것을 보며 생각에 잠겼다.

"결국 유령이란 존재는 마이너스 마나로 이루어졌다는 말이로군. 케라우 녀석이 어둠의 힘이라고 부르는 것이 마이너스 마나의 일종이라고 생각한다면 말이야."

생각지도 못한 효과였다. 마령천참공을 수련하면서 마이너스 마나를 몸 안에 축적함에 따라 마이너스 마나로 이루어진 유령을 볼 수 있게 되다니.

"그럼 내가 케라우를 보고서 인간이 아니라 뱀파이어라는 것을 안 것도 그놈이 가진 마이너스 마나 때문이겠군. 그리고 그놈이 뱀파이어의 성향을 강하게 띠면 띨수록 그 마이너스 마나가 강해져서 나도 모르게 그 변화를 알 수 있게 되는 것이고."

그간 이니안이 느낀 미심쩍었던 의문들이 실타래 풀리듯 하나하나 풀려 나갔다.

이니안은 지금까지 마이너스 마나를 사용하는 사람은 자신뿐일 거라 생각했다. 그도 그럴 것이, 자신의 지식 한도 내에서는 이 세상에 마이너스 마나라는 개념이 없었으니까. 마이너스 마나라는 것도 이니안 자신이 이곳 라칼트 대륙어로 이니안 자신이 붙인 이름이다. 단지 마령천참공의 책에는 어느 세계의 것인지 알 수 없는 고서의 문자에 '음기', '사기' 라고 적혀 있었을 뿐이니까.

한데 케라우가 자신에게 유령에 관해 설명할 때 어둠의 힘이라는 이야기를 꺼냈다. 그것이 아마 이니안 자신이 알고 있는 마이너스 마나와 비슷한 힘이리라.

"하지만 나는 케라우가 힘을 사용할 때 그것이 마이너스 마나라는 것을 알아보지 못했다. 마이너스 마나라면 절대 못 알아볼 리가 없는데……. 결국 케라우가 말하는 어둠의 힘이란 마이너스 마나와 유사하지만 다른 힘이라는 말이군."

케라우가 자신을 따라 날아올 때, 그리고 자신과 전투를 벌일 때, 케라우가 흡혈을 위한 모습으로 변이를 일으킬 때 이니안은 케라우에게서 어떤 기운의 흐름은 느낄 수 있었지만 그것이 마이너스 마나라고 느끼지는 못했다. 결국 케라우의 어둠의 힘과 이니안의 마이너스 마나는 같으면서도 다르다는 것이다.

"뭐, 그건 상관없지. 어차피 그 녀석 사정이니. 그것보다는 처음 마령천참공을 익혔을 때 보지 못했던 것을 내가 지금 볼 수 있다는 것은 결국은 성취에 따라 나타나는 결과라는 것이겠지?"

이니안은 여전히 자신의 주위를 맴돌고 있는 기운 덩어리들을 바라보았다. 무언가를 자신에게 말하고 싶어하는 듯 자신의 주위를 이리저리 왔다 갔다 하는 기운 덩어리들.

이것들이 유령이라는 것을 알지 못할 때는 무척이나 기이하다 생각했는데 이제는 어느 정도 이해가 갔다.

이들은 자신이 볼 수 있다는 것을 느끼는 듯했다. 처음에는 자신에게 무관심하다가 자신이 그 기운들에 반응을 하자 그들은 자신에게로 몰려들었으니까. 틀림없이 자신에게 바라는 것이 있기에 몰려드는 것이다. 그들을 볼 수 있는 인간이었기에.

"뭐, 그것도 이 녀석들 사정일 테지."

이니안은 곧 가부좌를 풀고 이불 속에 몸을 묻었다.

케라우의 설명에 따르면 유령이란 이 세상에 미련이나 한이 남은 사람들의 영혼이 어둠의 힘을 끌어 모은 것. 결국 그 미련과 한을 풀고 싶어할 것이고, 그들을 볼 수 있는 이니안 자신에게 매달리려 한다는 것은 보지 않아도 뻔했다. 하지만 그건 그들의 사정. 이니안이 굳이 피곤하게 관여할 일이 아닌 것이다.

마령천참심법의 성취가 사성에 오르면서 이들이 보이기 시작했으니 아마 앞으로 성취가 더 오르면 더욱 뚜렷이 볼 수 있을 것이다. 그리고 이야기를 나눌 수 있을지도 모른다. 그렇다면 더욱 피곤해지리라.

"젠장, 귀찮은 것은 딱 질색인데……."

거기까지 생각이 미친 이니안은 이 한마디를 남기고는 곧 잠의 세계에 빠져들었다.

다음날 아침.

모처럼 맞는 상쾌한 아침이다. 급박한 도주와 노숙으로 쌓인 피로가 어디 하룻밤으로 사라질까마는 그래도 얼마 만의 편안한 잠자리였던가. 케라우의 얼굴도 로즈의 얼굴도 무척이나 밝았다. 푹 쉬었다는 증거가 곳곳에 남아 있었다.

이니안 역시 푹 쉬었다. 그래서 기분 좋게 일어났다. 그 좋던 기분을 곧 잡쳤지만.

"후우… 어떻게……."

이니안은 자신의 앞에 놓인 수프를 먹는 둥 마는 둥 하면서 한숨을 쉬었다.

"크크크크."

케라우는 알 것 같다는 얼굴로 웃으며 차를 마시고 있었다. 뱀파이어인 그에게 인간의 음식은 별다른 영양분이 되지 않는다. 다만 그 맛은 느낄 수 있어 가끔 먹기는 하지만 케라우는 음식은 그다지 즐기지 않았다. 대신 차와 술을 즐겼다.

"왜 그래요?"

로즈가 두 사람을 번갈아 보다가 물었다. 한 명은 한숨을 쉬고 있고 다른 한 명은 키득거리며 웃고 있으니 그녀로서는 궁금할 수밖에.

"이니안 저 얼음탱이 녀석, 사람들이 못 보는 것을 보거든. 크크크크."

파각.

케라우가 즐겁다는 듯 웃으며 로즈에게 대답을 하는 순간 테이블의 모서리가 부러져 나갔다. 부러진 조각은 이니안의 왼손에 들려 있었다.

"네놈, 알고 있었군."

화가 가득한 목소리.

"당연히 알고 있지. 나 역시 그것들과 사용하는 힘이 같은걸."

"그런데……"

"그야 내가 말해주기 전에 네가 먼저 들을 거 다 들었다고 올라갔잖아."

이니안이 무어라 하려 할 때 케라우가 먼저 그 말을 잘랐다. 그가 하고 싶은 말을 더 하게 놔두면 분명 또 살기를 풀풀 풍기면서 자신을 위협할 테니. 케라우는 이니안을 말로써 이기려면 기선 제압이 중요하다는 것을 깨달았다. 그렇지 않으면 당장에 살기를 피워 올리는 녀석이니. 살기를 피워 올릴 틈을 주면 안 되었다.

"너, 그놈들이 밤에만 보일 줄 알았지? 그거야 어쩌다가 어둠의 기운에 예민한 인간들의 경우지. 유령은 낮이나 밤이나 그 자리에 존재한다고. 다만 밤에는 어둠의 힘이 강해지기에 더 강한 힘을 가지고 그것을 어둠의 기운에 조금 더 민감한 인간들이 간혹 보는 거라고."

기선 제압. 그것이 중요했기에 케라우는 자신이 알고 있는 사실을 쏟아냈다. 이니안이 찍소리도 못하게 하기 위해서. 과연 이니안은 얼떨떨한 얼굴로 케라우를 바라보고 있었다.

'후훗, 이 얼음탱이도 이런 표정을 지을 줄 아는군.'

케라우가 본 이니안의 얼굴은 대부분 차갑게 굳어 있는 표정이었다. 그러다가 이제야 인간다운 표정을 짓게 만드니 그 쾌감이란⋯⋯.

"우와! 이니안 오빠! 유령을 볼 수 있어요?"

두 사람의 대화를 재미있게 바라보던 로즈가 놀랍다는 듯 끼어들었다.

"대단하다. 유령은 어떻게 생겼어요? 말로만 들었지 단 한 번도 본 적이 없는데."

로즈는 정말로 궁금하다는 눈으로 이니안을 보며 물었다.

"대단할 것 없다. 귀찮을 뿐인 것을."

그 대답을 하는 순간에도 이니안의 눈앞에 희끄무레한 기운 덩어리가 자리했다. 그 덕에 이니안의 시야가 희뿌옇게 변했다. 유령을 통해서 그 건너편의 모습을 보기에.

"젠장."

갑작스러운 이니안의 욕설에 로즈는 고개를 갸웃거렸다. 그의 모습에서 그 욕설의 대상이 자신과 케라우가 아니라는 것을 안 까닭이다.

"큭큭큭, 그냥 적응하라구."

이니안의 당황한 모습이, 짜증 어린 모습이 재미있다는 듯 바라보던 케라우가 예의 그 기분 나쁜 웃음과 함께 말했다.

"네놈은 어떻게 평소에는 이 귀찮은 것들을 안 볼 수 있지?"

"그야 평소에는 눈에 어둠의 힘을 보내지 않으니까. 사실 꽤 귀찮다고, 이 징그러운 녀석들을 보고 있는 것은. 특히 상대가 자신들을 볼 수 있다는 것을 알면 얼마나 징하게 달라붙는데."

케라우는 넌덜머리가 난다는 듯 고개를 좌우로 흔들며 말했다.

"뭐, 그래도 계속해서 보면 익숙해지겠지. 넌 나랑 달리 얼음탱이니까. 케케케."

이니안이 곤란한 상황에 빠진 것이 무에 그리 즐거운지 케라우는 계속해서 이니안을 놀려대며 웃었다. 다만 이니안이 살기를 발하면 즉시 몸을 피할 준비를 하고서 말이다.

"못됐어요."

두 사람의 대화에서 로즈는 상황이 어떻게 된 것인지 대강 추측할 수 있었다. 그녀의 머리는 그리 나쁘지 않았다. 다만 경험이 부족할 뿐.

"이런, 로즈 양. 절대 제가 못된 것이 아닙니다. 로즈 양도 보셨잖습니까, 저 녀석의 평소 행동을. 전부 인과응보입니다. 신이 저런 녀석을 그냥 둘 리 없죠. 저런 얼음탱이를 말입니다."

로즈의 말에 케라우는 얼른 진지한 표정을 하고는 정중히 이야기했다. 하지만 그 얼굴이 이니안을 향하는 순간 금세 웃음 가득한 표정으로 바뀌었다. 물론 그것은 상대를 놀려먹고 쾌감을 느낄 때 나오는 그런 웃음이었다.

"훗, 고맙군."

이니안은 그런 케라우의 얼굴을 마주 보며 피식 웃었다. 가소롭다는 듯.

그 웃음을 보는 순간 케라우의 얼굴이 팍 일그러졌다.

"너, 설마?"

"네 녀석이 그렇게 쉽게 방법을 가르쳐 줄 줄은 몰랐어. 뭐, 나도 조금만 생각해 보았다면 알 수 있는 방법이지만 내가 거기까지 차분히 생각을 하기에는 지금까지 너무 짜증에 차 있었거든. 원래 마음이 안정이 안 되면 머리도 안 돌아가는 법이니까."

이니안의 얼굴에는 여유로운 웃음이 맺혀 있었다.

"설마 몸에 흐르는 기운도 자유자재로 조절할 수 있단 거냐?"

케라우는 벌떡 일어나 부들부들 떨리는 손가락으로 이니안을 가리키며 말했다.

"후우, 좋군. 세상이 이렇게 맑고 깨끗한 줄은 몰랐어."

지금까지 케라우에게 당한 것에 대한 보복일까? 차가운 얼굴로 좀처럼 농담이란 것을 하지 않는 이니안이 케라우를 놀리듯 딴소리를 늘어놓는다.

"빌어먹을 괴물 얼음탱이 같으니……."

하지만 이니안은 그런 케라우를 무시한 채 묵묵히 식사에 열중했다. 정신을 어지럽히던 존재들도 사라졌으니 평소의 모습으로 돌아온 것이다. 이니안은 이제야 자신의 입으로 들어가는 수프의 맛을 느낄 수 있었다.

"찾았나?"

"네."

"빠르군."

"그게 저희들의 일이니까요."

음산한 분위기가 짙게 깔린 방. 두꺼운 커튼이 가린 작은 창 사이로 들어오는 한줄기 빛이 아직은 낮이라는 사실을 알려주고 있었다. 벽을 마주 보며 덩그러니 놓여 있는 소파 하나가 이 방에 있는 집기의 모두였다. 한 인영이 그 소파에 몸을 깊게 묻고 있었다.

"크크크, 역시."

음산한 웃음은 소파에 앉은 인물의 입에서 흘러나왔다.

"앞으로 어떻게 하면 되겠습니까?"

소파의 뒤편에 한쪽 무릎을 꿇고 부복한 인물에게서 진득한 목소리가 흘러나왔다.

"잠시 흔적을 놓쳤다지만 처음대로 해야겠지. 죽여라. 최대한 빠른 시간 안에."

"네."

수하로 보이는 인물이 고개를 숙였다.

"아, 지금까지처럼 쉽지는 않을 거야. 같이 다니는 용병도 여간내기가 아닌데다가 카르세온 그 친구가 쫓고 있으니까."

"주의하겠습니다."

"그래, 절대 공작에게 그 아이가 넘어가면 안 된다. 기필코 죽여야해."

"네."

그 대답과 동시에 무릎을 꿇고 앉아 있던 이가 연기처럼 사라졌다.

소파 하나를 제외하고는 아무것도 없는 무미건조한 방. 오직 음산한 기운만이 가득 자리한 방에 홀로 남은 남자의 입에서 예의 그 음침한 웃음이 새어 나왔다.

"크크크크, 과연 누가 빠를까? 칸세르 공작 당신은 그 일 이후 그들을 버린 것이 얼마나 뼈아픈 실수인지 모르겠지. 크크크, 하긴 당신은 애초에 평민들의 손을 사용하는 것을 탐탁지 않게 여겼으니까. 그때도 말이야. 크흐흐, 당신은 중요한 걸 모르고 있어. 세상은 귀족의 것이 아니라 평민의 것이라는 걸. 그러니 벌써 나에게 뒤처지는 거야. 크하하하하!"

사내의 광소가 방 안을 가득 채웠다.

"네놈, 쓸 수 있는 무기 있나?"

"내가 무기가 필요할 리 없잖아?"

이니안의 물음에 케라우가 투덜거렸다. 그는 이니안이 자신을 무시한다고 여긴 것이다. 무기도 없이 손톱만으로 어찌 싸우느냐는 듯 들렸기에.

"귀찮게 됐군."

"왜 그러는데?"

이니안의 행동에 케라우가 넌지시 물었다.

"앞으로는 큰 성에도 들어가야 할 테니 신분증이 필요하다. 이곳에 마침 용병 길드의 지소가 있으니 만들어둬야지."

이니안은 바실러스 영지에서 자신의 소지품을 모두 빼앗겼기에 로즈의 가짜 신분증도 없는 상태였다.

조금 큰 영지라면 용병의 신분증을 위조하는 것은 일도 아니지만 이곳은 용병 길드의 지소가 있는 것이 고작인 마을이다. 결국은 실제로 용병 길드에 용병으로 등록을 하고 신분증을 받아야 하는 것이다. 로즈의 경우야 자신이 신분 보증인이 되어 용병 길드로부터 신분증을 받아낼 수 있다지만 케라우까지는 곤란했다.

아니, 정확히 말하자면 귀찮았다. 로즈야 아무런 힘이 없기에 용병으로 등록을 할 수 없어 그런다지만 케라우는 스스로 신분증을 만들 능력이 있었다. 그러니 굳이 이니안이 해줄 필요는 없는 것이다. 사실 신분증이 필요하다는 것과 그것을 어떻게 얻어야 하는지 가르쳐 주는 것만 해도 이니안으로서는 큰 인심을 쓴 것이다. 어차피 케라우는 이니안에게는 귀찮은 혹일 뿐이니까.

"그래? 용병으로 등록을 하려면 꼭 무기를 써야 해?"

"맨손으로 몬스터를 잡는 인간은 없으니까."

이니안이 짤막하게 대답했다.

"오빠, 그럼 저도 같이 용병으로 등록해야 해요?"

바실러스 영지에서의 일이 떠오른 로즈가 걱정스러운 얼굴로 물었다. 그녀는 아무런 힘이 없는 단순한 여행자였으니까.

"그럴 필요 없다. 넌 나와 계약을 한 의뢰자니까. 길드에서는 용병과 계약을 한 의뢰자에게 편의를 봐주기 위해서 계약한 용병을 신분 보증인으로 세워서 길드의 신분증을 발급해 준다."

그 말에 로즈의 얼굴에 안도의 기색이 어렸다.

"그럼 그냥 나도 그 의뢰자로 묶어주면 안 될까?"

이니안의 설명에 케라우가 끼어들었다.

"내가 왜 그래야 하지?"

"쳇, 얼음탱이 녀석."

케라우는 자신의 예상대로 이니안의 대답이 튀어나왔기에 역시 자신이 준비한 말을 입 밖으로 내보냈다. 하지만 역시나 이니안은 조금의 변화도 보이지 않았다. 그 모습에 케라우는 다시 한 번 투덜거렸지만 별수있겠는가. 그저 자신의 능력으로 신분증을 만들어야지.

"엉? 여긴 용병 길드가 아닌데?"

그저 자신의 페이스대로 앞으로 나아가던 이니안이 걸음을 멈추자 케라우가 옆에 있는 건물을 보면서 이상하다는 듯 중얼거렸다.

"나도 맨손이니까."

이니안이 그 대답만 하곤 문을 열고 안으로 들어갔다.

"맞아요, 케라우 씨. 지금 아무런 무기도 없으니까 일단 무기부터 준비해야죠. 앞으로도 계속 추적자들을 피해 이동하려면요."

로즈는 문 옆의 간판을 보고 이곳이 무기점임을 알고는 이니안의 뒤를 따라 들어갔다.

"쩝, 나는 무기가 있는 것이 오히려 더 불편한데……."

케라우는 안으로 들어서면서도 여전히 투덜거렸다.

케라우가 무기점 안으로 들어가서 제일 먼저 본 모습은 이니안의 진지한 눈빛이었다. 벽에 진열된 여러 종류의 검을 진지하고 차분한 모습으로 지켜보는 이니안.

'쳇, 모르는 사람이 봤으면 엄청 멋있는 녀석으로 착각하겠구만.'

지금 이니안의 모습은 멋졌다. 손에 쥔 검에 모든 정신을 집중하는 그 모습은 멋지다는 말 이외의 말로는 표현할 수 없었다.

이니안은 이리저리 걸음을 옮기면서 검 하나하나를 유심히 살폈다. 어떤 것은 들었다가 놔보기도 하고 어떤 것은 가볍게 휘둘러 보기도 했다. 그러는 동작 하나하나가 어찌나 진중하고 엄숙해 보이는지 로즈는 근처에서 가만히 지켜보기만 할 뿐 가까이 다가가지도 못했다.

무기점의 주인과 점원도 그런 이니안의 모습에서 그가 검에 대해 상당한 조예를 가지고 있다는 것을 알아보고는 그저 가만히 그가 검을 고르기만을 기다리고 있었다. 저런 이들은 오히려 점원이 옆에 붙어서 설명하는 것을 극도로 싫어했기 때문이다. 무기점 장사를 제법 하다 보면 그런 손님을 한둘을 보는 것이 아니었다.

얼마나 진열대 앞을 오락가락했을까? 결국 이니안은 검 하나를 들고 주인 쪽으로 걸음을 옮겼다.

"이것으로 하지."

"10골드입니다."

주인은 별다른 말 없이 검의 가격만 이야기했다. 눈앞의 사람은 흥정이 통하지 않는다는 것을 알기에 전날 잡화점 주인과 같은 수작은 부리지 않았다. 이니안 역시 별다른 말 없이 돈을 건네주었다.

"감사합니다."

"좋은 검이니까."

로즈의 눈에는 별달리 좋아 보이지 않는 검이었다. 오히려 그 검보다 훨씬 좋아 보이는 검들이 주변에 많았다. 이니안이 고른 검은 그저 평범해 보이는 롱소드였으니까.

검을 골랐기에 이니안이 나갈 거라 생각했던 케라우와 로즈는 몸을 돌리다가 멈칫했다. 이니안이 또 다른 진열대로 걸음을 옮겼기 때문이다. 이번에는 그리 오랜 시간이 걸리지 않았다.

이니안이 새로이 고른 것은 단검 몇 개와 건틀릿 하나였다.

"이것도."

"그것 모두해서 12골드입니다."

"건틀릿 가격은?"

"건틀릿이 8골드, 단검이 한 자루에 1골드씩입니다."

고개를 끄덕인 이니안은 가격을 지불하고 그제야 무기점을 나섰다. 롱소드는 벨트에 부착된 검대에 걸고 단검은 입고 있는 가죽 조끼 주머니에 두 자루를, 왼쪽 허벅지 부근에 있는 바지 주머니에 한 자루를 넣었다.

"받아."

그리고 나머지 한 자루는 로즈에게 내밀었다.

"이건?"

로즈는 단검을 받아 들지 않고 이니안을 멀뚱히 바라보았다.

"혹시 모르니까."

이니안의 대답에 로즈는 단검을 받아 품에 갈무리했다.

"이건 네놈 거다."

이니안은 건틀릿을 케라우에게 던졌다.

"이따위 것 필요없어."

자신을 향해 제법 강한 힘을 가지고 건틀릿이 날아왔기에 일단 케라우는 그것을 받아 들었다. 하지만 그 목소리는 퉁명스럽기 그지없었다.

"13골드다."

무심한 이니안의 목소리.

"이봐!"

그제야 건틀릿의 가격을 따로 물어본 이니안의 의도를 깨달은 케라우가 소리를 질렀지만 이니안은 당연히 들은 척도 하지 않았다. 로즈와 함께 용병 길드 지소로 방향을 잡고 걸음을 놀리고 있을 뿐.

"저 빌어먹을 녀석……."

케라우는 투덜거리며 건틀릿을 살폈다. 이니안이 멋대로 자신에게 빚을 지우게 만든 물건이기에 울화통이 터지지만 살펴보기는 해야 했다.

"쳇, 얼음탱이가 제법 신경을 썼군."

입으로는 투덜거리면서 어쨌든 케라우는 건틀릿을 팔에 장착했다. 사실 이니안이 케라우에게 던진 건틀릿은 케라우의 전투 성향을 상당히 고려해서 고른 것이었다. 무기점에서는 아무렇게나 고르는 듯 보였는데 그것이 아니었다.

건틀릿은 손등에서 시작해 팔꿈치 부근까지 오는 길이로 팔을 보호하는 형태를 하고 있었다. 다른 일반적인 건틀릿과의 차이라면 팔등 부분에 세 개의 날카로운 칼날이 접혀 있다는 것이었다. 접혀진 칼날을 펴면 마치 손톱을 길게 뽑아낸 것과 같은 형태가 되었다. 딱 케라우의 전투 시 모습이었다. 케라우와 한 번 전투를 벌였던 이니안이 그의 전투 방식을 최대한 고려하여 고른 무기인 것이다.

물론 이런 건틀릿 따위보다야 자신의 손톱이 훨씬 강력했다. 그러나 아무 데서나 손톱으로 싸울 수는 없었다. '나, 뱀파이어이니 성기사들이여, 날 잡아주쇼' 하고 광고하고 다닐 생각이 아니라면 말이다.

건틀릿을 살피며 이동하자 어느새 용병 길드의 지소에 도착했다. 용병 등록에 필요한 서류 작성은 이미 이니안이 마친 듯했다. 케라우가 문을 열고 들어서자 이니안이 턱짓으로 한곳을 가리켰다. 그곳에는 우락부락하게 생긴 용병이 한 명 서 있었다.

"뭐?"

케라우가 이니안에게 그 의미를 물었다.

"등급 결정을 위한 테스트."

이니안의 대답에 고개를 끄덕인 케라우는 눈앞의 용병을 따라 사라졌다. 케라우를 보낸 후 이니안은 자신의 용건을 시작했다.

"용병 신분증을 재발급받고 싶은데."

"분실하셨나요?"

"그렇다."

길드 입구 앞의 안내대에 앉은 길드 여직원의 말에 이니안은 짧게 대답했다.

"성명이 어떻게 되시죠?"

"이니안."

"성은 없나요?"

"그렇다."

이니안의 대답에 그녀는 책상 아래편에 있는 수정 구슬 몇 개를 만지작거렸다. 그러자 수정 구슬이 빛을 발하며 반응을 보였다.

"이니안이라는 이름의 용병은 모두 열다섯 분입니다. 등급이 어떻게 되시죠?"

"B급."

"B급은 모두 네 분입니다. 출신지가 어디죠?"

"카일로니아."

이니안은 이미 이런 상황에 익숙한 듯 짧게 필요한 말만으로 대답했다. 직원 역시 이런 일에 익숙한 듯 이니안의 짧은 대답에 별말없이 정해진 절차에 따라 확인해 나갔다.

"아, 한 분이네요. 그럼 손을 이리 주세요."

여직원은 작은 수정 구슬 하나를 안내대 위에 올리며 말했다. 이니안은 익숙한 동작으로 수정 구슬을 잡았다.

"네. 확인되었습니다, 이니안님. 용병 증명패의 재발급 비용은 1골드입니다."

이니안은 품에서 1골드를 꺼내 건넸다.

"그리고 이쪽은 호위를 부탁한 의뢰자인데 이곳으로 오는 중 사고로 신분증을 잃어버렸다. 그래서 신분 보증서가 필요한데……."

"네, 알겠습니다. 발급 비용은 1골드입니다. 그리고 용병 길드에서 발급해 드리는 신분 보증서는 계약 기간 동안만 유효하다는 것 아시죠? 계약이 이행되는 동안 신분증 발급이 가능한 성도에서 재발급을 받도록 하세요."

이니안이 건넨 1골드를 받은 여직원이 웃으며 로즈에게 질문했다.

"성명이 어떻게 되죠?"

"로즈요."

"네, 로즈 씨. 출신은요?"

"미오나인 제국. 타다나인 영지의 팔마스 마을입니다."

"네, 됐습니다. 여기 신분 보증서입니다. 아, 그리고 길드에서 신분 보증서를 발급한 이상 두 분의 계약에 대한 계약서가 필요한데요. 이곳에 기입해 주시겠어요?"

여직원이 내민 종이를 받아 든 이니안은 익숙한 솜씨로 계약서의 빈칸을 채워 나갔다. 그리고 마지막으로 계약서의 한 귀퉁이에 서명을 한 후 로즈에게 내밀었다.

"네?"

"서명."

“아.”

이니안의 말에 그제야 자신이 할 일을 깨달은 로즈는 이니안의 서명 밑에 자신의 서명을 했다.

“네, 이것으로 절차는 끝났습니다. 감사합니다. 조금 전에 테스트를 받으러 가신 일행 분을 기다리실 거죠? 그럼 저기 의자에 앉아서 기다려 주십시오.”

여직원은 친절한 미소와 함께 고개를 숙였다.

‘이곳, 마음에 드는군.’

용병 길드는 자고로 거친 용병들이 많이 드나드는 곳이었다. 그랬기에 입구에 있는 안내대의 직원들도 거칠기 마련인데 이곳은 아주 친절했다. 물론 수도의 용병 길드 역시 친절하기는 하지만 변방의 길드 지소에서는 보기 힘든 모습이었다.

얼마나 기다렸을까? 케라우가 만족한 웃음을 지으며 조금 전 걸어 들어갔던 곳에서 모습을 나타냈다.

“케라우님, 이곳으로 와주십시오.”

예의 그 여직원의 부름에 케라우는 안내대로 걸음을 옮겼다.

“테스트 결과 A급 용병 판정이 나왔습니다. 그럼 여기 케라우 드로라토시스 님의 용병 증명패입니다. 그리고 용병 신규 등록비와 증명패 발급비 모두 해서 5골드입니다.”

돈 이야기가 나오자 케라우의 시선이 이니안을 향했다. 그럴 수밖에 없는 것이, 지금 그는 가진 돈이라고는 하나도 없었다.

“18골드.”

그 말과 함께 이니안은 1골드짜리 금화 다섯 개를 케라우에게 던졌다. 사방으로 흩어져 어지럽게 날아오는 동전이건만 케라우는 능숙한 손길로 깔끔하게 다섯 개의 동전을 잡아 안내대의 여직원에게 건넸다.

"우와! 과연 A급 용병다우신 모습이네요."

여직원의 칭찬에 슬쩍 미소를 지어준 케라우는 자신의 용병 증명패를 가지고 몸을 돌렸다. 어느새 이니안은 길드의 문을 열고 밖으로 걸음을 옮기고 있었다.

"그럼 오늘 하루 더 쉬고 내일 아침에 떠나는 건가?"

용병 길드를 나서서 걸음을 옮기며 케라우가 물었다. 이니안은 대답을 고개를 끄덕이는 걸로 대신했다. 하루 더 마을에서 쉰다는 말에 로즈의 얼굴이 살짝 밝아졌다. 하지만 곧 어두운 기색이 내려앉았다.

"정말 내일 가는 거예요? 그렇게 이 마을에 오래 머물러도 되는 거예요?"

"괜찮다."

걱정스러운 로즈의 물음에 이니안이 무뚝뚝하게 대답했다. 그리곤 곧 마을 중심부의 잡화점 이곳저곳을 들락거리면서 여행 준비를 했다. 정확히는 도주 준비이지만.

"벌써 점심때가 지난 것 같은데요?"

아침을 일찍 먹고 여관을 나섰지만 용병 길드에 들르고 이것저것 하다 보니 시간이 많이 지체되었다. 해가 짧은 겨울이었기에 이미 태양은 상당히 낮은 곳으로 내려와 있었다. 로즈의 말에 그제야 시간의 흐름을 깨달은 이니안이 고개를 끄덕였다.

"그렇군."

이니안의 말에 로즈의 얼굴이 활짝 밝아졌다. 그 짧은 대답은 이제 식사를 하러 가겠다는 의미였으니까. 이니안의 뒤를 따라가는 로즈의 발걸음이 가벼워졌다는 것은 굳이 밝히지 않아도 될 일이다.

인간과는 영양을 섭취하는 방법에 다른 케라우는 별달리 식당으로 갈 필요를 느끼지 못했다. 다만 그가 따라다니는 이니안과 로즈가 이제 식당으로 향하니 그 뒤를 따를 뿐이었다.

여관까지의 거리도 제법 있었고 아직 사야 할 물품도 남았기에 세 사람은 근처의 가까운 식당으로 들어갔다.

"어서 오세요!"

얼굴에 주근깨가 가득한 소년이 밝게 웃으며 세 사람을 맞이했다.

"세 분이신가요?"

소년의 물음에 이니안이 고개를 끄덕였다.

"그럼 이곳으로 오세요. 마침 창가에 좋은 자리가 있어요."

쾌활한 모습으로 세 사람을 자리에 안내한 후 물잔을 테이블에 올려놓은 소년은 메뉴 판을 내밀었다. 냉큼 메뉴 판을 받아 펼쳐 든 이는 로즈였다.

"로즈, 지금까지 네가 쓴 돈은 1골드 32실버다."

메뉴를 살피는 로즈에게 이니안이 무심히 말했다. 그 액수는 새로 산 옷값과 전날의 식사와 여관비의 합이었다. 그의 말에 가장 놀란 이는 케라우였다. 이니안의 말이 무엇을 의미하는지 잘 알기에. 자신이 어제, 오늘 이틀간 얼마나 당했던가!

'설마 저 인간이…….'

"오빠, 너무 빡빡한 것 아니에요? 누구 씨가 갑자기 안아 들고 뛰쳐나가는 바람에 달랑 옷 한 벌만 남은 숙녀에게 말이죠."

로즈 그녀도 이니안이 하는 말의 의미를 알았다. 그녀 자신이 먼저 시작한 일이니까.

"이렇게 하자고 한 건 너였다."

하지만 그런 투덜거림은 이니안에게 통하지 않았다.

오죽하면 오전에 용병 길드에서 쓴 계약서의 의뢰비 기입란에 있는 그대로 '빵 두 조각과 차가운 우유 한 병'이라고 썼겠는가. 물론 그 여직원이 그 부분은 제대로 살피지 않아 별다른 일 없이 넘어갔지만 말이다.

길드를 통하지 않고 개인 대 개인으로 이루어진 계약에 대해서는 길드에서 별다른 간섭을 하지 않는다. 물론 길드에 중개료를 내지 않아도 된다. 길드에서 그런 경우의 계약서를 요구하는 경우는 길드에 신고를 했을 때가 유일하다. 이니안의 경우는 로즈의 신분 보증서가 필요했기에 그것을 제출했고, 길드의 입장에서는 혹시 모를 일을 대비해 계약 관계에 대한 증거 자료로 계약서를 요구한 것이다. 즉, 그들 입장에서는 이니안과 로즈 사이에 합의된 의뢰비와 하등 상관이 없는 부분이었기에 여직원이 대충 넘긴 것이다.

"하지만 말이에요, 가진 거 하나 없이 몸뚱이 하나 있는 연약한 숙녀가 무슨 수로 그런 돈을 지불하냐고요."

로즈의 목소리가 처연하게 가라앉았다. 눈가에 조금씩 습기가 어리기 시작한다. 보는 이가 절로 동정심이 일 듯한 얼굴이다. 가만히 그들이 하는 양을 지켜보고 있던 주근깨 소년이 눈가의 눈물을 훔칠 정도로.

로즈의 모습은 완벽했다.

파르르 떨리는 눈꺼풀과 속눈썹, 눈가에 살짝 어린 물방울, 살짝 아래로 내리깐 눈, 발갛게 물든 뺨과 처연한 눈빛, 살짝 들썩이는 어깨까지…….

결코 불쌍해 보이지 않으나 애절한 모습.

저절로 마음이 일어 행동으로 옮기게 만드는 모습이다.

정말이지, 완벽하게 상대의 동정심에 호소하는 모습의 표본이었다. 이러한 모습에도 도와주지 않는다면 그는 그야말로 피가 얼음으로 되어 있고 가죽은 철판으로 된 인간이리라.

하지만 그런 인간 같지도 않은 인간은 분명 존재했다. 수많은 인간 군상 중 어찌 그런 인간이 없겠는가.

한데 그 인간이 지금 눈앞에 앉아 있는 인간이라는 것이 중요했다. 정말이지, 이니안은 눈 하나 깜짝하지 않았다. 그저 로즈를 무심히 바라볼 뿐.

"빌려주지. 단 목적지에 도착하면 갚아라."

냉정했다. 차가웠다.

"흑."

그 말에 신음을 흘린 것은 로즈가 아니라 여태껏 그 모든 모습을 지켜보고 있던 소년이었다.

"뭐지?"

그 소리에 이니안의 차가운 눈길이 소년을 향했다.

"저… 주문은 어떻게 하시겠어요?"

그제야 자신의 일을 상기한 소년이 조심스레 물었다. 그의 말에 계속해서 이니안을 쏘아보던 로즈는 시선을 메뉴 판으로 돌렸다. 어쨌든 배가 고픈 것이 현실이었고 그 허기를 잠재워야 했기에. 물론 속으로 이니안에게 있는 욕, 없는 욕 몽땅 끌어다 퍼부었음은 말할 필요도 없었다.

"매정한 인간."

메뉴 판을 넘기는 가운데 조용히 새어 나온 목소리. 그것을 끝으로 로즈는 메뉴 판에 온 신경을 집중했다.

"이러자고 한 건 너였다."

조금 전에 했던 말을 반복하는 무뚝뚝하면서도 차가운 이니안의 목소리.

"흥, 속은 좁아 터졌어요. 아직도 그 일을 기억해서는 이렇게 연약한 숙녀를 괴롭히고."

메뉴 판으로 이니안의 시선을 가리자 없던 자신감이 솟았음인가. 로즈가 가시 돋친 목소리로 투덜거렸다.

파직.

이니안이 반응을 보였다.

'저 녀석, 속이 좁긴 좁은 모양이군. 분명 '속 좁은'에서 반응을 보였어.'

케라우는 두 사람의 모습을 계속 관찰하고 있었기에 그 변화를 정확히 알 수 있었다.

"여기 치킨 샐러드, 오믈렛, 그리고 빵, 이렇게 가져다줘요."

이니안의 변화를 감지했음인가? 로즈는 얼른 주문을 마치고 메뉴 판을 소년에게 주고는 고개를 돌려 딴청을 피웠다. 창밖으로 언뜻 보이는 하늘을 계속해서 바라보는 로즈.

그 모습에 이니안은 이러지도 저러지도 못하고 그저 이마에 힘줄이 불끈 솟은 상태로 로즈를 노려볼 뿐이었다.

'흐음, 저 얼음탱이를 반응하게 만들려면 속이 좁다고 하면 되는군. 아, 그리고 신참도 있었지?

이니안은 모르고 있었다. 케라우가 자신을 바라보면서 의미심장한 미소를 짓고 있음을.

속 좁은 녀석.

이니안이 가장 듣기 싫어하는 세 가지 말 중 하나였다. 그 세 가지는 '신참', '속이 좁다', '약한 녀석'이다. 이 세 가지 말 모두 그의 형이 그를 놀릴 때 쓰는 말이었기에.

이니안에게 있어 형은 언제나 넘어서야 할 벽이었고, 넘어설 수 없는 한계였다. 그랬기에 형과 관련이 있는 것들은 콤플렉스가 되어 그의 가슴 깊숙한 곳에 자리하고 있었다.

끼익.

"할머니! 할머니!"

그때 식당 문이 열리면서 머리카락을 양 갈래로 길게 땋아 내린 붉은 머리의 소녀가 들어왔다. 나이는 이제 열두 살 정도 되었을까? 커다란 눈망울이 무척이나 맑은 예쁜 아이였다.

"할머니! 할머니!"

그 아이는 연신 할머니를 부르며 식당 이곳저곳을 돌아다녔다. 그 모습이 너무 안타까워 보였기에 때아닌 소란에도 무어라 하는 사람은 아무도 없었다. 제법 큰 마을이라고는 하나 마을은 마을이다. 이 식당을 주로 이용하는 사람은 이 일대의 사람들. 대강 서로 간에 안면은 있는 사이다.

그런데 저 소녀는 이 식당에서 처음 온 듯했다. 즉, 이 마을 아이라면 제법 멀리 떨어진 곳에 사는 아이이거나, 아니면 여행 중인 가족의 아이일 것이다. 그렇게 보이는 아이가 할머니를 잃어 그 할머니를 찾아 돌아다니는 것이다. 누가 그 아이에게 무어라 하겠는가.

"애야."

소녀가 막 지나치던 테이블에 앉아 있던 텁석부리의 장한이 소녀를 불러 세웠다.

"예? 아저씨, 혹시 우리 할머니 보셨어요? 백발을 양 갈래로 땋으시고 커다란 목걸이를 하셨어요."

소녀의 기대에 찬 물음에 장한의 얼굴에 안타까움이 스쳐 지나갔다.

"으음, 그런 할머니는 보지 못했는데… 그런데 넌 어디에서 왔니?"

"저요? 으음, 이 마을의 북동쪽 끝이요."

북동쪽이면 이 마을에서 가장 못사는 이들이 모여 있는 곳이었다. 그러고 보니 소녀의 옷이 허름하기 짝이 없었다.

"저런, 그런데 어찌 혼자 여기에 있는 거니?"

"할머니가 오늘 약초를 팔러 온다고 하셨어요. 마을 밖의 들에서 자라는 약초를 그동안 모아왔는데 이제 많이 모였대요. 그걸 팔아서 아이라에게 예쁜 옷을 사준다고 했어요."

소녀는 해맑게 웃으며 말했다.

"네 이름이 아이라니?"

소녀의 말에서 이름을 알게 된 장한이 다정한 눈빛으로 물었다.

"네, 아이라에요."

"그래, 아이라. 이곳에서 아저씨와 함께 식사를 하지 않겠니? 배가 고파 보이는데 말이야."

장한이 웃으며 말하자 소녀 아이라는 망설였다. 그 모양새를 보아 배가 고픈 것이 분명했다. 아이라는 한참을 고민하는 듯하더니 이내 도리질을 쳤다.

"안 돼요. 아이라는 할머니를 찾아야 해요."

아이의 것이라 볼 수 없는 단호함이 아이라의 얼굴에 떠올라 있었다.

"그래, 그렇다면 아쉽구나. 빨리 할머니를 찾으렴. 그런데 이 식당에는 안 계신 것 같구나."

장한은 안타까운 얼굴로 이야기했다. 정말이지, 아이라는 보는 누구라도 당장 꼭 껴안아주고 싶을 만큼 귀엽고 예뻤다. 그러니 장한은 아이라가 식사를 거절하자 안타까워하는 것이다. 보아하니 배가 고픈 것 같은데 식사를 거절하고 할머니를 찾겠다니. 그 모습은 기특하기보다는 안타까웠다.

"네."

장한의 말에 아이라는 방긋 웃고는 다시 식당 안을 움직이기 시작했다.

"어쩜⋯⋯."

식당 안에 있는 이들의 눈에 떠오른 안타까움은 로즈에게도 역시 떠올라 있었다. 애잔하게 물든 눈으로 아이라를 바라보는 로즈. 그녀는 어느새 이니안과의 일도 잊은 듯했다.

아이라가 모든 이의 시선을 그렇게 끌고 있을 때 예외인 사람이 둘 있었다. 바로 이니안과 케라우였다. 그 둘의 눈은 여전히 무심했다.

장한이 분명 식당 안에는 할머니가 없는 것 같다고 이야기해 주었음에도 불구하고 아이라는 연신 할머니를 외치며 식당을 돌아다니고 있었다. 식당의 크기는 그리 크지 않아서 아이의 움직임으로도 금세 모두 둘러볼 수 있었다.

"언니! 언니!"

빨간 머리의 소녀 아이라는 어느새 이니안 일행이 앉아 있는 자리로 다가와 로즈의 옷자락을 당기고 있었다. 아마도 그 아이가 이 식당에서 둘러보는 마지막 자리인 듯했다.

"그래. 왜 그러니, 아이라?"

이미 장한과의 대화를 통해 소녀의 이름을 알고 있었다. 그건 비단 로즈뿐만이 아니었다. 이 식당의 모든 이 역시 알고 있었다.

"우리 할머니 못 봤어? 분명 나한테 이 식당에 들어간다고 했단 말이야. 그런데 이 자리가 마지막인데 할머니가 없어."

아이라의 두 눈에는 눈물이 그렁그렁했다. 당장 주르륵 흘러내려도 이상할 게 없었다. 그 모습에 놀란 로즈가 테이블 위의 사용하지 않은 깨끗한 냅킨을 집어 들었다.

"이런. 울지 마, 아이라. 할머니가 아마 잠깐 어디에 가신 모양이야."

"엉엉엉! 거짓말! 할머니 거짓말쟁이야! 아이라를 버린 거야! 엉엉엉!"

본디 아이는 울지 말라고 하면 더 우는 법이다. 로즈의 말이 시발점이 되어 아이라는 서럽게 울기 시작했다. 눈을 가린 두 손 사이로 쉴 새 없이 눈물이 흘러내렸다.

그 모습에 당황한 로즈가 손에 집어 들었던 냅킨으로 서둘러 눈물을 닦아주려고 허리를 숙였다.

그 순간 아이라의 입술이 살짝 움직였다. 그건 분명 미소였다. 거의 알아차릴 수 없는 변화였기에 로즈는 발견하지 못했지만 그건 분명 미소였다. 손으로 가린 눈이 반짝 빛났다.

로즈의 손이 어느새 아이라의 얼굴에 닿아 있었고, 허리를 낮춘 그녀의 눈 높이가 거의 아이라의 눈 높이에 근접했다.

번쩍.

순간 로즈의 눈앞을 가르고 지나간 섬광.

푹.

섬광에 놀라 머리를 젖히며 눈을 감은 로즈의 귀에 무언가가 박히는 소리가 들렸다.

"저, 저……."

"아니… 어떻게 저런……?"

그리고 로즈의 귀를 두드리는 경악에 찬 목소리들.

로즈는 불길함을 느끼며 천천히 눈을 떴다. 자신의 머리를 자극하는 불길함이 제발 빗나가기를 빌며.

로즈는 두 눈을 완전히 떴다. 그리고 눈앞의 광경을 보았다. 오늘 오전에 샀던 평범한 롱소드. 그 롱소드의 새하얀 나신이 차갑게 빛나고 있었다. 롱소드의 검날을 따라 시선을 돌렸다. 그곳에는 붉은 실이 있었다. 수평으로 누운 롱소드의 검면에 어지러이 흩어져 아래로 길게 늘어진 붉은 실.

"이럴 수가……!"

롱소드의 끝이 보이지 않았다. 그 끝은 아이라의 가슴을 뚫고 등 뒤로 삐죽 튀어나와 있었으니 로즈의 눈에 보일 리가 없었다.

"이니안 오빠, 어떻게……? 왜… 이 아이를……?"

경악이 너무 컸음인가. 로즈는 눈물조차 흘리지 못하고 있었다. 이니안은 아무 말도 하지 않았다. 대신 왼손을 움직여 아이라의 가슴 부분을 두드렸다. 검을 뽑을 때 피가 튀지 않게끔 심장 주변의 혈관을 마나로써 막은 것이다.

이니안은 서서히 검을 뽑았다. 검이 뽑히자 아이라의 심장이 있던 자리에서 붉은 피가 흘러내렸다. 원래 사방으로 튀어야 정상이었으나 미리 이니안이 손을 쓴 덕에 그저 아래로만 흘러내렸다. 곧 아이라의 몸은 뒤로 쓰러졌다.

"저… 저… 죽일 놈이……!"

아이라와 처음 이야기를 나누었던 장한이 온몸을 부들부들 떨며 자리에서 일어났다.

"어찌 그 예쁜 아이를……! 어찌 그 불쌍한 아이를……!"

텁석부리장한은 채 말을 잇지 못했다.

"네놈! 죽어라!"

장한도 용병인 듯 옆에 놓아두었던 바스타드 소드를 뽑아 들고 이니안을 향해 달려들었다. 식당의 누구도 그런 장한을 말리지 않았다. 그들 모두의 심정이 장한과 동일했기에. 어떤 이는 마음속으로 장한을 응원하고 있었다.

장한은 식당 안에 마치 자신과 이니안밖에 없다는 듯 테이블을 엎어버리고 이니안을 향해 달려들었다. 그리고 검을 크게 휘둘렀다. 로즈는 여전히 충격에 휩싸인 듯 멍하니 그 자리에 앉아 있었다. 그녀의 눈은 멍하니 아이라의 시신을 바라보고 있었다.

"역시 네놈도야."

냉정한 눈으로 장한을 바라보던 이니안의 오른팔이 움직였다. 그에 따라 검도 움직였다.

서걱.

무언가 잘리는 소리가 울렸다.

툭.

사내의 양팔과 그 끝에 잡힌 바스타드 소드가 허망하게 바닥으로 떨어졌다. 그런데 기이했다. 분명 이니안을 공격하려던 검인데 검끝은 로즈를 향해 있었다. 만약 이대로 검이 움직였다면 검이 휩쓸고 지나간 것은 이니안이 아니라 로즈의 목이었을 것이다.

"크아아아악!"

양팔이 잘린 고통에 사내는 울부짖으며 팔을 휘저었다. 그에 따라 팔에서 분수처럼 뿜어져 나오는 피가 사방으로 비산했다. 다시 이니안의 팔이 움직였다. 검이 은은한 푸른빛을 발하는 것이 마나가 가득했다. 아직은 이니안이 소드 마스터의 실력을 회복하지 못했기에 오러가 솟아오르지는 않는다. 하지만 그것으로도 충분하다.

검이 아름다운 곡선을 그리고 허공에 수를 놓았다.

마령천참검 제5초 만혼금쇄(萬魂禁鎖).
모든 귀신의 혼을 가두나니.

그대로다. 허공을 수놓은 만혼금쇄의 수법은 사방으로 비산하는 피를 완벽하게 가둔다. 단 한 방울의 피도 딴 곳으로 흘러 나가지 않는다. 이니안이 검으로 그린 궤적에 완벽히 갇힌다. 그리고 검의 이끎에 따라 움직여 식당의 바닥을 적신다.

사람들은 멍하니 그 모습을 바라보았다.

"아름답다……."

누군가가 멍하니 중얼거렸다.

퍽!

이니안의 오른발이 정확히 장한의 명치에 박혔다.

"큭!"

장한은 한줄기 신음을 남기고 고통도 잊고 기절했다.

찰싹!

검에 묻은 피를 닦아낸 이니안은 검을 검집에 넣고 로즈의 뺨을 때렸다.

"아!"

그제야 로즈는 정신을 차렸다.

"왜죠? 왜 그랬죠?"

로즈가 소리쳤다. 그녀의 두 눈에서 눈물이 쉬지 않고 흘러내렸다. 정신을 차리자 이제야 눈물이 흐르기 시작한 것이다. 로즈는 이니안에게 달려들어 가슴을 있는 힘껏 두드렸다. 힘이라곤 하나도 없는 연약한 그녀가 그렇게 두드려 봐야 이니안에겐 아무 소용이 없다는 것쯤은 잘 알고 있었다. 하지만 이렇게라도 하지 않으면 미칠 것 같았다.

이니안은 그런 로즈를 살짝 밀어 떼어냈다. 그리고 눈을 가리고 있는 아이라의 양팔을 내렸다. 그러자 드러나는 모습. 손목으로부터 눈을 가린 손바닥 위로 살짝 삐져 나와 있는 두 개의 검날. 울면서 눈을 가린 채 너무나 자연스럽게 숨긴 두 개의 단검은 검은 빛이 번들거리고 있었다. 독까지 발라져 있는 단도였다.

그 모습에 로즈는 입을 크게 벌린 채 아무런 말도 못했다. 그것은 식당에 앉은 다른 이도 마찬가지였다.

"가자."

아직 주문한 식사가 나오지 않았지만 식욕이 달아났다. 이런 일을 당하고도 어찌 태연히 식사를 하겠는가. 이니안이 짐을 챙겨 일어나자 로즈도 따라 몸을 일으켰다.

이니안은 눈앞에 쓰러진 장한을 지나치며 발끝으로 옆구리를 가볍게 찼다. 그 순간 사내는 꿈틀했으나 곧 움직임이 사라졌다.

'역시 이 녀석은 뒤끝없이 확실하단 말이야?'

케라우는 눈을 빛내며 그 모습을 보았다. 그저 지나치는 듯한 모습이었지만 케라우는 알 수 있었다. 방금 전 그 한 동작에 바닥에 드러누운 장한의 숨이 끊어졌음을. 이니안은 발끝에 마나를 모아 사내의 치명적인 급소를 친 것이다. 저런 공격이면 죽지 않고 배겨낼 재간이 없다.

이니안은 카운터에 1골드짜리 금화 두 개를 던지듯이 놓고 식당 밖으로 나갔다. 이 난리를 치른 데에 대한 보상이랄까. 식당 주인과 점원인 주근깨소년은 그런 이니안을 멍하니 바라보고만 있었다.

여관으로 향하는 내내 세 사람은 말이 없었다. 지독히도 무거운 공기만이 세 사람을 짓누를 뿐.

"어떻게 된 거죠?"

차갑게 가라앉은 목소리.

"본 그대로다. 일전 너를 노렸던 어새신들. 그들이 다시 나타난 거다. 다만 그때와는 비교도 할 수 없을 정도로 수준 높은 녀석들이지."

이니안 역시 차가운 목소리로 대답했다.

"왜 죽였죠? 왜? 어새신이라 하더라도 굳이 죽일 필요는 없었잖아요. 더군다나 그런 어린아이를."

결코 크지 않은 목소리다. 아니, 오히려 작았다. 다만 낮게 가라앉았을 뿐. 하나 그런 목소리가 더욱 스산했고, 그녀가 얼마나 분노하고 있는지를 잘 보여주었다.

"잔인한 사람……."

그 말을 끝으로 로즈는 더 이상 이야기하지 않았다. 이니안은 묵묵히 걸음을 옮겼다. 멀리 여관이 보였다.

"난……."

굳게 닫혀 있던 이니안의 입이 열렸다. 목소리가 달랐다. 지금까지의 차가운 목소리가 아니었다. 힘 빠진 목소리. 스스로를 경멸하는 듯한 목소리. 하나 그럼에도 믿음이 있는 목소리였다.

"난 절대 잔인한 게 아니야."

"그것이 잔인한 것이 아니라구요? 그 어리고 예쁜 아이를 조금의 망설임도 없이 죽이는 그 행동이? 아무리 그 아이가 어새신이라 해도 그건 잔인한 행동이 분명해요."

대드는 듯 돌아오는 로즈의 대답. 그 말속에는 이니안에 대한 깊은 실망이 자리하고 있었다.

"죽이지 않으면 네가, 내가 죽는다. 조금 전은 분명 그런 상황이었으니까. 설령 어린아이라 할지라도 말이다. 그래서 죽인 거다. 그렇지 않았다면 다시 너의 목숨을, 나의 목숨을 노릴 테니까."

"하지만……"

"물론 나도 저런 어린아이까지 죽이고 싶지 않다. 망설임이 없다는 것은 말도 안 되는 소리. 나도 사람이다. 다만 약할 뿐. 그래서 어쩔 수 없는 거다. 저 아이를 죽이지 않고 살아남을 수 있을 정도로 강하지 않으니까, 나는."

"무슨! 오빠는 충분히 강해요! 그냥 제압할 수도 있었잖아요!"

로즈는 말도 안 된다는 듯 소리를 질렀다.

"제압하면? 그러면 그 다음은 어떻게 할 거지?"

"그건."

"그냥 놓아줘야 한다. 이곳에는 그들을 가둘 만한 감옥이 없으니까. 그리고 이런 마을의 감옥에 가둬봐야 그들이라면 탈출하는 것은 일도 아니지. 그런 다음에는? 다시 우리를 노릴 거다. 어새신은 그런 존재니까. 쉬지 않고 목표를 노리지. 절대 포기하지 않는다. 목숨이 끊어지기 전에는. 난 그들이 우리를 노리고 암습을 할 때마다 아무런 피해 없이 이번처럼 넘어갈 자신이 없다. 다시 말하지만 난 분명히 약하다. 그 정도로 강하지 않아. 그러니까 더 강해져야겠지. 누구도 해치지 않고도 당당히 서 있을 수 있도록."

이니안이 말을 맺을 때 세 사람은 여관의 입구에 도착했다. 이후 아무도 말이 없었다. 케라우는 이니안과 로즈의 사이에 깔린 무거운 공기에 아무런 말도 못하고 있었다.

그들은 그대로 각자의 방으로 들어갔다. 여관의 점원은 어디선가 희미하게 풍겨오는 피 냄새에 고개를 갸웃거렸으나 곧 자신의 일에 열중했다.

"빌어먹을."

침대에 누운 이니안의 입에서 욕설이 흘러나왔다. 눈을 가린 팔 사이로 두 줄기의 액체가 흘러내린다. 이니안의 목소리는 젖어 있었다.

이니안은 온몸의 힘이 쭉 빠졌다. 자신이 이토록 약하다는 사실에.

이니안은 스스로를 경멸했다. 약하기에 어린아이를 죽일 수밖에 없는 현실에. 스스로의 약함을 경멸했다.

하지만 그럼에도 이니안은 믿었다. 스스로의 결정은 그 상황에서 최선이었음을 믿었다.

"네가 약하기 때문이다. 아직 너의 검은 소중한 사람을 지킬 수 있을 정도가 아닌 모양이구나."

집을 뛰쳐나오기 전에 마지막으로 아버지를 봤을 때 들었던 말이 머리에 울렸다. 자신이 오늘 로즈에게 한 말도 그것과 다르지 않았다. 그때 자신은 저 말에 얼마나 분노했던가.

로즈도 마찬가지일 것이다. 아마도 분노에 몸을 떨고 있겠지.

"젠장……."

그걸 끝으로 이니안은 더 이상 입을 열지 않았다.

Chapter 2

차라리 그곳이 상대하기 더 편하다

차라리 그곳이 상대하기 더 편하다

전날 있었던 일과는 상관없이 다시 날이 밝았다. 점심과 저녁을 거른 이니안과 케라우, 로즈가 식당에서 마주 보고 앉았다. 단지 같이 한 테이블에 앉아 있을 뿐 서로 간의 시선을 피하고 있었다. 정확히는 이니안과 로즈가 서로의 시선을 피하고 있었고, 그 덕에 케라우는 시선을 둘 곳을 찾지 못하고 있었다.

조용한 아침 식사가 끝나고 세 사람은 곧 짐을 챙겨 여관을 나섰다. 어쨌든 추적자들을 따돌리려면 이제는 떠나야 했다. 제법 큰 마을이지만 마시장(馬市場)은 없었다. 결국은 도보로 이동해야 했다.

'하지만 그 녀석들도 우리를 쫓으려면 말을 버려야 했을 테니까.'

말을 타고 그 절벽을 내려올 수 있을 리 없다. 분명 말을 버리고 밧줄과 정을 이용해서 내려왔을 테니까. 한 마을에서 이틀을 자고 여유 있게 걸어서 이동하는 것도 다 이니안이 계산한 범위 안이었다.

다만 전날의 일로 인해 분위기가 차갑게 가라앉았을 뿐이다. 하지만 크게 상관은 없었다. 어차피 로즈를 수도에 데려다주면 되는 거니까. 그게 자신이 로즈와 한 약속이었고, 자신이 맡은 의뢰니까. 거기까지만 하면 되는 일이다.

어제의 일은 기억 속에서 지우면 된다. 이니안 자신으로서도 찜찜한 기억이다. 잔인하다는 말을 들었지만 자신 역시 어린아이를 죽인 것은 마음이 아팠다. 아무리 어새신이라 할지라도. 하지만 마음이 아픈 것으로 끝이다. 그래도 죽여야 했기에 죽였을 뿐이다.

이니안은 이미 그런 망설임으로 한번 커다란 상처를 입었다. 이제 겨우 그 상처가 아물려고 하고 있다. 이니안은 더 이상 같은 실수는 하지 않기로 마음먹었기에 그때 소녀의 가슴을 찌른 검에는 망설임이 없었다.

식당에서의 소동으로 미처 사지 못했던 몇몇 물건들을 사고 이니안은 미련없이 마을 밖으로 걸음을 옮겼다. 항상 이니안 옆이나 아니면 조금 뒤에서 따라가던 로즈가 오늘은 제법 거리를 두고 뒤에서 조심스레 따라간다. 케라우는 그런 로즈의 곁에서 걷고 있었다.

"이니안, 목적지가 어디지?"

"미오나인."

이니안은 짤막하게 대답했다. 앞에 걷고 있는 이니안의 등이 불룩했다. 배낭을 메고 그 위에 로브를 걸쳐 로브가 솟아오른 것이다. 그것은 케라우 자신이나 로즈도 마찬가지였다. 앞으로 혹시 필요할지도 모르는 것들을 준비한 것이니까.

"멀리까지도 가는구만. 그래서 다음 목적지는?"

"다시 바운더리 산맥으로 들어간다."

"뭐야?!"

이니안의 대답에 케라우는 무척이나 놀랐다. 기껏 산맥 밖으로 나왔는데 다시 그곳으로 들어간다니 놀랄 수밖에 없었다.

"그럼, 대체 이 마을에는 왜 온 건데?"

"휴식을 위해서."

이니안을 다시 한 번 짤막하게 대답하고는 산맥 쪽으로 걸음을 옮겼다. 물론 산맥을 빠져나온 곳과는 다른 곳이었다. 나왔던 곳으로 다시 들어간다면 자신들을 쫓고 있는 카르세온 일당과 마주칠 뿐이기에.

"물론 산맥에서 이동하는 것이 추적자를 따돌리기에는 좋아. 몸을 숨길 곳이 많으니까. 대신에 어새신들이 우리를 노릴 곳도 많다는 것쯤은 알고 있겠지?"

케라우의 말에 이니안은 작게 고개를 끄덕였다. 그 정도쯤은 자신도 알고 있다.

"그렇다면 왜 굳이 그곳으로 들어가는데? 그곳에서 로즈 양을 지킬 자신이 있다는 거야?"

"차라리 그곳이 상대하기 더 편하다."

이니안은 그것을 끝으로 더 이상 이야기하지 않았다. 이후 케라우가 무어라 더 투덜거리며 이니안에게 말을 걸었지만 이니안은 더 이상 반응하지 않고 꾸준히 발을 놀릴 뿐이었다. 로즈는 어제 그 일 이후 표정이 사라진 듯 무표정하게 걸음을 옮기고 있었다.

아무리 어새신이라 하더라도 어린아이를 눈 하나 깜짝하지 않고 죽이는 이니안의 모습을 로즈로 하여금 그에게서 거리를 두게 만들었다.

'그래, 산속이 편해. 우리 이외에는 모두 적이라고 보면 되니까.'

이니안은 묵묵히 걸음을 옮기는 가운데 다시 한 번 마음을 굳게 먹었다.

나뭇잎을 숨기려면 숲에 숨겨라.

너무나 당연한 말이고, 어느 정도의 지식이 있는 사람이라면 누구나 알고 있는 상식이다. 그리고 이 상식을 실제로 행동에 옮기는 이도 적지 않다.

지금 이니안의 상황에 그 말을 적용한다면 이들은 인적이 드문 산속으로 갈 것이 아니라 사람이 많은 성도(城都)로 가야 했다. 그곳에서 수많은 사람들 속에 묻혀야 했다. 이니안 역시 그 사실을 알고 있다.

만일 자신들이 그저 카르세온 일당에게 쫓기기만 하는 것이라면 이니안은 그렇게 했을 것이다. 하지만 로즈는 카르세온에게 쫓기는 것 외에 또 다른 무리의 표적이 되어 있었다. 그것도 어새신들을 보내 은밀히 목숨을 앗으려는 무리에게.

사람이 많은 곳이 물론 몸을 숨기기 좋은 곳이다. 평범한 이들 사이에 자연스럽게 스며들면 되는 것이기에.

그것은 비단 이니안과 그 일행에게만 적용되는 것이 아니었다. 어새신들 역시 사람들이 많은 곳이 몸을 숨기기 좋았다. 식당에서 그 소녀의 습격만 보더라도 명백한 사실이다.

수많은 사람들 속에 섞이면 이니안은 그 수많은 사람들을 모두 경계해야 한다. 그들 중 어느 누가 숨어든 어새신인지 모르기에. 그것은 너무나 피곤한 일이다. 항상 신경을 곤두세우고 근처에 다가오는 모든 이들을 유심히 관찰해야 한다.

그것은 절대 쉬운 일이 아니다. 정신을 쉬이 지치게 하고, 그 결과 육체 역시 지친다. 로즈를 지키며 이동해야 하는 이니안으로서 그것은 반드시 피해야 할 일이었다.

반면, 인적이 드문 산속은 어떤가? 주변의 야생동물, 벌레들이 낯선 이의 존재를 알려준다. 그리고 조용한 산속에서 자신들을 향해 다가오는 기척을 느끼는 것은 현재의 이니안에게 그다지 어려운 일이 아니었다. 비록 그것이 어새신이라 할지라도 말이다. 현재 이니안의 기감은 그 정도로 예민해져 있었다.

　산속에서는 낯선 기척만 조심하면 된다. 오히려 이니안으로서는 어새신들을 상대하기에 더 쉬운 곳이다.

　'빌어먹을.'

　이니안은 요즘 들어 자신의 입에 욕이 달라붙어 떨어지지 않는다고 생각했다. 산맥을 향해 이동하면서 다시 기억하고 싶지 않은 것을 떠올린 때문이다.

　'설마 그 인간의 조언대로 할 줄은…….'

　"하하하, 이니안. 그래서 내가 어떻게 했을 것 같아? 어새신들이 집중적으로 노리는 공주님, 그리고 경호 기사는 나 혼자. 정말이지, 어이없는 상황이었지."

　아마 일곱 살 때로 기억된다. 형은 그때 이미 왕국에서 촉망받는 기사였다. 열셋의 나이에 소드 마스터를 이루었고, 그때 형의 나이 열아홉이었으니 당연한 일이다. 그런 형이 어느 날인가 온몸에 상처를 잔뜩 입고는 한껏 자랑스러운 얼굴로 자신에게 무언가를 떠벌렸다.

　그래, 그때 형이 맡았던 일은 막 성년이 된 공주의 나들이 경호였을 것이다. 제법 먼 길을 떠난 여행이었고, 상당한 인원이 따라갔으나 어새신들의 치밀한 공격에 결국 형 혼자만이 공주를 경호하게 된 상황이었다 한다.

"그러면 사람들이 많은 곳으로 가야 하는 거 아니야?"

이니안은 그때 자신이 알고 있는 상식대로 대답했다.

"틀렸어. 그러면 어새신 녀석들도 몸을 숨기기 쉬워지거든. 일반인들 사이에서 어새신을 찾아내는 것은 피를 말리는 일이야. 엄청 힘들다구. 그래서 난 숲 속으로 들어갔어. 이쪽이 노출되긴 하지만 나의 기민한 감각에 어새신들도 다 드러나게 되니까. 결과는 말 안 해도 알겠지? 푸하하하하!"

당연하다. 결과가 성공이었으니 그때 형이 내 앞에서 그렇게 마음껏 떠들 수 있었으니까.

"아, 이니안. 이 방법에는 주의할 점이 있어. 그만한 실력이 되어야 한다는 것이지. 지키는 자와 자신의 안전을 충분히 책임질 수 있는 실력이. 그럼 난 이만 간다. 하하하!"

마지막에 터뜨린 형의 웃음이 아직도 귓가를 울리는 듯하다.

'젠장.'

눈을 밟는 이니안의 발에 힘이 들어갔다. 머리 속에 떠오른 기분 나쁜 기억 때문이다.

이니안이 산속으로 방향을 잡은 것은 그것 이외에도 또 다른 이유가 있었다.

싫었다.

자신이 살인을 하는 모습을 다른 사람들에게 보이는 것이 싫었다. 그때 식당에서 사람들에게 받았던 시선. 기분이 나빴다. 이니안은 그런 기분 나쁜 시선이 싫었다. 그래서 인적이 드문 곳으로 가는 것이기도 했다.

차타르 마을은 바운더리 산맥의 남쪽에 위치했다. 이니안은 협곡에서 벗어난 이후 정남쪽으로 이동을 해 바웬 마을을 지나쳐 차타르 마을에 도착했다. 차타르 마을을 나온 이후 얼마간은 서쪽을 향해 이동했다. 목적지인 수도가 차타르 마을의 서쪽에 위치해 있었으니 카르세온 일당을 피하기 위한 당연한 경로였다. 얼마나 그렇게 이동했을까? 이니안은 방향을 북쪽으로 돌렸다. 본격적으로 바운더리 산맥을 향해 이동하는 것이다.

형형한 안광이 빛나는 인물은 낭패한 기색으로 문을 열고 안으로 들어섰다. 가죽으로 된 경갑을 입고 허리에 검을 찬 모습. 용병이라 생각하기에는 절도있는 모습이다. 그렇다고 기사라고 생각하기에는 입고 있는 경갑이 거슬린다. 하지만 이내 조끼 형태로 상체에 입은 가죽 갑옷으로 가슴 부위의 문장을 보고는 고개를 끄덕이게 된다. 기사로구나 하는 생각과 함께.

검에 앉아 날개를 활짝 펼친 독수리. 하이 나이트의 상징이었다. 그는 안으로 들어서자마자 주변을 둘러보았다. 이내 그가 찾고자 하는 것을 찾은 듯했다. 그와 같은 복장의 사람들이 그와 비슷한 얼굴로 모여 앉아 있었다. 그들 역시 그를 발견했다. 그리고 그의 얼굴을 보고는 곧 고개를 내저었다.

"역시 너도냐, 마크?"

"후우, 그래."

일행에게 다가간 사내 마크는 빈 의자에 몸을 걸터앉았다.

"이제 부단장만 오면 다 모이는군."

"뭐, 부단장도 우리와 마찬가지일 거야. 내 생각이 짧았어."

하론은 투덜거리며 테이블에 있는 물을 들이켰다. 주점에 여덟 명이 모여 앉아 물만 마시고 있는 모습은 분명 이상했다. 하지만 누구도 그들에게 무어라 하지는 않았다. 허리에 차고 있는 검이, 그리고 가슴에 있는 문장이 그들이 범상한 사람이 아니라는 것을 알려주고 있었으니까.

"그게 무슨 말이야?"

하론의 말에 마이어의 눈이 그를 향했다.

"쳇, 그 빌어먹을 용병 녀석이 상당히 똑똑하다라는 것을 계산에서 뺐단 말이다. 산맥 안에서도 추적하는 우리를 그렇게 애먹인 녀석이었는데 그걸 깜빡하다니. 후우."

가슴이 답답해졌음인지 하론은 다시 물을 벌컥벌컥 들이켰다.

"네 말은 그럼 그 녀석이 이 마을에 없을 거다 이거냐?"

"쳇, 네놈도 머리 좀 굴리는 게 어때? 머리가 안 돌아가는 녀석이면 말도 안 해. 생각하는 게 귀찮다고 그 좋은 머리를 그냥 냅두냐?"

이니안을 놓친 것에 대한 짜증 때문일까. 마이어를 향한 하론의 말은 그다지 호의적이지 않았다. 하론은 알고 있었다. 마이어가 결코 단순무식하기만 한 기사가 아니라는 것을. 단순무식한 돌격형 기사라면 마이어가 추적술에서 그렇게 뛰어난 모습을 보일 리 없다. 그렇다. 그는 단지 생각하는 것이 귀찮아서 다른 사람들에게 머리 쓰는 일을 떠넘기는 것뿐이었다. 그는 다만 추적에 있어서는 적극적으로 변했다. 사냥이란 그가 가장 즐기는 취미였으니까.

이니안에게 죽은 나르트는 그와 가장 친한 동료였다. 기사단의 일이 없을 때 그와 함께 사냥에 나서는 것은 그의 삶에 있어 가장 큰 즐거움

중 하나였으니. 그래서 나르트의 시신을 봤을 때 그가 가장 흥분한 것이기도 했다.

하론은 그가 지금까지 그래왔기에 그러려니 했다. 하지만 오늘은 이니안에게 한 방 먹은 덕에 평소에는 그냥 무심히 지나치던 일에 시비를 건 것이다.

마이어의 얼굴이 딱딱하게 변했다. 하지만 그것뿐이었다. 그는 냉정을 유지하고 있었다. 화가 안 나는 것이 아니었지만 그것을 터뜨리지 않았다. 이런 상황에서 자중지란은 스스로 무덤을 파는 일이라는 것을 알고 있었기에.

마이어의 얼굴이 딱딱하게 굳어드는 순간 하론은 아차하는 심정이었다. 그제야 그도 자신의 실수를 인지한 것이다.

"후우, 빌어먹을 용병 녀석. 이니안이라고 했나, 그 찢어 죽여도 시원찮을 녀석의 이름이? 그 녀석 때문에 나도 어떻게 됐나 보군. 후, 미안하다."

하론은 이 자리에 있는 인물들 중 상황 판단이 가장 빨랐다. 그것은 자신의 잘못에 대해서도 예외가 아니었다. 하론은 자신이 잘못한 것을 인지하자 바로 그에 대한 사과를 했다. 이런 감정이 쌓이면 서로 간에 불신으로 발전하여 결정적인 순간 커다란 방해 요인이 되어버린다. 하론은 그 사실을 잘 알았고, 그랬기에 즉시 사과를 한 것이다.

"됐어. 틀린 말도 아니니까."

마이어는 퉁명스레 대답하고는 물을 마셨다. 시원한 맥주 한 잔이 간절했지만 지금은 임무 중이다. 술을 입에 댈 수 없는 것이다. 그랬기에 커다란 덩치의 기사들이 연거푸 물만 들이키고 있는 것이다.

마이어의 모습에 하론이 슬며시 웃었다. 오랜 시간을 함께한 동료다. 그가 화가 풀렸다는 것쯤은 굳이 자신에게 웃으며 말하지 않아도 알 수 있었다.

"그 여우 같은 녀석은 이 마을에 들어오지도 않았어. 우리가 포기하지 않고 뒤따를 걸 예상하고는 그대로 지나쳤지. 그 험로를 지나오면 마을을 발견하는 순간 누구라도 쉬고 싶을 텐데 말이야. 그놈은 그것을 위해서 굳이 트롤의 가죽을 벗기는 수고까지 했고, 결국 그놈은 우리가 뒤따라와 그 트롤의 시체를 보고 자신들이 마을에 들를 것이라 예상할 것까지 꿰뚫어 봤단 말이다. 우리가 이 바웬 마을을 목표로 전력으로 추적할 거란 사실도. 그래서 이 마을은 그대로 지나친 거야. 자신들의 흔적이 남지 않게. 그러니 우리가 아무리 뒤져야 건질 건 없지."

분위기가 회복되자 하론은 마이어가 물었던 것에 대한 답을 장황하게 늘어놓았다. 설명을 하면서 다시 화가 나는지 중간중간 물을 들이켰다. 그것은 절대 목이 말라서가 아니었다. 가슴에서 솟아오르는 화를 삭이기 위해서였다.

"정확한 분석이다."

"부단장님."

그때 옆에서 들려온 목소리에 여덟 사람은 모두 자리에서 일어났다. 다들 하론의 설명에 정신을 집중한 사이 카르세온이 들어온 것이다.

"내 불찰이다. 나 역시 놈들은 지칠 대로 지쳐서 첫 마을에서 쉴 거라 생각했으니까. 이니안 그놈, 머리가 보통 영리한 것이 아니야."

여덟의 하이 나이트는 카르세온의 말속에 깊이 내재해 있는 분노를 읽을 수 있었다. 다시 한 번 이니안에게 당했다는 사실에서 오는 분노, 그것이었다.

"그렇다면 그놈은 어디에?"

마크가 조심스레 물었다.

"차타르 마을이야."

대답은 하론이 했다.

"그놈은 이미 이곳까지 온 것이 한계였을 거야. 우리 역시 지칠 대로 지쳤듯이. 그럼에도 불구하고 우리 때문에 이곳을 지나쳤다면 다음 마을인 차타르에서 쉬어가겠지."

"그럼 어서 가야죠."

마이어가 가장 먼저 자리를 박차며 카르세온에게 말했다.

"그래, 한시라도 빨리 추적한다."

그들 모두 이미 지칠 대로 지친 상태였다. 절벽을 내려와 쉬지 않고 달려 협곡을 벗어났다. 그 후 잠시 휴식을 취한 다음 이곳 바웬 마을까지 다시 전력으로 달렸다. 마을에 들어온 이후에는 쉬지도 못하고 흩어져서 그 이니안이라는 녀석의 흔적을 찾았다. 그리고 허탕을 치고 그 녀석에게 당했다는 사실을 깨달았다.

몸도 마음도 심하게 지쳐 있는 상황이다. 그럼에도 그 녀석이 있을 곳으로 다시 걸음을 옮겼다. 그들은 제국의 하이 나이트들이었다.

바웬 마을을 벗어날 때 서쪽의 산을 넘어가는 황혼에 그들의 그림자가 길게 늘어졌다. 그때 이니안은 차타르 마을을 떠난 후 첫 노숙을 준비하고 있었다.

불꽃 카드로 자리 가운데에 불을 피우고 모포를 깔았다. 저녁 식사는 이미 육포와 마른 빵, 그리고 우유로 마친 후다. 로즈는 평원에 깔린 모포로 몸을 숨긴 지 오래였다. 이미 해는 져서 밤하늘에 별들이 총

총히 빛나고 있었다. 케라우 역시 모포에 몸을 숨겼다. 해가 진 이상 그는 특별한 일이 아니면 움직이지 않을 것이다.

결국 불가에 이니안 혼자 깨어 앉아 있었다. 언제 어디에서 적이 나타날지 모르는 이 상황에서 그 혼자 불침번을 서고 있었다. 이니안은 묵묵히 앉아 있었다. 무슨 생각을 하는지 알 수 없는 눈동자. 그는 그저 피어오르는 불꽃을 바라보고 있을 뿐이었다.

"왔군."

멍하니 흐트러져 있던 그의 눈동자에 초점이 잡혔다.

"이미 근처에 있는 것을 아니까 그만 모습을 드러내는 것이 어때?"

낮지만 또렷한 목소리가 주변으로 울려 퍼졌다. 내일이면 산맥의 입구에 진입하겠지만 아직은 평탄한 지형이다. 어새신들이 몸을 숨기기 어려운 곳이다. 한데 어디에도 어새신이 숨어 있는 흔적은 없었다. 그만큼 이니안이 기척을 느낀 어새신들의 수준이 높다는 뜻이다.

이니안의 낮은 경고에도 주변에서는 아무런 변화가 없었다. 그저 차가운 바람이 주위를 한번 쓸고 지나갔을 뿐.

"이 정도면 일류의 수준은 넘어섰다고 인정해 주지. 다만 운이 나빴어. 나에게 걸렸으니까."

이니안의 입가에 차가운 미소가 걸렸다. 이니안의 미소에 비한다면 조금 전 주변을 쓸고 지나간 바람은 따뜻한 봄바람처럼 느껴질 정도였다.

이니안은 앉은 자세를 그대로 유지한 채 손을 움직였다. 그에 따라 세 개의 빛 줄기가 어둠을 헤치고 날아가 새하얀 눈 속으로 들어갔다. 잠시 후 빛 줄기가 들어간 눈 주위엔 서서히 붉게 물들었다.

"이래도 안 나올 텐가? 이제 혼자 남았을 텐데."

이니안은 단 한 곳만을 응시하고 있었다. 이니안의 감각에 걸린 어새신은 모두 넷이었다. 그중 셋을 마을에서 산 단검을 날려 처리했다. 이제 한 명이 남은 것이다. 그도 어디에 숨어 있는지 알고 있었다. 자리에서 일어나 움직이기만 하면 순식간에 처리할 수 있다.

그러나 이니안은 그렇게 하지 않았다. 그러면 이니안은 로즈로부터 너무 멀리 떨어지게 된다. 로즈를 지키기 위해 함께하고 있는 이상 로즈에게서 떨어질 수 있는 거리에는 한계가 있었다. 언제 어떤 상황이 벌어지더라도 자신이 로즈를 지킬 수 있는 간격, 그것이 이니안이 로즈에게서 멀어질 수 있는 최대한의 거리였다. 그리고 어새신은 그 거리 밖에 있었다.

어새신이 이니안에게 다가오게 해야 했다. 그래서 단검을 날린 것이고, 마지막 남은 어새신을 도발했다. 하지만 여전히 주변에서는 아무런 변화가 없었다. 숨어 있는 어새신도 경험을 통해 아는 듯 숨어 있는 곳에서 꼼짝도 하지 않았다.

그는 자신이 이니안에게 발각된 것을 알고 있다. 이니안에게 단검이 한 자루만 더 있었어도 자신이 죽었을 것이란 것도. 그랬기에 움직일 수 없었다. 움직이는 순간이 자신이 죽는 순간일 것이기에.

그는 경험이 많은 어새신이었다. 이런 경우도 몇 번인가 있었다. 어마어마한 실력을 지닌 경호원을 대동한 목표의 암살. 이럴 경우는 인내력이 높은 쪽이 이긴다. 그는 알 수 있었다. 저 무시무시한 검은 머리의 용병이 움직이지 않는 것은 경호 대상으로부터 간격을 벌리지 않기 위해서임을. 그렇다면 그가 먼저 자신을 죽이려 움직이는 일은 없을 것이다. 기다려야 했다. 그가 지치기를.

"똑똑한 녀석이군."

이니안은 인정했다. 마지막 남은 어새신은 상황 판단이 빠르고 경험이 많음을. 그는 자신의 상황을 정확히 파악하고 은신을 유지하고 있는 것이다.

"뭐, 장기전이라면 이쪽도 자신있어."

그렇게 중얼거린 이니안은 자신의 모포를 들고 몸을 일으켰다. 천천히 걸어 로즈의 바로 곁으로 다가간 이니안은 그곳에 모포를 깔고 모포 속으로 몸을 넣고는 눈을 감았다. 이곳이라면 어새신이 어디에서 접근하더라도 로즈에게 도달하기 전에 자신이 처리할 수 있을 테니까.

모포 밖으로 삐죽이 튀어나온 얼굴을 차가운 바람이 할퀴고 지나간다. 하지만 아무렇지도 않은 듯 이니안은 잠에 빠져들었다. 불꽃 카드로 만든 마법 불꽃이 넘실거린다. 밤하늘에 달이 떠올라 사방을 은은히 밝힌다. 마치 정지한 듯한 장면. 불꽃의 넘실거림이 없다면 그림을 보는 듯 변화가 없는 고요한 풍경이다.

스스슥.

마침 불어오는 바람과 동시에 울린 낮은 소리. 바람 소리에 완벽히 묻혔기에 그 소리를 듣는다는 것은 설사 들개나 토끼같이 청력이 뛰어난 야생동물에게도 불가능한 일이었다.

꿈틀.

이니안은 몸을 완벽히 감싸고 있는 모포 안에서 몸을 뒤척였다. 그리고 그는 곧 눈을 천천히 떴다. 자다가 막 일어난 사람 같지 않은 맑은 눈. 그 눈은 한곳을 응시하고 있다.

'빌어먹을 괴물 녀석.'

어새신은 당장에라도 입 밖으로 튀어나오려는 욕을 억지로 꾹 눌렀다. 마침 불어오는 바람을 이용한 완벽한 이동이었다. 어떤 기척도 일지 않았음을 그는 자신할 수 있었다. 그의 어새신 인생에서 이렇게 완벽하게 기척을 숨긴 것은 처음인 것 같았다. 그런데 그것을 알아차린 것이다. 그것도 모포 속에 누워서 자던 녀석이.

'이대로는 해가 뜰 때까지 아무것도 못하겠군.'

판단을 내렸으면 행동으로 옮겨야 한다. 어새신은 몸을 돌렸다.

"갔군."

이니안은 부스스 모포에서 몸을 일으켰다. 다시 한 번 정신을 집중해 주변을 살폈지만 주변에서는 어떤 기척도 느껴지지 않았다. 그것을 확인한 이니안은 천천히 걸음을 옮겨 어새신을 처리하기 위해 던졌던 단도를 회수했다. 어새신들의 시체는 깔끔하게 눈 속에 묻었다. 일부러 찾으려 해도 찾을 수 없을 만큼 깔끔한 뒤처리였다.

주변을 한 번 둘러본 후 이니안은 자신의 모포로 몸을 돌렸다. 모포를 로즈의 바로 곁에 두었기에 자연 이니안은 다시 로즈의 곁으로 돌아왔다. 로즈는 머리끝까지 모포를 뒤집어쓰고 있었기에 단지 모포가 불룩 솟아 오른 것처럼만 보였다. 그 모습에 이니안은 살짝 웃었다. 입술만 살짝 휘어지는 가는 미소. 그것이 잠시 이니안의 입가에 떠올랐다 사라졌다.

"응?"

그때 모포 아래로 기이한 기운이 느껴졌다. 분명 로즈의 몸에서 풍겨져 나오는 기운이었다. 무엇인지 알 수 없었다. 로즈를 이렇게 지켜본 적이 없었기에 처음 느끼는 기운이었다.

"대체 뭐지, 저 기운은?"

두 겹의 막으로 이루어진 것 같은 기운이 로즈의 전신을 덮고 있었다. 특히 머리 부분에 많은 기운이 몰려 있었다.

이질적인 기운이 온몸을 감싼 로즈.

"역시 알 수 없는 아이야."

작게 중얼거린 이니안은 자신의 모포에 몸을 묻었다. 기이한 일이기는 했지만 자신이 그것까지 신경 쓸 수는 없었다. 사연이 많아 보이는 로즈였기에 그 기운도 로즈의 사연 중 하나라 생각한 것이다. 모포에 몸을 묻은 이니안은 천천히 눈을 감고 잠을 청했다.

몸은 모포 속에 있었지만 여전히 얼굴만은 모포 밖으로 나와 있었다. 케라우와 로즈가 머리끝까지 모포를 뒤집어쓰고 있는 것과는 대조적인 모습이었다.

눈꺼풀을 두드리는 밝은 빛. 눈꺼풀을 넘어서 눈동자에 전해지는 자극에 이니안은 천천히 눈을 떴다. 동쪽 하늘에서 서서히 태양이 제 모습을 드러내고 있었다.

"아침인가?"

이니안은 모포에서 상체를 일으켰다. 그때 로즈가 자고 있던 모포가 꿈틀거렸다. 그러더니 로즈가 모포 밖으로 머리를 길게 빼내며 역시 상체를 일으켰다.

"아함~ 잘 잤다."

눈곱이 낀 눈을 비비며 주위를 둘러보는 그녀. 조금 먼저 일어나 상체를 일으키고 있던 이니안과 두 눈이 딱 마주쳤다.

"응?"

아직 잠이 덜 깬 것일까. 로즈는 잠시 고개를 갸웃거렸다. 그런 그녀가 제정신을 차리는 데는 그리 오래 걸리지 않았다. 곧 그녀의 두 눈이 차갑게 식었으니까.

"오빠가 왜 여기에 있는 거지요?"

그랬다. 이니안의 모포는 로즈의 모포 바로 옆에 딱 붙어 있었다. 지난밤 그 질긴 어새신 때문에 이곳으로 모포를 옮겼다가 그가 떠난 후 이니안은 그냥 그대로 잤다. 하지만 그러한 사정을 모른다면 지금 이니안의 위치는 정말 오해하기에 딱 좋았다.

이니안이 그의 모포 밖으로 터럭 하나 내밀지 않았다 해도. 로즈의 모포와 이니안의 모포는 닿은 적조차 없다고 해도.

로즈의 차가운 눈이 이니안의 대답을 재촉하고 있었다. 이니안은 그 눈을 마주 보았다.

"오옷, 아침이군. 역시 아침에 신선하게 내리쬐는 햇볕은 기분이 좋아."

여전히 전혀 뱀파이어답지 않은 말을 하면서 케라우가 모포 밖으로 몸을 일으켰다.

"응?"

그런 그는 눈앞에 펼쳐진 모습에 잠시 동작을 멈추었다. 그는 로즈와는 다르게 자다 일어났건만 정신이 말짱했다. 순식간에 상황을 파악한 케라우.

"이니안, 네가 왜 거기에 있냐? 너, 어제 분명 여기에 모포를 깔았던 것 같은데."

케라우는 이니안의 모포가 처음 깔렸던 곳을 손으로 가리켰다. 그곳의 눈 위에는 아직 이니안이 모포를 깔았던 흔적이 남아 있었다.

"설마 이니안 너… 아무리 그래도 그렇지……."

케라우의 표정이 야릇하게 변했다. 가뜩이나 그 일 이후 분위기가 좋지 않아 별다른 말도 못하고 장난도 못 치고 있는 터다. 그런 상황인지라 이런 모습에 케라우는 그야말로 '딱 걸렸어' 하는 얼굴로 두 사람을 번갈아 보고 있었다.

이니안이 몸을 일으켰다. 그리고는 모포를 깔끔하게 개어서는 처음 모포를 간 자리에 두었던 배낭에 집어넣었다.

"오빠!"

냉기가 풀풀 날리는 목소리로 로즈는 대답을 재촉했다. 하지만 이니안은 아무런 대답도 하지 않은 채 주변을 정리했다. 그 특유의 표정으로.

이 분위기에 케라우는 고개를 흔들었다. 자신이 끼어들어 장난을 칠 분위기가 아니었던 것이다. 케라우는 자신이 모르는 사이 두 사람이 화해라도 한 것인가 하고 장난을 치려 했던 것인데 지금 보니 자신의 착각이었다. 괜히 불난 산에 섶을 지고 뛰어들 필요는 없었다. 이럴 때는 그저 가만히 구경만 하고 있는 것이 상책이었다.

로즈는 차가운 눈으로 계속해서 이니안을 쏘아봤다. 이니안은 그 눈길을 무시한 채 태연히 가방에서 빵과 우유를 꺼내 아침 식사를 하고 있었다. 말라서 퍼석퍼석해진 빵은 먹기도 힘들었거니와 맛도 없었다. 긴 도주에 있어 영양 보충은 중요했기에 이니안은 묵묵히 빵을 씹어 삼켰다.

"응?"

두 사람의 모습을 지켜보던 케라우는 무언가를 느낀 듯 주위를 두리번거렸다.

"이건 피 냄샌데……."

뱀파이어답게 피에는 민감했다.

"그것도 신선한 인간의 피야. 남자인가? 세 곳이군."

케라우는 지난밤에 이니안이 시체를 눈 밑에 묻은 곳을 정확히 바라보고 있었다.

"혹시 어젯밤에 어새신 놈들이 왔었냐?"

짐작 가는 것이 있었기에 케라우가 이니안에게 물었다.

"네놈이 죽는다면 그건 틀림없이 자다가 칼에 찔렸을 때일 거다."

무심한 한마디.

그 대답에서 케라우는 간밤에 어새신들이 왔었다는 것을 알 수 있었다.

그것은 그것이고, 상당히 기분이 나빠지는 대답이다. 케라우는 울컥했으나 그것을 드러내지는 않았다. 자신이 세상 모르고 잠에 빠져들었던 것은 사실이기에. 하지만 케라우도 할 말은 있었다.

"그건 말이야, 내가 전에도 말했지만 난 빛과 어둠에 대한 속성이 뒤틀려 버렸어. 보통 뱀파이어가 낮에 돌아다닌다는 소리 들어봤냐? 그런데 난 밤에도 움직일 수 있어. 비록 몸의 기운은 빠져나가지만. 사실은 자야 한다고. 누구 덕에 지금까지 밤에 못 잔 것이 얼만데. 솔직히 정상적인 뱀파이어들은 낮에는 깊은 수면에 빠져들어. 심장에 말뚝을 박아 넣어도 모를 정도지. 난 그런 깊은 수면을 밤에 해야 한단 말이야. 물론 자지 않으려면 안 잘 수 있지만 그러면 생명과 활동에 심각한 타격을 입는다고. 어쩔 수 없는 경우가 아니라면 깊은 수면을 취하는 것이 가장 좋단 말이지. 즉, 나는 정상적인 뱀파이어들이 낮에 취하는 깊은 수면 상태였으니 아무것도 모를 수밖에 없다 이 말이야."

케라우는 나름대로 구구절절하게 자신의 사정을 이야기했다. 하지만 이니안은 듣지 않고 있었다. 물론 중요한 것은 들었지만 그 이외의 것들은 몽땅 흘려버렸다.

"귀찮은 녀석이군."

"뭐얏!"

케라우의 구구절절한 이야기에 대한 이니안의 대꾸에 케라우가 발끈했다. 이니안의 입장에서 확실히 케라우의 그런 몸 상태는 귀찮은 일이었다.

"아, 그냥 내버려 두면 되는군."

이니안은 잊고 있었다는 듯 한마디를 더했다. 그렇다. 이니안이 굳이 케라우까지 신경 쓸 필요는 없었다. 자신이 지켜야 하는 대상은 로즈다. 귀찮고 짐이 되면 버리면 되는 것이다. 이 당연한 사실을 이니안은 잠시 잊었다. 케라우까지 챙길 생각을 했던 것이다.

"으윽, 이 녀석."

두 번째 말이 케라우에게는 더 큰 상처였다. 처음의 말은 귀찮더라도 챙기겠다는 말이었기에 그나마 참아줄 만했지만 두 번째 말은 그도 아니었으니까.

'내가 언제부터 저 녀석을 이렇게 신경 썼지?'

바실러스 성의 지하 감옥에서부터 귀찮았던 존재다. 항시 귀찮은 혹이었는데 어느샌가 혹에도 신경을 쓰고 있었다.

"젠장, 네놈은 친구를 겨우 그딴 식으로 취급한단 말이냐!"

이니안은 빵을 우물우물 씹은 후 우유를 한 모금 마시며 빵과 함께 삼켰다.

'친구? 친구라고? 훗.'

이니안은 자신도 모르는 사이 케라우의 친구가 되어 있었다. 처음 자신을 따라붙을 때 넉살 좋게 친구라고 불렀던 것은 기억하지만 그때와 지금의 어감은 묘하게 달랐다.

이니안은 잠시 어린 시절을 떠올렸다. 자신이 친구라 부를 수 있는 이들과 함께했던 시간.

'쉐이나…….'

다시 떠올라 버렸다. 그녀 역시 그 시간을 함께했기에 친구들을 생각하자 그녀도 자연스럽게 떠올라 버렸다.

'쓸모없는 녀석.'

이니안은 자신에게 아픈 기억을 떠올리게 한 케라우를 노려보았지만 케라우는 이미 몸을 돌려 로즈와 함께 모포를 정리하고 있었다.

'그러고 보니 다들 어떻게 지내고 있을까?'

일단 떠올리자 안부가 궁금해졌다. 그렇게 떠나온 지 벌써 3년이다. 곧 신년이니 이제 3년을 꽉 채우고 4년째에 접어든다.

이니안이 잠시 과거의 상념에 잠겨 있는 사이 로즈와 케라우는 모포 정리를 끝냈다. 그리고 로즈는 자신의 배낭에서 역시 빵과 우유를 꺼내 자신의 아침 식사를 했다. 억지로라도 식사를 잘 챙겨야 한다는 사실 정도는 그녀도 알고 있었다.

"가지."

어느새 상념에서 깨어난 이니안은 로즈가 아침 식사를 마치기를 기다렸다가 몸을 일으켰다. 그리고 천천히 움직이기 시작했다. 로즈와 케라우도 그 뒤를 따랐다.

이니안과 로즈 사이의 거리가 어제보다는 조금 줄어 있었다. 잠자코 뒤를 따르던 로즈가 조금씩 이니안 쪽으로 다가갔다. 그리고 작은 소리로 속삭였다.

"아침에는 미안했어요."

그 말을 끝으로 로즈는 다시 이니안과의 거리를 유지했다. 아직 아이라의 일에서 맺힌 감정은 풀리지 않았다. 다만 케라우의 말에서 로즈는 이니안이 왜 자신의 곁에 그렇게 가까이에 있었는지 알 수 있었다. 간밤에 습격한 어새신으로부터 자신을 지키기 위해 일부러 그 자리에 있었던 것이다.

'조금만 상냥할 수는 없나……'

로즈는 물끄러미 이니안의 뒷모습을 쳐다보았다. 그녀는 이니안의 배려를 곳곳에서 느낄 수 있었다. 저 차가운 얼굴만 아니라면 더 좋을 텐데. 마음이 조금만 더 따뜻하면 좋을 텐데.

지금까지는 그러려니 했지만 아이라의 죽음을 본 이후에는 그냥 지나칠 수 없었다. 그때 본 이니안의 모습은 차가움을 넘어서 잔인하게까지 느껴졌다. 로즈는 그런 잔인함이 싫었다.

그녀가 그를 이해하든지, 그가 자신의 모습을 바꾸든지 둘 중 어느 것도 아니라면 두 사람의 관계는 지금과 같은 상태로 지속될 것 같았다.

*　　　　*　　　　*

몸이 부들부들 떨리고 있다. 한쪽 무릎을 꿇고 고개를 숙이고 있는 사내의 몸이 떨리고 있다.

"그러니까 실패했다는 건가?"

"네……"

"내가 분명 쉽지 않을 거라 했을 텐데……"

느릿느릿한 목소리. 하지만 지금 무릎을 꿇은 사내에게는 세상의 어느 소리보다도 공포스러웠다.

"그래서 일류 어새신들로만 추려서 보냈습니다만……"

"훗, 일류라는 놈들이 제대로 된 공격 한번 못해보고 모두 죽고 한

놈만 살아왔다? 여섯이나 투입되어서?"

소파에 등을 기댄 사내는 수하의 보고를 잘랐다. 그의 목소리가 조금 높아져 있었다.

"이니안이라는 용병에 대한 평가를 잘못했습니다."

"그래? 어느 정도로 예상했었나?"

"중급의 소드 익스퍼트로 생각했습니다."

"네놈!"

지금까지 조용한 목소리로 느릿느릿 이야기하던 사내의 입에서 폭갈이 터져 나왔다.

"네, 넷!"

깜짝 놀란 수하는 양 무릎을 모두 꿇고 넙죽 엎드렸다.

"카르세온의 손에서 한번 벗어난 녀석의 실력이 겨우 그 정도일 거라 생각했단 말이냐?"

"그, 그것이……."

주인의 물음에 그는 아무런 대답도 못하고 쩔쩔매고 있었다. 솔직히 운이 좋아 탈출했다고 생각했다.

"후우, 저런 멍청한 녀석이 수하라니……."

그 말에 사내는 온몸이 오싹함을 느꼈다. 그는 알 수 있었다. 자신의 주인이 칼을 뽑아 들었음을. 그 칼은 자신의 목을 내려칠 것이다.

"부, 부디 용서해 주십시오. 아니, 한 번만 더 기회를 주십시오."

필사적이다. 자신의 목숨을 건지기 위해 필사적이다.

"한 번만 더라……."

사내는 주인의 처분을 기다리며 부들부들 떨고 있다.

"좋아, 한 번 더 기회를 주도록 하지."

그 말이 주인의 입 밖으로 나오는 순간 사내의 얼굴에 안도의 기색이 내려앉았다.

"움직여라."

"네?"

"다크 크리스(Dark Kris)를 움직여라."

사내의 얼굴이 하얗게 질렸다. 자신의 주인은 지금 자신에게 제국 최고의 어새신 길드를 움직이라고 한다. 그들을 움직이기 위해 필요한 대가를 알기에 사내의 얼굴에 절망이 어렸다.

"알겠습니다."

하지만 할 수 없었다. 해야 했다. 자신의 주인을 알기에 그는 주인의 말을 따라야 했다.

"그럼 이만 가거라."

주인의 말에 사내는 천천히 그 방에서 물러났다.

방을 빠져나온 사내의 얼굴이 하얗게 질려 있었다.

"후우, 다시 한 번 준 기회가 이것이라니… 역시……."

사내의 얼굴에 체념의 빛이 어렸다.

"하지만 일단은 명령을 수행하는 것이니까 뒷일은……."

이제 사십대 중반으로 보이는 사내는 쓸쓸한 미소를 지었다.

사내는 천천히 걸음을 옮겼다. 복도를 잠시 걷던 그는 곧 멈춰 서서 벽의 한곳을 지그시 눌렀다. 그러자 거친 소리와 함께 바닥부터 허리 어림까지의 공간이 열렸다. 그는 그 구멍으로 몸을 숙여 기어들어 갔다. 낮고 좁은 통로는 한 치 앞도 구분할 수 없을 정도로 어두웠으나 그는 익숙하게 기어갔다. 얼마나 갔을까? 그는 멈췄다. 벽의 한곳을 누르자 다시 한 번 거친 소리와 함께 벽 옆의 공간이 열렸다. 그곳에서 희미한 빛이 새어 나왔다. 사내는 그 구멍으로 들어갔다.

사내가 들어간 곳은 창고였다. 커다란 오크 통이 곳곳에 쌓여 있는 것으로 보아 술 창고인 듯했다. 사내는 익숙한 걸음걸이로 오크 통 사이를 걸어갔다. 그가 향하는 곳은 막다른 곳이었다. 오크 통만 가득 쌓인 벽. 사내는 그중에서 오크 통 하나를 빼냈다. 가득 쌓인 것들 중 하나가 빠졌으니 오크 통들이 무너져야 정상이었지만 그것들은 여전히 그 모양을 유지하고 있었다. 오크 통을 빼내고 드러난 공간. 그는 그곳으로 들어갔다. 그리고 오크 통 뒤에 달린 손잡이를 잡고 다시 오크 통을 제자리에 끼워 넣었다.

"왔는가?"

"예."

사내가 드러난 공간에 허리가 구부정한 노인이 작은 책상에 앉아 있었다.

"앞으로의 일은?"

노인의 물음에 사내는 씁쓸한 미소를 지었다.

"다크 크리스를 움직여라."

그의 대답에 노인의 눈썹이 꿈틀했다.

"허어, 상당히 화가 나신 모양이군."

노인은 걱정 어린 눈으로 사내를 보았다.

"뒷일을 부탁드립니다."

"알겠네. 그럼 이걸 가지고 가게."

노인은 고개를 끄덕이는 것으로 대답을 대신했다. 그가 부탁하는 것이 무엇인지 알았기에.

사내는 노인이 건네는 것을 받아 품에 넣었다.

"그럼."

사내는 노인에게 인사를 하고는 한쪽에 있는 작은 문으로 나갔다. 문이 통하는 곳은 작은 뒷골목이었다. 정체불명의 허름한 가게들이 잔뜩 몰려 있는 골목. 사내가 나온 곳은 그런 골목의 무수한 문 중의 하나였다.

주변에 여러 사람들이 있었지만 그런 사내를 이상하게 보는 이는 한 명도 없었다. 그곳을 드나드는 것이 일상인 듯 몇몇 이는 사내에게 손을 흔들어주기도 했다. 사내도 웃으며 마주 손을 흔들었다. 그의 모습은 평소와 다름없었다.

사내는 익숙한 걸음으로 골목을 벗어났다.

사내는 미오나인의 모든 거리를 꿰고 있었다. 왕궁을 제외한 모든 곳을 알고 있었다. 공작가의 저택 내의 비밀 통로까지도. 그런 그가 다크 크리스를 찾는 것은 그다지 어려운 일이 아니었다.

한참을 걸어가던 그는 한 호화로운 가게 앞에서 걸음을 멈추었다.

라인베르 주류상.

그가 멈춰 선 가게의 간판에 적힌 이름이다. 사내는 망설임 없이 가게 안으로 들어섰다.

가게는 외부만큼이나 내부도 호화로웠다. 섬세한 세공이 들어간 가구들이 적당한 위치에 자리하고 있었고, 바닥에 깔린 카펫에서는 걸음을 옮길 때마다 부드러운 감각이 전해져 왔다. 카펫에 그려진 문양도 아름다웠다.

진열대에 나열된 술병들.

술병이라기보다는 예술품에 가까웠다. 갖가지 아름다운 모양을 하고 있는 술병들.

"어떻게 오셨습니까?"

말끔하게 차려입은 점원이 사내에게 다가와 정중히 허리를 숙였다. 고급 술만을 취급하는 주류상답게 점원의 태도가 무척이나 공손하고 절도있었다.

"샤토 그린디어 437년산."

사내의 말에 점원의 얼굴이 살짝 변했지만 그것은 순식간이었다.

"이리로 오시죠."

점원은 사내를 데리고 어디론가 향했다.

"어서 오세요."

점원을 따라 미로 같은 지하실을 걸어 도착한 방. 그 안에서 사내를 맞이하는 이는 보랏빛 머리칼이 매혹적인 여인이었다. 이곳이 어떤 곳인지 알고 왔음에도 사내는 눈앞의 여인의 존재를 믿을 수 없었다.

청초하면서도 고귀했다.

절대 암살 따위나 하면서 살 여인이 아니었다. 하지만 그녀는 이 방에 있었다. 제국제일의 어새신 길드라는 다크 크리스의 중심부에.

"의뢰를 하러 오셨겠죠?"

사내는 고개를 끄덕였다.

"그럼 물론 의뢰비도 아시겠죠? 이곳을 이렇게 손쉽게 찾아오신 것을 본다면 말이에요."

여인은 살짝 미소를 지었다. 한 떨기 수선화 같은 모습. 사내는 지금 자신이 과연 어새신 길드에 의뢰를 하러 온 것이 맞는지 헷갈렸다.

"10만 골드와 의뢰자의 목숨."

사내의 대답에 여인은 다시 한 번 웃었다. 사내는 차마 그 웃음을 똑바로 바라볼 수가 없었다.

"잘 알고 계시는군요. 사람의 목숨을 빼앗는 것은 커다란 죄악이에요. 그럼에도 불구하고 그런 죄악을 부탁하려는 사람들이 있지요. 우리가 의뢰인의 목숨을 요구하는 것은 그들의 각오를 확인하기 위해서에요. 과연 다른 이의 목숨을 앗아야 할 정도로 절실한 사연이 있는지. 정말로 절실하다면 자신의 목숨을 버려서라도 이루려 할 테니까요."

궤변이다.

그 말이 목구멍까지 솟아 올라왔지만 사내는 그 말을 입 밖으로 뱉지 못했다. 어쨌든 자신은 의뢰자였고, 그것이 그들의 규칙이었기에.

"그럼 의뢰 대상에 대해 말해주세요."

"여기."

사내는 미리 준비해 온 두 장의 스크롤 카드를 품에서 꺼내 여인에게 건넸다.

"이건?"

"하나에는 의뢰에 대한 내용이, 다른 하나에는 10만 골드가 담겨 있소."

"철저하시군요."

사내는 여인의 말에 무뚝뚝하니 앉아 있었다. 이제 자신 앞에 다가올 운명을 기다리며.

"그럼, 여기 찾으신 샤토 그린디어 437년산이에요."

요사스러운 붉은 빛을 빛내는 와인이 글라스에 담겨 있었다. 사내는 망설임 없이 그 와인을 단숨에 들이켰다. 그리고 천천히 눈을 감았다.

'로날드……'

한 달 전 태어난 아들의 이름을 속으로 삼키며 서서히 온몸으로 퍼지는 고통에 몸을 던졌다. 고통이 느껴진다 싶은 순간 그는 얼마 되지 않아 더 이상 고통을 느끼지 못했다. 숨이 끊어진 것이다.

샤토 그린디어.

라칼트 대륙에서 최고라고 인정받는 레드 와인이다. 단, 샤토 그린
디어의 첫 생산품은 제국력 438년이다. 즉, 437년산은 없다. 이들이
부르는 샤토 그린디어 437년산은 의뢰인에게 죽음을 선사하는 독의
이름이었다.

크리스란 운철로 만든 단검으로 물결 모양의 검날을 가지고 있다.
검면에 갖가지 신비로운 문양이 새겨진 아름다운 단검이다. 그리고 다
크 크리스의 길드원들이 사용하는 무기이기도 했다.

다크 크리스(Dark Kris).

미오나인 최고의 어새신 길드다. 단 다섯 명으로 이루어진 길드. 다
섯 명의 어새신이지만 그들 한 명, 한 명은 초특급이었다. 누구도 그들
의 본모습을 모른다. 그들을 본 의뢰자는 모두 죽었기에. 그들은 소드
마스터를 죽여달라는 의뢰까지 성공한 전력이 있었다. 그랬기에 제국
최고라는 명성을 가진 것이다. 혹자는 그때의 일 때문에 다크 크리스
에 소드 마스터의 경지에 이른 어새신이 있을지도 모른다고 조심스레
추측하기도 한다.

그런 길드가 로즈에 대한 암살 의뢰를 받아들였다. 수하의 목숨을
대가로 지불한 누군가에 의해.

"호호, 오랜만의 의뢰야. 모두들 준비하도록 해."

여인의 목소리는 작은 방을 잠시 떠돌다가 사라졌다. 여인은 몸을
일으키며 미소 지었다. 사내가 죽기 전에 본 웃음과는 다른 살기에 찬
섬뜩한 미소였다.

어느새 또 하루가 저물어가고 있다. 이제 어느 정도 산맥에 들어서자 제법 나무들이 우거져 있었다. 간간이 낯선 방문자에 놀라 도망가는 야생동물의 기척이 느껴지기도 했다.

"내일이면 드디어 바운더리 산맥으로 다시 들어가는 것인가?"

거친 산길에서 그나마 평평한 바닥을 찾아 모포를 깔며 케라우는 저 뒤로 장엄한 산세를 자랑하는 바운더리 산맥을 바라보았다. 이니안은 가운데 모아온 나무로 불을 피우고 케리우의 시선이 향한 곳을 바라보았다.

험준한 산맥과 우거진 숲.

역시 어새신들에게는 절호의 장소다. 이니안도 그것을 알고 있다. 상대는 숨어 있고 자신들은 노출된다. 하지만 사람들 사이에 숨는 것보다는 자연 속에 숨는 것이 상대를 찾기 쉬웠다. 사람은 결코 자연이 될 수 없기에. 사람이 다른 사람으로 분하여 사람 속에 숨는 것은 쉽고 찾기도 어렵다. 하지만 사람이 자연이 된다는 것은 매우 어려운 일이다.

이니안은 단 한 번, 사람이 자연이 된 모습을 본 적이 있었다. 아버지와의 대련. 그때 중단으로 검을 곧추세운 아버지의 모습은 자연 그 자체였다. 이니안은 사람이 자연이 된다는 것이 어떤 것인지 경험해 보았다. 그랬기에 어새신은 절대 자연이 될 수 없다고 확신할 수 있었다. 그래서 이곳으로 온 것이다. 자연 속에 숨어든 이방인을 찾아내어 격살하기 위해서.

"거창한 환영 준비를 하고 있겠지."

이니안은 홀로 조용히 중얼거렸다. 그는 이미 느끼고 있었다. 고요해야 할 산맥 위로 솟구쳐 올라오고 있는 살기를.

Chapter 3

지킨다는 것은 무척 힘든 일이다

지킨다는 것은 무척 힘든 일이다

밤이 지나고 다시 아침이 밝았다.

세 사람은 산맥 속으로 걸음을 옮겼다. 저곳이 자신들의 목적지로 향하는 길이기에 그 걸음에 망설임은 없었다.

"이제부터 최대한 나에게 가깝게 붙어 있어라."

무미건조한 목소리로 이니안은 로즈에게 말했다. 로즈는 가만히 고개를 끄덕였다. 그녀는 이니안의 목소리에 담겨 있는 기색을 느낄 수 있었다. 비록 아직 그에 대한 시선이 완전히 예전으로 돌아온 것은 아니지만 그가 그렇게 말한다면 따라야 했다. 어쨌든 그는 자신을 지키기 위해 애쓰고 있는 사람이다. 그것만은 항상 감사하고 있다. 비록 그방법이 자신의 생각과는 다르지만 결국은 자신을 지키기 위한 행위였기에.

"흐음, 원래 이 산이 이렇게 조용했던가?"

케라우가 주변의 기척에 고개를 갸웃거리며 말했다.

세 사람이 별다른 대화 없이 걷기를 네 시간여. 이미 상당히 깊은 산속에 들어와 있는 상태다. 그럴수록 야생동물들의 기척이 더 많이 감지되어야 할 터. 그런데 그런 것들이 전혀 없었다. 물론 보통 사람이라면 현재 숲의 분위기가 이상하다는 것을 느낄 수 없다. 그들은 애당초 야생동물의 기척을 느끼지 못하기에. 하지만 이니안과 케라우는 달랐다.

"곧 오겠군."

이니안은 로즈에게 조금 더 가깝게 붙었다.

온몸이 빳빳하게 긴장했다. 물론 그렇다고 굳어든 것은 아니다. 최적의 상태로 검을 뽑을 수 있는 적당한 긴장. 이니안은 자신의 몸을 그런 상태로 만들었다.

로즈 역시 잔뜩 긴장한 채 주변을 살폈다. 그런다고 그녀가 할 수 있는 일은 없었지만 그런 것은 아무래도 좋았다. 지금 그녀의 행동은 스스로를 진정시키기 위한 것이었으니까.

그 순간,

로즈는 하얀 빛살을 보았다. 자신의 눈앞을 가르고 지나간 새하얀 빛. 순식간에 가르고 지나갔지만 그녀는 똑똑히 볼 수 있었다.

'아름다워.'

그녀의 눈에 비친 세상을 가득 채우는 하얀 빛. 그것을 보는 순간 그녀는 그렇게 느꼈다. 순수하게 가슴에서 솟아오른 감정의 조각들.

이제는 사라진 하얀 빛의 궤적을 로즈는 멍하니 바라보았다. 그때 그 궤적을 뚫고 들어오는 이물. 그것은 붉었다. 점점이 하얀 빛의 궤적을 침습하는 듯한 붉은 점은 곧 선이 되고 면이 되어 그녀의 동공을 꽉 채웠다. 그리고 코로 스머드는 비릿한 혈향.

"이게?"

그제야 로즈는 정신을 차렸다. 그녀의 눈에 보인 것은 붉은 피가 가득한 바닥과 목이 없는 시체.

말하지 않아도 알 수 있었다. 그녀가 아름답다고 느낀 하얀 빛은 이니안이 검으로 그린 궤적이었고, 눈앞의 시체는 그녀의 목숨을 노린 어새신임을.

"이제부터 시작이다. 정신 똑바로 차려."

이니안은 검을 가볍게 흔들어 검신에 묻은 피를 말끔히 털어내고는 다시 검집에 꽂아 넣었다. 로즈는 아무런 말도 않고 이니안의 뒤를 따랐다.

그때부터다.

산은 무수한 사람들을 토해내고 있었다. 모두 어디에 몸을 숨기고 있는지는 알 수 없었다. 다만 쏟아져 나올 뿐이었다. 나무와 같은 색의 옷을 입은 사람, 나뭇잎과 같은 색의 옷을 입은 사람, 흙과 같은 색의 옷을 입은 사람 등, 갖가지 옷을 입고 기묘한 무기들을 가진 사람들이 쏟아져 나왔다. 그들의 목적은 단 한 가지였다.

로즈의 목숨.

그리고 그들은 모두 그 목적을 이루지 못하고 자신들의 목숨을 잃었다. 이니안의 검이 정신없이 움직였다. 검이 한 번 움직이면 반드시 한 사람이 목숨을 잃었다. 검이 그린 하얀 궤적을 따라 붉은 핏줄기가 비산했다.

하얀 빛과 붉은 선혈이 허공에서 어우러졌다.

이니안이 팔을 놀리는 대로 움직이는 검은 빈 허공을 하얀 실로 수를 놓는 듯했다. 그 모습은 유려하고도 아름다웠으며 망설임이 없었다. 그렇게 하얀 실이 지나간 자리를 어새신들의 붉은 실이 뒤따랐다.

이것은 일방적인 살육이나 다름없었다. 죽이기 위해 달려들고 살기 위해 검을 움직이건만 대체 누가 죽이려 하고 누가 살려 하는지 알 수 없었다.

죽고 죽이는 현장.

"햐, 이놈들 정말 어새신 맞아? 그냥 머릿수로 들이밀고 있을 뿐이잖아?"

케라우는 검날을 뽑아 든 건틀릿으로 자신을 향해 덤벼드는 어새신들을 베어 넘기며 투덜거렸다. 그런 그의 얼굴에는 한 점의 흔들림도 없었다.

'분명 이 녀석들은 이류나 삼류다.'

이니안도 느끼고 있었다. 매복도 어설펐고 공격은 더욱 어설프다. 그들은 그저 달려들고 있을 뿐이다. 자신들의 목숨을 헛되이 버리고 있었다. 지난밤에 왔던 어새신들은 달랐건만 어찌 갑자기 이런 녀석들이 쏟아져 나오는 걸까? 의혹은 생겼지만 지금은 눈앞의 적을 쓰러뜨릴 뿐이다. 머리를 쓰는 것은 그 뒤에 해도 늦지 않을 터이다.

로즈는 이니안과 케라우의 사이에 서서 그런 장면을 모두 지켜보고 있었다. 이미 그녀의 눈에서 초점은 사라져 있었다. 너무 엄청난 광경을 보아서였을까? 그녀가 아름답다고 생각한 이니안의 검의 움직임은 반드시 하나의 죽음을 가지고 왔다. 그렇게 앗은 사람의 생명은 대체 몇일까? 그녀는 처음에는 그 수를 헤아리고 있었으나 이제는 그것을 잊었다.

대체 왜 이들은 자신의 생명을 버리면서까지 자신을 죽이려 하는 걸가? 자신은 대체 어떤 존재인가? 그런 의문이 로즈의 머리 속에서 뒤엉켰다. 자신의 눈앞에서 수많은 생명이 스러지고 있다. 과연 이래야 하는가?

가슴에 구멍이 뚫린 아이라의 모습이 떠올랐다. 그 아이는 왜 그렇게 죽었을까? 그 아이를 죽인 것은 정말 이니안일까? 그 아이의 가슴을 뚫은 것은 이니안이지만 죽인 것은 자신이 아닐까? 아니, 자신이 존재한다는 것이 그 아이를 죽음으로 이끈 것이 아닐까?

수많은 의문이 로즈의 정신을 침습했다. 수많은 상념과 후회가 그녀의 가슴을 어지럽혔다. 결국 그녀는 생각하는 것을 포기했다. 그저 멍한 눈으로 눈앞의 현장에서 도피할 뿐.

그 와중에도 이니안은 천천히 한 발 한 발 앞으로 나가고 있었다. 그 뒤에서 케라우가 천천히 로즈를 인도하며 걸음을 옮기고 있었다.

'끝이 없군.'

그야말로 끝이 없었다.

실력이 안 되기에 양으로 끝장을 보겠다는 것인지 그들은 끊이지 않고 숲에서 튀어나왔다. 이니안은 조금씩 지쳐 가는 것을 느꼈다. 자신이 아무리 강해도, 자신에게 아무리 많은 마나가 있다 해도 이건 도가 지나쳤다.

'빌어먹을, 이 녀석들은 어새신이 아니야. 단지 명령에 따라 죽으러 달려드는 병사들일 뿐이다.'

이니안은 속에서 욕이 울컥 치솟아올랐다. 아니, 그것은 분노였다. 하지만 그 분노를 토해낼 시간도 없었다. 적들은 끊이지 않고 숲 속에서 몸을 드러내고 있었다.

산맥에 들어오기 전에 이미 상당한 수의 적이 몸을 숨기고 있는 것은 알고 있었지만 이 정도일 줄은 몰랐다. 적은 정도라는 것을 모르는 듯이 무식하게 밀어붙였다.

'젠장, 역시 그 인간의 조언을 듣는 것이 아니었어.'

이니안은 속으로 자신에게 이런 방법을 이야기해 준 인간을 욕했다. 산맥 속으로 들어온 것을 후회했다. 차라리 사람들 속에서 몇 안 되는 어새신을 경계하는 것이 나을 뻔했다는 생각이 들었다. 이렇게 무식하게 머릿수로 들이밀 줄은 몰랐기에.

아니, 애초에 이 정도의 길드원을 보유한 어새신 길드가 있을 턱이 없었다. 하지만 자신이 선택한 길. 절대 여기에서 쓰러질 수는 없었다. 자신은 로즈를 지키겠다고 했다. 그렇다면 지켜내야 했다. 이것은 자신과의 약속이다.

"그래, 다크 크리스가 움직였다고?"

등을 돌린 사내는 무심히 뒤에 있는 자신의 수하에게 물었다.

"네."

그곳에는 다크 크리스를 움직이기 위해 길을 떠나던 사내에게 두 장의 스크롤 카드를 전해준 노인이 한쪽 무릎을 꿇고 앉아 있었다.

"그들만 움직인 건가?"

"일단 그들은 그리 알고 움직일 겁니다."

노인의 대답에 사내는 차가운 미소를 지었다. 그가 한 말의 의미를 이해했기 때문이다.

"어디인가?"

"길리안 길드입니다."

"길리안 길드?"

생소한 이름에 사내는 고개를 갸웃거렸다.

"처음 들어보셨을 겁니다."

사내는 노인의 말에 가만히 고개를 끄덕였다. 사내의 머리 위로 올라온 소파의 등받이로 인해 노인은 그 모습을 보지 못했다. 하지만 노인은 지금 자신의 주인이 어떤 생각을 하는지 알 수 있었다.

"그들은 어새신 길드이면서 어새신 길드가 아닙니다."

"계속 말해보게."

사내는 흥미를 느낀 듯했다.

"네, 그들은 길리안 산맥 전체에 걸쳐 모여 살고 있는 산적들입니다."

"산적?"

노인의 대답에 사내는 의외라는 듯 되물었다.

"네, 그렇습니다. 다만 산적질만 하는 것이 아니라 의뢰를 받아 청부 살인도 하고 있습니다."

"그렇다면 별 볼일 없겠군."

사내는 흥미를 잃은 듯했다. 처음 들은 길드였기에 가졌던 관심은 모두 사라졌다. 산적 나부랭이라고 하는데 관심이 갈 일이 없었다.

"다만……."

노인은 그런 주인의 변화를 눈치챘다. 노인은 입가에 작은 미소를 지은 채 말을 이었다.

"그들의 수가 좀 많습니다."

"그래야 칠팔백 정도 아닌가?"

일반적인 산적의 규모가 그 정도였기에 사내는 대수롭지 않게 말했다. 일반적인 어새신 길드의 어새신의 수가 삼백 정도인 것을 생각하면 상당히 많은 수이지만 볼 것 없는 산적이라야 그 수는 결코 대단한 것이 아니었다.

"삼만입니다."

노인은 주인의 반응을 예상했다는 듯 더욱 짙은 미소를 띠며 말했다.

"삼만?!"

그의 말에 사내는 놀란 듯했다.

삼만이라니? 삼만 명이라면 어지간한 정규군 수준이었다. 마음만 먹는다면 공작령의 영지를 침탈하고도 남을 규모였다.

"길리안 산맥은 깊고도 넓습니다. 그 정도 인원은 충분히 안을 수 있지요."

"그렇다 해도 대단하군. 끄응, 반란을 일으킬 수도 있을 정도의 수야."

그 말은 사실이다. 삼만의 반란군이라면 제국으로서도 진압에 상당한 곤욕을 치를 터. 무시 못할 세력인 것이다.

"그렇습니다만 진정한 그들의 힘을 아는 사람은 거의 없습니다. 저도 우연히 입수한 정보였습니다."

"자네, 항상 느끼는 거지만 수완이 상당히 좋아."

사내는 만족한 미소를 머금었다. 아무리 대단한 사람이라 해도 한계는 있는 법이다.

설사 드래곤이라 해도 사람의 머릿수에는 당하지 못한다. 그렇게 드래곤을 잡은 전력이 대륙에는 남아 있었다. 기록으로만 전해지는 전설 같은 이야기지만 그 증거는 남아 있었다. 비록 십만에 이르는 병사와 기사, 마법사들이 목숨을 잃었다 하더라도 말이다.

"얼마나 움직였나?"

"삼천입니다."

"흐음, 그 정도면 충분하겠군."

삼천이란 결코 작은 수가 아니다. 동네 건달이라도 삼천이라는 수가 모이면 엄청난 힘을 발휘한다. 삼천 명의 사람이 그냥 죽기 위해 천천히 걸어서 다가간다 해도 그 사람들을 모두 베어 넘기려면 지쳐 쓰러질 것이다. 아니, 인간의 체력으로 삼천 명의 목숨을 혼자서 베어 넘긴다는 것은 애초에 불가능했다.

"하지만 길리안 산맥에 있다면……."

사내는 걱정되는 것이 있는 듯 중얼거렸다. 길리안 산맥은 바운더리 산맥과는 제법 멀리 떨어져 있는 산맥이다. 바운더리 산맥은 제국의 북부 해안가를 따라 길게 이어진 산맥이다. 길리안 산맥은 제국의 남쪽 중심부에 국경을 이루면서 양쪽으로는 살짝 북쪽으로 휘어진 형태다. 바운더리 산맥과 길리안 산맥이 가장 가깝게 근접하는 곳도 말을 달려 일주일 이상은 달려야 하는 거리이다.

삼천 명이라는 대 인원이 그 거리를 이동해 로즈를 습격하기에는 거리가 너무 멀었다.

"이미 그들은 바운더리 산맥의 길목에 진을 치고 있습니다."

노인은 주인의 걱정을 모두 안다는 듯 말했다.

"그래?"

"예, 그들이 바운더리 산맥 쪽으로 들어갔다는 말을 들었을 때 혹시나 해서 그들을 동원했습니다. 설마 다크 크리스 길드를 움직이실 줄은 몰랐습니다."

"아니야. 하하하! 좋아. 일은 확실히 해야 하는 법이지. 삼천 명의 삼류 어새신과 다크 크리스 길드라……. 이번 일은 확실히 성공하겠군. 이래도 살아남는다면 인간이 아닌 거야. 수고했어."

노인은 주인의 칭찬에 미소를 지으며 방에서 물러났다. 그의 생각 역시 마찬가지다. 설사 카일로니아 왕궁의 그랜드 마스터라는 사이몬 공작이라 할지라도 그런 상황에서는 필사(必死)일 터다.

서서히 하늘이 황혼에 물들고 있다. 이제 곧 태양이 서편 너머로 그 모습을 감출 태세다.

"빌어먹을, 벌써 밤이야?"

케라우의 입에서 욕설이 쏟아져 나온다. 그럴 수밖에. 여전히 적은 숲에서 쏟아져 나오고 있었다. 그런 와중에 밤이라니……. 이런 식으로 힘을 소모해서는 다음날 아침의 태양을 볼 수 있을 거라 장담할 수 없다.

그 와중에도 세 녀석이 동시에 달려들었다. 케라우의 양손이 빛을 발하며 교차했다. 케라우 쪽으로 달려든 세 사람은 가슴이 찢어진 채 나가떨어졌다. 즉사였다. 갈비뼈를 자르며 심장을 훑고 지나간 케라우의 손톱이 피에 물들어 요사스럽게 빛났다. 케라우의 건틀릿에 달려 있던 검날은 이미 부러져 나간 지 오래였다. 이니안처럼 무기에 마나를 불어넣어 싸우는 것이 아니었기에 수많은 어새신들을 베어 넘기며 결국은 부러진 것이다.

'빌어먹을, 일단 몸을 피해야 한다.'

한 번의 칼질로 네 사람의 허리를 훑어낸 이니안은 결국 후퇴를 결정했다. 밤이 오면 곤란했다. 그나마 한쪽에서 케라우가 버텨주고 있기에 이 정도라도 할 수 있는 것이다. 더 이상은 무리였다.

이미 호흡은 거칠어질 대로 거칠어져 있었다.

"케라우! 헉헉!"

"왜? 헉헉!"

"동굴을 찾아라! 입구는 좁고 우리 세 사람이 충분히 들어가서 쉴 수 있을 만한! 헉헉헉!"

이니안은 적들이 듣든지 말든지 신경 쓰지 않고 케라우에게 소리쳤다. 이미 호흡은 거칠어질 대로 거칠어져 있고 힘도 빠질 대로 빠져 있었다. 저들이 듣는 것을 걱정하며 은밀한 방법을 쓸 여유 따위는 없었다.

"이 빌어먹을 놈아, 지금 이 상황에서 그게 가능할 것 같냐?"

"얼마나 필요해?"

이니안은 케라우가 말하려고 하는 것이 무엇인지 알았기에 즉각 물었다.

"5분."

"헉헉! 뭐가 그렇게 길어? 빌어먹을!"

이미 그들의 검에 쓰러진 사람의 수는 천을 넘어서고 있었다. 두 사람이 해낸 일이라고는 믿을 수 없는 결과였다. 하지만 아직도 무수한 인간들이 쏟아져 나오고 있다.

아니, 이 정도로 사람을 죽이면 공포를 느끼고서라도 덤벼들지 않게 되는 것이 정상이다. 저들은 아직 이니안과 케라우의 옷깃조차 건드리지 못하고 있었다. 단지 달려들면 죽을 뿐. 그렇다면 섣불리 달려들지 못하는 것이 정상적인 인간이다. 그런데 저들은 아무 상관 없다는 듯 달려들고 또 죽었다.

이 상태라면 지쳐서 상처를 입는 것도 곧이다.

이니안은 검을 떨쳐 주변을 둘러싸고 접근해 오는 적들을 쓸어냈다. 하지만 이번에는 죽은 이가 아무도 없었다. 아니, 일부러 죽이지 않았다. 이니안은 잠시의 여유를 얻기 위해 주변으로 달려들던 적들을 검풍으로 밀쳐낸 것이다.

아주 잠시 생긴 여유. 이니안은 한껏 숨을 들이켰다.

"후흡."

신선한 숲 속의 마나가 호흡과 함께 몸속으로 들어온다.

'이 정도면… 아슬아슬하군.'

이니안은 마나 스피어의 마나 량을 확인했다. 그다지 많다고는 할 수 없는 마나. 적의 수를 알아차린 후부터 최소한의 마나로 적들을 쓰러뜨려 왔기에 그나마 이 정도라도 남아 있는 것이다. 지금은 마나가 있어도 체력이 모자라 더 이상 싸울 수 없는 상태였다. 서서히 집중력도 떨어져 가고 있었다.

그렇다면 이 마나를 한 번에 쏟아내는 것도 한 방법이다. 아니, 5분의 시간을 벌려면 그 수밖에 없었다.

"딱 5분이다."

이니안의 외침에 케라우는 즉시 손톱을 거두고 로즈의 옆에 딱 붙었다. 주변에 있을 박쥐들을 찾기 위해서이다. 그 순간 케라우의 몸은 완전한 무방비 상태가 되었다. 그곳으로 다섯의 적이 날아들었다.

하지만 그것뿐이었다.

날아들려 했으나 그들은 곧 한줌 핏물로 화해 바닥에 떨어졌다.

마령천참검 제2초 귀혼천검(鬼魂千劍).

귀신의 혼이 천 개의 검을 떨치니.

사방으로 비산하는 검날.

팔방에서 희번덕이는 차가운 기운.

검끝에서 뻗어나간 마나가 사방을 쓸고 지나갔다. 나무에 숨어 있든 땅속에 숨어 있든 상관없었다. 이니안은 자신이 기척을 느낀 모든 곳에 '검기'라는 마나를 쏘아냈다. 마나의 소모가 크기에 지금껏 사용하지 않았었다. 원거리 공격이 가능함에도 단지 그 마나를 검에 불어넣고 있을 뿐이었다.

하지만 지금 그 마나를 검 밖으로 날려 보내고 있다. 사방에서 피가 튀었다.

붉게 물든 하늘이 서서히 어둠으로 덮이는 산속을 새하얀 섬광이 가득 메웠다. 단 하나의 예외도 없었다. 하얀 섬광이 지나간 곳에서는 반드시 피가 튀었다.

지금껏 공포를 모른다는 듯 이니안을 향해 죽기 위해 뛰어들던 어새신들이 조금씩 주춤거렸다. 이니안에게 뛰어들지 못하고 거리를 벌렸다.

검초를 모두 전개하고 이니안의 검이 다시 중단에 곧추세워졌을 때 주변에 살아 있는 이는 아무도 없었다. 이니안을 중심으로 반경 오 미터 내에는 누구도 다가들지 않았다.

그 틈에 이니안은 호흡을 고르며 마나를 최대한 몸속으로 끌어 모았다. 남아 있는 마나의 삼분지 일을 쏟아 넣어 펼친 검초. 어떻게든 마나를 모아 다음 검초를 펼쳐야 했다. 이제 케라우가 요구한 시간의 절반이 지났을 뿐이다.

이니안은 주변을 경계하며 검을 들고 고요히 서 있었다. 어새신들은 서로의 눈치를 보며 감히 다가들지 못하고 있었다. 조금 전 이니안이 보여준 모습은 인간의 그것이 아니었다. 자연히 망설일 수밖에 없었다.

그들은 인간은 반드시 지친다는 것을 알고 있다. 그랬기에 목표가 지쳐 나가떨어지면 그때 동료가 죽여줄 것으로 믿고 자신들의 목숨을 버리고 있었다. 그들은 지금까지 그들 앞에 섰던 그런 동료들 덕에 살아 있었던 것이고, 이제는 자신들의 차례가 된 것뿐이었기에 죽기 위해 몸을 날리는 데 망설임이 없었다.

하지만 그것도 어디까지나 상대가 인간일 때의 이야기다. 지금 자신들의 앞에 검을 들고 서 있는 인간은 인간의 형상을 하고 있되 이미 인간이 아니었다. 그러니 자연히 망설여질 수밖에.

"헉헉헉!"

그때 그들의 귀를 강타하는 거친 숨소리. 너무나 놀라운 광경에 잠시 잊었던 사실이 떠올랐다. 눈앞의 목표를 지키는 이의 호흡이 거칠어진 지는 제법 오래되었다. 이미 상당히 지쳐 있다는 것이다. 그렇다면 조금 전의 그 모습은 최후의 발악일 수 있었다.

두 괴물의 대화는 이미 들은 터다. 하지만 현재 상황에서는 말도 안 되는 터무니없는 내용이었기에 무시했다. 그 생각에는 지금도 변함이 없다. 단지 저렇게 눈을 감고 있다고 탈출로가 생길 수 없다. 이미 자신들은 이곳을 완벽히 포위하고 있었다.

솔직히 이곳까지 온 것이 놀라울 지경이다. 거의 1킬로미터 가까이 이동했다. 그 격렬한 전투의 와중에 한 걸음 한 걸음 옮겨서 말이다.

어새신들의 가슴속에 자신감이라는 것이 조금씩 솟아났다. 눈앞의 적은 숨을 몰아쉰다. 이미 지쳤다는 증거다. 인간인 이상 더 이상 버틸 재간이 없을 것이다. 아니, 설혹 내가 죽는다 해도 뒤의 동료가 복수를 해줄 것이다. 그런 생각을 하는 순간 그들은 어느새 이니안을 향해 다가들고 있었다.

'좋다.'

거칠게 숨을 몰아쉬는 가운데 이니안은 회심의 미소를 지었다. 저들이 결국은 발을 들여놓은 것이다. 자신의 검이 사방으로 펼쳐 낼 수 있는 꽃밭의 범위 안에 상당한 인원이 들어왔다. 그렇다면 이제 남은 것은 붉은 꽃을 피우는 것뿐이다.

마령천참검 제3초 혈화만천(血花滿天).

핏빛 꽃이 하늘 가득 핀다.

이니안의 검이 다시 움직인다.

꽃이 핀다.

이니안을 향해 다가들던 어새신들의 가슴에 꽃이 핀다.

붉디붉은 혈화가 사방을 뒤덮는다.

혈화를 피운 어새신들은 쓰러진다.

그것은 조금 전과는 또 다른 공포였다. 조금 전과 같이 화려하지도 현란하지도 않았다. 조용하고 고요했다. 하지만 자신도 모르는 사이에 가슴에 핏빛 꽃이 활짝 피어 있고, 그것을 아는 순간 감각이 사라지고 의식이 사라진다.

어새신들은 다시 조금씩 물러났다. 다가가면 죽는다. 그 생각이 처음으로 머리를 덮쳤다. 거기에 조금 전 보았던 하얀 섬광이 떠올랐다. 몸이 굳어든다. 어떤 반응도 할 수 없었다.

"이니안, 찾았다!"

혈화만천의 초식이 끝난 순간 케라우가 눈을 번쩍 뜨며 외쳤다. 케라우는 외친 순간 이미 최대의 속력으로 달리고 있었다. 이니안은 순식간에 로즈를 들어 안고 그 뒤를 따랐다. 질풍과도 같은 속도다.

두 번에 걸친 이니안의 무시무시한 검에 넋을 잃고 있던 어새신들은 그때야 정신을 차렸다. 그리고 쫓았다. 저들은 지금의 행동으로 자신들이 지쳤다는 것을 보여주는 것이다. 결국 자신들의 넋을 빼놓은 그 검은 마지막 발악이다. 그렇다면 쫓아야 한다.

이미 완전히 포위하고 있는 상태였기에 전력으로 달리는 목표들을 공격하는 것은 어려운 일이 아니었다. 하지만 공격을 위해 뛰어드는 순간 죽었다.

질풍과 같은 속도로 달리는 가운데 이니안은 검을 떨쳐 주변으로 달려드는 적들의 목숨을 거두고 있었다.

그사이 간격은 점점 벌어지고 있었다. 그리고 결국 이니안과 케라우는 어새신들의 포위망을 뚫었다. 하지만 뚫었을 뿐이다. 그들 뒤로 무수한 어새신들이 추격을 시작했다.

케라우가 발견한 장소는 멀지 않았다. 그들은 포위망을 뚫고 나서 그리 오래지 않아 작은 동굴에 도착할 수 있었다.

케라우가 가장 먼저 동굴 안으로 달려들었다. 이니안이 그 뒤를 따라 들어가며 로즈를 바닥에 내려놓았다. 로즈는 여전히 정신이 없었다.

"좋은 곳을 찾았군."

"케케케, 내가 한 일인데 당연한 것 아니겠냐? 그럼 뒤를 부탁한다."

케라우는 그 말만 남기곤 동굴 벽에 기대앉아 눈을 감았다. 수면에 들어간 것이다. 이니안은 넋이 나가 있는 로즈를 한쪽 벽에 기대어 앉혔다. 이제 곧 놈들이 이곳에 다다를 것이다. 그렇다면 막아야 했다.

마침 케라우는 이니안이 원하는 딱 그런 동굴을 찾아냈다. 안쪽의 공간은 다섯 사람이 충분히 누울 수 있을 정도의 크기였다. 하지만 그런 공간까지는 좁은 입구와 통로를 지나야 했다. 두 사람이 나란히 서서는 들어갈 수 없는 좁은 입구. 그리고 입구에서 4미터 정도 이어진 좁은 통로. 그야말로 최적의 장소였다.

이니안은 입구를 막고 섰다. 이 입구는 자신 혼자 충분히 지킬 수 있다. 입구에서 조금 들어온 통로에 서 있었기에 어새신들은 한 번에 한 사람씩 온몸을 드러내고 들어와야 한다.

그 정도면 충분하다. 날이 밝을 때까지 충분히 버틸 수 있다.

하지만 어새신들은 들어오지 않았다. 동굴 입구를 둘러싼 기척은 느낄 수 있었지만 들어오지는 않았다. 아마 이런 상황을 예상한 듯했다.

그것은 그것 나름대로 좋았다. 자신이 쉴 수 있으니.

이니안은 가부좌를 틀고 앉았다.

그리고 눈을 감고 운공을 시작했다. 이미 마나 스피어의 마나는 바닥을 보이고 있었다. 혈화만천을 펼친 후 전력을 다해 마령보의 경신법으로 몸을 날렸다. 마지막의 마지막까지 마나를 쥐어짜며.

운공을 통해 회복해야 했다. 그러면 어느 정도 피로도 풀리고 마나뿐만이 아니라 체력도 회복할 수 있을 터다.

완전히 혈이 뚫리지는 않았지만 일단 이니안은 소주천의 경로를 따라 마나를 한 바퀴 돌렸다. 그에 따라 호흡을 통해 몸속에 들어온 마나가 마나 스피어로 흘러들어 가 모자란 마나를 보충했다. 그때 이니안의 감각을 자극하는 냄새가 있었다.

"이제 겨우 일 주천을 했을 뿐인데."

이니안은 두 눈을 떴다. 운공 중일 때는 감각이 극도로 예민해진다. 그 예민한 감각에 심상치 않은 기색이 느껴졌다. 이니안이 눈을 뜨고 오래지 않아 매캐한 냄새가 코를 찔렀다.

어새신들이 동굴 입구에 불을 피운 것이다. 한 사람씩 이 동굴로 들어와서는 승산이 없다는 것을 깨닫고는 어떻게든 이니안들을 밖으로 나오게 하려는 수작인 것이다.

"훗, 웃기지도 않은 짓을."

진심으로 같잖았다. 이니안이 이런 정도도 예상하지 못하고 동굴로 몸을 피할 리 없다. 이니안은 앉은 자세 그대로 손에 마나를 모았다. 그리고 크게 휘저었다. 그 순간 동굴 입구로 광풍이 몰아쳤다. 그 광풍에 조금씩 스며들어 오던 검은 연기는 곧 바람과 함께 밖으로 휩쓸려 나갔다. 그리고 그 광풍은 어새신들이 동굴 입구에서 피우고 있던 불마저 날려 버렸다.

겨우 이 정도의 수작이라면 이곳에서 충분히 버틸 수 있었다. 어느 정도 태세를 재정비할 시간은 충분할 듯했다.

어새신들은 아직 포기를 하지 않은 듯했다. 그들은 더욱 많은 나무와 나뭇잎을 구해와 다시 동굴 입구에 불을 피웠다. 조금 전에 비해 훨씬 많은 연기가 일어나 동굴 안으로 들어갔다. 그러나 곧 굉장한 바람과 함께 안으로 들어가던 연기가 모조리 밖으로 몰아쳐 나왔다.

"콜록, 콜록."

자신들이 피운 연기를 들이마신 어새신들은 심하게 기침을 했다. 일부러 자극이 심한 연기를 피워내는 나무들만 골랐기에 목이 따끔거리고 눈물이 났다.

[쯧쯧쯧, 한심한 놈들. 정말로 머릿수 빼고는 봐줄 게 없잖아?]

어딘가에서 숨어 그 모습을 지켜보던 이가 조용히 동료에게 말을 걸었다. 특수한 아티팩트를 이용한 것이었기에 자신들 다섯만이 그 대화의 내용을 알 수 있었다. 생각과 생각을 이어주는 아티팩트로 카르세온과 하이 나이트들이 가진 것과 비슷한 종류의 것이다.

[크크. 뭐, 덕분에 우리 일이 편해졌잖아, 미르?]

[그 기분 나쁜 웃음소리 좀 어떻게 할 수 없나, 발론?]

[놔두라고, 라딘. 저 녀석 버릇인걸. 그나저나 기분 나쁜걸. 이중 의뢰라니? 우리 다크 크리스를 어떻게 보고.]

[뭐, 발론의 말대로 일이 편해졌으니 너무 신경 쓰지 마, 제논. 가끔은 이렇게 날로 먹는 일도 있어야지.]

[그래, 킬의 말대로야. 신경 쓰지 마, 제논.]

다섯 사람은 각자 편한 장소에 숨어 유심히 동굴을 살피고 있었다. 그들이 의뢰를 받고 이 장소에 도착한 것은 어젯밤이었다. 아직은 목표물을 살피며 전력을 정비해야 할 때였기에 그저 조심스레 뒤를 따랐다. 자신들이 받은 정보를 토대로 무척이나 먼 거리에서.

그럼에도 그들 중 눈에 마나를 집중해 먼 거리를 볼 수 있는 기술을 가진 이가 있었기에 감시에는 무리가 없었다.

이제 사위는 완전한 어둠에 잠겼다. 아직 달이 뜨지 않은 시간. 별들이 하늘을 희미하게 밝히고 있었다. 땅에서는 어떻게든 이니안들을 끌어내려는 어새신들의 불꽃이 활활 타오르고 있었지만 그 효과는 전혀 없었다.

[쯧쯧, 저래서야 우리 일이 편해질 리가 없잖아? 기껏 힘 빼놓고 이

제는 휴식할 시간을 주다니.]

제논이라 불린 어새신이 몸을 숨긴 가운데 투덜거렸다.

[분명 기력을 회복하면 상당히 성가실 텐데…….]

킬은 이니안이라는 사내가 선보인 두 번의 검법을 떠올리며 고개를 저었다. 그런 검법에 대항할 수 있을 리가 없었다. 자신들은 암습을 하는 어새신이었다.

[뭐야, 킬? 설마 같이 검을 맞댈 생각이었어? 놀라운데?]

[놀리지 마라, 발론. 동굴 안이나 잘 살피고 있어.]

킬은 발론의 말에 언짢은 듯 중얼거렸다. 그가 자신을 놀리고 있음을 아는 까닭이다.

[후아, 꼼짝도 않고 가만히 앉아 있는 녀석만 보고 있으려니 지루해서 말야.]

발론은 마나를 눈에 모아 먼 거리와 어둠을 꿰뚫고 원하는 목표물을 볼 수 있는 능력을 가졌다. 그는 그 기술을 퍼펙트 아이(Perfect Eye)라 불렀다.

[발론, 괜찮아? 마나의 소모가 상당할 텐데…….]

길드의 마스터를 맡고 있는 미르가 걱정스레 물었다. 미르는 주류상으로 위장한 길드의 건물에서 의뢰를 받던 그 여인이었다. 의뢰를 하러 갔던 이가 그 청초한 아름다움에 넋을 잃게 만들었던.

[훗, 끄떡없어.]

발론은 자신만만하게 웃었다. 하지만 그런 웃음과는 달리 상당히 힘든 상태였다. 이미 상당히 마나를 소모한 터다.

[웃기지 마라. 네가 사용하는 피어스 브레이크(Fiercel Break)가 그렇게 간단한 것일 리 없잖아? 아무리 지속형이라 해도.]

라딘이 차갑게 중얼거렸다.

[어차피 그 녀석은 아무 움직임이 없다. 잠시 쉬어라. 그게 우리를 위한 일이다.]

[후우, 그럼 조금 쉴까?]

라딘의 말에 발론은 자신의 눈으로 가던 마나를 차단했다.

피어스 브레이크(Fierce Break).

맹격기(猛擊技)라고도 불리는 일격 필살의 기술이다.

이 기술은 자신이 익히기를 원한다고 해서 익힐 수 있는 것이 아니다. 익혀지는 기술인 것이다. 숙련된 검사가 소드 러너의 단계를 벗어나 소드 익스퍼트의 단계에 접어드는 순간 저절로 익혀지게 된다.

아니, 저절로 익혀지는 것은 아니다.

라칼트 대륙의 검술은 원래 끊임없는 육체의 단련을 통해 몸에 마나를 축적하는 방법을 사용했다. 그런 검술의 단련에 일대 변혁을 일으킨 가문이 있었다.

카일로니아의 사이몬 공작가.

그 가문은 호흡으로 마나를 몸에 축적했다. 대체 어떤 원리로 그것이 가능한지는 밝혀지지 않았다. 단지 그런 소문이 났을 뿐이다. 그때부터다, 대륙의 모든 검사가 호흡을 통해 마나를 축적하는 방법을 연구하기 시작한 것은.

일부는 성공했고 일부는 실패했으며, 일부는 부작용으로 폐인이 되기도 하고 목숨을 잃기도 했다. 그런 수많은 시행착오를 300여 년간 걸치면서 드디어 마나 호흡법이 자리를 잡아갔다. 물론 사이몬 가의 그것에 비하면 걸음마 수준이었지만.

그렇게 정립된 마나 수련법은 호흡과 육체적 수련을 병행하는 것이다. 소드 러너일 때는 육체의 단련을 주로 하면서 기본적인 마나를 전신에 고루 받아들인다. 그 후 호흡법을 통해 마나의 양을 점차 늘려 나간다. 그리고 그 양이 포화 상태에 이르렀을 때가 소드 러너에서 익스퍼트의 단계로 접어들 때다.

그 순간 소드 러너는 비전의 방법으로 몸 안의 마나를 폭주시킨다. 그리고 마나의 폭주에 몸을 맡기는 것이다. 그것이 수백 년의 연구 결과였다. 마나의 폭주를 인위적으로, 의도적으로 조정하려 하던 이들은 모두 죽거나 폐인이 되었다. 마나는 자신이 흐를 길을 자신이 가장 잘 알고 있다. 사람마다 마나가 흘러가는 길이 달랐기에 검사들은 마나를 폭주시키고 거기에 몸을 맡겼다.

마나의 폭주가 끝나면 몸은 더 많은 마나를 받아들일 수 있게 된다. 그에 따라 검에 마나를 불어넣을 수 있게 된다. 그것이 바로 소드 익스퍼트의 경지인 것이다.

그런 소드 익스퍼트의 경지에 이르면 덤으로 따라오는 것이 있다.

그것이 바로 맹격기라 불리는 피어스 브레이크. 마나의 폭주 때 만들어진 길로 온몸의 마나를 집중해 흘려 넣으면 그 마나의 흐름에 반응해 몸이 움직인다, 인간이라 믿을 수 없는 어마어마한 속도와 위력으로. 그렇게 움직이는 몸이 펼쳐 내는 기술이 바로 피어스 브레이크인 것이다.

마나의 폭주 경로는 개인마다 다르고 개인이 의도적으로 조정할 수도 없기에 피어스 브레이크는 익혀지는 기술인 것이다. 때문에 피어스 브레이크의 종류와 형태는 무궁무진했다. 맹격기라는 이름답게 어마어마한 파괴력을 보이는 기술이 있는가 하면 고작 보조 정도로밖에 사용할 수 없는 기술도 있었다.

그런 피어스 브레이크는 각각의 장단점을 지니고 있었다. 소모되는 마나, 사용 횟수, 지속 시간 등 각각이 그 특징에 따라 모두 제각각이었기에 어떠한 기술이 더 우위라 할 수 없었다.

발론이 사용하는 퍼펙트 아이는 지속형 보조 맹격기였다. 시력을 극한의 수준으로 올려주는 피어스 브레이크. 다른 피어스 브레이크에 비해 마나의 소모는 월등히 적고 오랜 시간 지속이 가능했다. 그러나 역시 피어스 브레이크였기에 상당히 많은 양의 마나를 소비했다. 오랜 시간의 지속이란 것은 어디까지나 전투를 상정했을 때의 일이다. 이렇게 한 목표를 감시하는 데 사용하기에는 그 마나 소모량이 너무 많았다.

[그런데 말이야······.]

호흡법을 통해 마나를 조금씩 모으던 발론이 입을 열었다.

[왜 그래?]

미르가 책망 어린 소리로 말했다. 지금 발론은 마나를 모으는 데에만 집중해야 했다. 그런데 정신을 흩뜨리다니······. 호흡법을 통해 마나를 모으는 것은 단순히 호흡만 한다고 되는 것이 아니다. 마나를 모으겠다는 강한 의지를 가지고 집중력을 최대한으로 높여 호흡해야 했다.

[두 개의 맹격기를 가진 인간, 있을까?]

[있다. 카일로니아의 사이몬 가.]

발론의 물음에 대답한 이는 라딘이었다.

[그런데 그게 왜? 어서 회복에나 신경 써.]

미르가 책망하듯 다시 말했다.

[후우, 아까 이니안이라는 용병 녀석이 쓴 그 기술.]

[아아, 그 맹격기? 무서웠지. 사방으로 그렇게 몰아치다니.]

킬이 넌더리가 난다는 듯 말했다.

[그것, 처음의 기술과 나중의 기술, 전혀 다른 기술이었다.]

[……]

[……]

발론의 말에 그들은 일제히 말을 잃었다. 아티팩트는 분명히 자신들의 몸에서 마나를 소량 흡수하면서 활성화되어 있다는 사실을 알려주었다. 하지만 그들의 뇌리를 울리는 어떠한 소리도 없었다. 모두 할 말을 잃은 것이다.

그들이 보았을 때 두 개의 기술은 비슷했다. 하나의 맹격기를 시전자의 의지에 따라 조금은 변형할 수 있기에 변형된 기술이라 생각했을 뿐이다.

그런데 발론이 두 개의 전혀 다른 기술이라고 했다. 발론의 눈이 그렇게 보았다면 그것은 분명한 사실이다.

[이봐, 두 개의 피어스 브레이크라니? 이런, 우리 너무 터무니없는 의뢰를 맡은 것 아냐?]

제논이 어이없다는 듯 중얼거렸다.

[설마… 아니겠지?]

미르가 그럴 리 없다는 의지를 담아 동료에게 물었다.

[그래야. 설마 그럴 리 없지. 사이몬 가의 사람이 이런 곳에서 용병질을 하고 있을 이유가 없잖아?]

발론이 그녀의 물음에 역시 강한 의지를 담아 대답했다. 하지만 다섯 모두 알고 있었다. 가슴 한곳에서 기분 나쁘게 자라고 있는 불길함의 존재를.

[그렇다면 방법을 달리 해야지. 저놈들이 길리안 길드의 녀석들을 모두 쓸어버릴 때까지 우리는 대기한다. 삼천 명이나 몰려왔다. 머릿수밖에 믿을 게 없는 녀석들다워. 아직 이천 정도 남았다. 어제의 전투를 보면 이천을 모두 쓰러뜨리면 저 녀석도 분명 한계가 온다. 아니, 이천을 모두 쓰러뜨릴 수 있을지는 아무도 모르지. 아무리 많은 피어스 브레이크를 가지고 있어도 마나가 없다면 소용없겠지. 우리는 그때 친다.]

라딘이 상황을 정리하며 말했다. 나머지 네 사람 모두 라딘의 의견에 수긍했다. 길드의 마스터는 미르였지만 이렇게 암살에 있어 작전을 짜는 머리는 항상 냉정한 라딘의 역할이다. 그리고 그의 작전은 늘 암살을 성공시켰다.

이번에도 그의 작전을 믿고 따른다.

날이 밝았다.

결국 길리언 길드의 어새신들은 이니안을 동굴 밖으로 끌어내는 데 실패했다. 그사이 이니안은 마나와 체력을 완전히 회복했다. 그야말로 만전의 상태인 것이다. 케라우도 벽에서 몸을 일으키며 눈을 떴다. 이제 날이 밝았으니 그의 몸에도 힘이 서서히 차 오를 터. 어제와는 달랐다.

"다시 가는 건가요?"

로즈도 정신을 차렸다. 넋이 나간 상태로 있다가 스르르 잠이 들더니 케라우의 움직임에 잠이 깨어 어느새 이니안의 뒤에 와 있었다.

"그래, 가야지."

이니안은 돌아보지 않고 무뚝뚝하게 말했다. 그런 이니안을 바라보는 로즈의 눈빛이 변해 있었다.

그녀는 어제 수없이 많은 죽음을 보았다. 보통 사람이라면 평생을 살아도 한 번을 볼까 말까 한 처참한 모습을 셀 수도 없이 보았다. 그들은 모두 자신을 죽이려다가 오히려 이니안에게 죽었다.

로즈는 이제야 조금 이니안이 한 말을 이해할 수 있었다.

죽이지 않으면 죽는다.

로즈는 아이라의 죽음에서 받아들이지 못했던 것을 조금씩 받아들이고 있었다. 수없이 머리를 맴돌고 두드린 번민과 상념의 결과였다. 그녀는 두 눈으로 똑똑히 보았다. 죽이지 않으면 죽고 마는 모습을.

약하기에 죽인다는 말. 역시 이해할 수 있었다. 수많은 사람들이 죽어라고 덤벼든다. 아니, 죽기 위해 덤벼든다. 죽여야 했다. 잔인함을 운운하며, 생명의 소중함을 운운하며 손에 사정을 둘 수 있는 상황이 아닌 것이다. 그들이 죽여달라고 덤벼들지도 못하게 만들 정도의 압도적인 강함이 없다면 결국 죽여야만 하는 것이다.

로즈는 이제야 그 사실을 받아들이기 시작했다, 온몸으로 겪고 나서야.

그녀의 옷은 곳곳이 피로 얼룩져 있었다. 이니안과 케라우의 손에 죽은 사람들의 몸에서 튄 피였다. 말라붙은 핏자국들이 어제의 격렬함을 말해주었다.

그런 어린아이까지 죽여야 했는가는 여전히 그녀의 가슴에 의문으로 남아 있었지만 그래도 조금씩 이해를 해가고 있었다. 생명이 넘나드는 장면을 보았기에.

이니안은 분명 자신에게 말했었다. 자신도 사람을 죽이는 것은 싫다고. 살기 위해 어쩔 수 없이 죽이는 것이라고. 따지고 보면 이니안이 이렇게 많은 사람의 목숨을 빼앗은 것도 결국 자신을 지키기 위해서였다. 이니안이 자신을 만나지 않았다면 그 많은 사람들을 죽음의 길로 보낼 일도 없었다.

결국은 자신이 원인이었다.

그런데 자신이 그런 그를 비난하다니.

그녀는 이제야 자신이 이니안을 비난할 수 없음을 깨달았다.

"오빠."

이니안은 로즈의 부름에도 동굴 밖을 바라보고 있었다. 마침 하늘로 떠오르는 태양이 동굴을 비추고 있었다.

정 동향으로 입구가 뚫린 동굴. 동굴은 붉은 열광(烈光)으로 가득 찼다. 이니안도 로즈도 케라우도 붉은 광휘에 휩싸였다.

"미안해요. 제가 아무것도 몰랐어요."

붉고 뜨거운 빛줄기 속에서 가늘고 작게 새어 나온 로즈의 목소리. 그 목소리가 귀에 들리는 순간 이니안은 빛 줄기를 헤치고 가는 미소를 지었다.

"가자."

이니안의 목소리는 어딘가 번뇌를 떨친 듯했다. 수많은 사람의 목숨을 앗게 될지도 모르는 길을 가는데 그의 걸음은 어울리지 않게 가벼웠다.

"로즈."

이니안이 조용히 입을 열었다.

"누군가를 지킨다는 것은 무척이나 어려운 일이다. 나도 이제야 그것을 알겠다."

　그 말을 끝으로 이니안은 동굴을 나섰다. 그 뒤에는 두 눈에 그렁그렁 눈물이 맺힌 로즈가 고개를 끄덕이고 있었다.

Chapter 4

잃어버린 것은 찾으면 된다

잃어버린 것은 찾으면 된다

검이 춤을 춘다. 푸른 하늘 아래 하얀 빛이 번쩍인다. 이니안은 동굴의 입구를 막아선 채 자신을 향해 달려드는 어새신들을 베어 넘겼다. 그의 곁에는 케라우가 손톱을 길게 뽑아내고는 역시 자신에게 달려드는 어새신들을 베어냈다.

이니안은 계획을 변경했다. 이렇게 무식하게 수로 밀어붙인다면 이곳에서 모조리 처리하고 가기로 한 것이다. 로즈를 지키며, 또 이동하며 싸우기는 힘들었다. 차라리 이렇게 로즈를 안전한 곳에 두고 그 입구를 지키며 싸우는 것이 훨씬 편했다. 지켜야 할 공간이 절반으로 준 것이다.

어느새 태양은 하늘 높이 떠 있었다. 겨울이기에 태양이 조금 빨리 움직인다는 것을 생각하면 벌써 다섯 시간이 넘게 싸우고 있는 것이다. 하지만 확실히 전날과는 달랐다. 전날에는 그저 갑작스러운 사태에 고집으로 버티려 했지만 이제는 이성적으로 대처하고 있다. 지킬 이를 지키면서 베어야 할 이를 베는 방법.

다만 이러한 선택에 대한 불안 요소는 카르세온 일당이었다. 지금 이 시간에도 그들은 자신들을 쫓고 있을 것이다.

"크윽, 괴물들⋯⋯."

이번 의뢰의 총책임자인 브롤의 얼굴이 일그러졌다. 무려 삼천 명이 동원되었다. 길드 역사상 최다 인원 동원의 기록을 깬 의뢰다. 자신이 그 책임자로 왔다. 이것은 실패할 수가 없는 의뢰다. 삼천 명이면 작은 영지 하나를 집어삼키고도 남는 병력이니까.

그런데 이제 자신을 따라온 어새신 중 사 할이 이미 명을 달리했다. 목표는 자신을 드러내고 있었다. 그래서 자신들 역시 몸을 드러내고 공격하고 있었다. 이건 이미 어새신의 암습이 아니었다, 병사들의 돌진일 뿐.

어마어마한 인원의 돌진. 그 속에서 단지 호흡이 조금 거칠어지고 얼굴에 땀이 제법 많이 맺힌 것 말고는 별다른 변화 없이 버티고 있는 두 사람이 있다.

괴물이라는 말을 안 하려고 해도 안 할 수가 없다.

브롤의 머리는 온통 불길한 생각으로 가득 찼다.

"빌어먹을, 더 많이 달려들어! 적은 겨우 두 명이다!"

검은 복면을 한 그는 신경질적으로 외쳤다.

"어서 달려들지 않고 뭐⋯ 큭!"

다시 한 번 무어라 외치려던 브롤이 자신의 목을 잡고 쓰러졌다. 어느새 이니안이 날린 단검이 그의 목을 꿰뚫고 있었다. 그의 외침에서 이니안은 그가 제법 지위가 있는 어새신임을 알아보았다. 전쟁에서는 머리를 먼저 잘라야 하는 법.

이니안은 이미 이 전투를 전쟁으로 취급하고 있었다. 어새신의 습격에서 스스로를 지키는 것이 아닌 다수 대 소수의 전투. 그러니 지휘관을 먼저 죽이는 것은 지극히 당연한 수순이다.

브롤이 이니안의 단검에 목숨을 잃자 더 이상 무어라 외치는 어새신은 없었다. 그들은 알고 있었다. 무어라 지시를 내리면 그 순간 단검이 자신의 목을 뚫을 것이라는 걸. 어차피 달려들어 죽을 목숨이지만 미리 자초해서 버리고 싶지는 않았다. 사람의 간사한 심리인 것이다.

"쳇, 아깝군."

케라우는 자신의 손톱에 목이 잘려 쓰러지는 어새신을 보며 중얼거렸다. 목이 잘리며 어새신의 경동맥에서 붉은 피가 솟구쳐 올랐다. 비릿한 혈향이 풍긴다.

"흐음, 이 신선한 피의 냄새를 맡고만 있어야 하다니. 젠장."

케라우는 자신의 에너지의 원천이 수없이 눈앞에서 버려지는 상황에 욕설을 뱉었다. 어차피 죽을 것이라면 자신에게 그냥 피를 주면 오죽 좋겠는가. 이미 생명을 다한 자의 피는 뱀파이어에게 독이었다. 눈 깜짝하는 시간에 에너지의 공급원이 독으로 바뀌고 있다. 뱀파이어인 그로서는 이보다 안타까운 일도 없었다.

"시끄럽다! 입 놀릴 시간이 있으면 조금이라도 빨리 이놈들을 처리해!"

"너야말로 잘해라, 이 얼음탱이야!"

이니안의 말에 입을 비죽인 케라우의 손이 순간 십여 개의 잔영을 만들며 눈앞을 덮었다. 그와 동시에 주변에 있던 어새신들이 피를 흘리며 쓰러졌다.

"흥!"

케라우는 이니안에게 보란듯이 코웃음을 치고는 다시 손을 놀렸다. 거기에 질 수 없다는 듯 이니안의 움직임이 점점 더 빨라졌다. 빨랐으나 부드러웠고 힘이 있었다.

이니안의 검 앞에 어새신들은 속수무책으로 쓰러졌다.

[대단한데. 아직도 움직임에 흐트러짐이 없어.]

발론은 진정으로 감탄한 듯 중얼거렸다. 자신들의 목표물은 생각보다 더한 괴물이었다.

[그래도 아직 천칠백은 남았다.]

라딘은 침착하게 상황을 지켜보고 있었다.

[그러면 얼마나 더 기다려야 하는 거야? 그냥 지금 살짝 돌아가서 찔러 버리는 게 어때?]

킬이 지루한 듯 말했다.

[저 녀석, 아직 움직임에 흔들림이 없어. 지금 들어가면 오히려 죽는다.]

제논은 냉철한 눈으로 이니안의 움직임을 지켜보고 있었다.

이니안과 케라우의 행동 반경이 점점 커지고 있었다. 동굴의 입구 주변은 그들의 손에 죽은 어새신들의 시체 때문에 움직이는 것이 쉽지 않았다. 그것은 적들 역시 마찬가지.

자신들이 조금 더 입구에서 떨어지더라도 어새신들이 입구로 들어갈 수 없다는 것을 알았기에 점점 이니안과 케라우는 넓은 범위를 움직이며 어새신들을 베어냈다.

그렇게 다시 하루가 흘렀다.

밤이 오자 이니안과 케라우는 동굴로 들어갔다. 케라우가 입구를 지키는 동안 이니안은 동굴에 두었던 배낭에서 빵과 우유를 꺼내 허기를 대강 달랬다. 동굴 안에는 로즈가 걱정 가득한 눈으로 앉아 있었다. 이니안은 로즈를 잠시 바라본 후 다시 입구로 향했다. 케라우는 이제 쉬어야 하는 시간인 것이다.

이니안이 통로의 중간에 가부좌를 틀고 앉았다. 하지만 어새신들은 어제와 달랐다. 오늘 낮 동안의 경험이 있어서인지 한 명씩 동굴 안으로 들어왔다. 어김없이 이니안의 검의 제물로 목숨을 잃었다. 오래 지나지 않아 어새신들의 시체로 동굴의 입구가 막혔다. 비릿한 혈향이 동굴 안을 맴돈다.

이니안은 한쪽 발에 마나를 모았다. 그 발로 시체 더미를 힘껏 찼다.

푸억!

섬뜩한 파육음과 함께 시체들은 동굴 밖으로 퉁기듯 날아갔다. 그제야 바깥의 신선한 밤 공기가 동굴 안으로 스며들었다. 그러나 바깥 공기에도 비릿한 혈향이 묻어 있었다. 이미 이 주위는 시체로 둘러싸여 있다. 그 시체에서 솟아나는 피 냄새가 주변 공기에 배어 있었다.

어새신들은 쉬지 않고 들어왔다. 자신들의 수로 이니안이 쉬지 못하게 만들려는 것이 분명했다. 뻔히 보이는 전술이지만 그대로 따를 수밖에 없었다. 이쪽은 어떻게 해서든 지켜야 했으니까.

밤새도록 동굴로 들어오는 어새신들을 베어 넘기는 동안 동굴의 입구로 강렬한 빛이 들어왔다. 태양이 떠오르며 동굴의 입구와 정확히 일직선상에 놓인 것이다.

"아함, 아침이군."

케라우가 하품을 하며 일어났다. 온몸을 감싸는 태양 빛에 케라우는 기분 좋게 기지개를 켰다. 마치 집 안의 침실에서 막 일어난 듯한 여유로운 행동이다.

"이제 네 차례다."

피곤에 지친 이니안의 목소리가 동굴에 울렸다. 케라우는 고개를 끄덕이며 이니안이 있던 자리에 섰다. 이니안은 곧 동굴 안으로 들어가 가부좌를 틀고 앉았다.

스물네 시간을 쉬지 않고 검을 휘둘렀다. 지치지 않는다면 그것은 인간이 아니다. 이미 마나도 바닥을 보이고 있었다.

[저 녀석들, 이제 좀 머리가 돌아가나 보군. 어차피 머릿수로 밀어붙이겠다면 그 작전에 충실해야지. 쓸데없이 잔머리를 굴리니 상대가 회복할 시간을 벌어주지.]

발론이 동굴 안을 바라보며 말했다. 그는 이미 퍼펙트 아이를 발동한 상태였다. 지금의 상태로 보아서는 둘 중 하나는 반드시 탈진할 것이다. 아직 길리언 길드의 어새신들은 천삼백이 남아 있었다.

"흐음, 대단하군. 저 녀석들."

동굴의 입구에서 열심히 손을 놀리는 케라우를 지켜보는 눈빛이 있었다. 그는 무척이나 흥미롭게 케라우를 바라보고 있었다.

"병신 뱀파이어 주제에 말이야. 제법이군."

차가운 미소를 지으며 이글 아이라는 마법으로 시력을 극한으로 끌어올린 이는 바실러스 자작이었다. 그는 자신의 기사인 마커가 돌아와 그간의 상황을 보고하자 호기심에 뒤를 쫓았다. 이제 일신의 실력을 발휘할 때가 되었다 생각하던 차였기에 직접 나선 것이다.

그는 카르세온을 앞질러 이곳에 도착했다. 도보로 이동하는 기사와 마법사의 차이였다.

"어차피 수도로 들어갈 생각이니까. 칸세르 공작에게 좋은 선물이 되려나?"

바실러스 자작은 눈을 빛내며 동굴 주변을 관찰했다. 지금 그가 있는 곳은 동굴에서 수 킬로미터 떨어진 나무 위다. 동굴에서는 그의 기척을 알아차릴 수 없는 위치다. 하지만 자신은 이곳에서 마법을 사용하는 것이 가능했다. 마침 마법의 재료가 잔뜩 있었다.

"뭐, 조금 더 지켜보도록 하지. 이것은 이것대로 재미있으니까."

잠시 고민하는 듯하던 바실러스 자작은 결정한 듯 눈을 빛내며 길리언 길드의 어새신들과 케라우의 전투를 지켜보았다.

"어떻게 되었나?"

"아직 전투 중이라 합니다."

"전투?"

"예, 매복하여 암습을 하다가 안 되겠는지 닥치는 대로 덤벼들며 싸운다고 합니다."

"허, 삼류 어새신들답군."

"이틀째입니다. 삼천이 가서 이제 겨우 천오백 정도 남았다 합니다."

노인의 보고에 사내의 얼굴에 주름이 생겼다. 천오백의 인간을 베어 넘기고 아직도 전투 중이라니 상당한 실력이었다. 아니, 괴물같이 놀라운 실력이다. 어쩌면 그 안배 속에서 살아남을지도 몰랐다.

"곤란하군. 어쩌면 돌파할지도 모르겠어. 다크 크리스 쪽은 어떤가?"

"다크 크리스 길드는 일단 의뢰를 받으면 그 후 의뢰를 완수하기 전까지는 의뢰의 진행 사항을 알 수 없습니다."

노인이 공손히 대답했다.

"하긴, 그건 익히 아는 사실이지."

사내 역시 그 사실은 알고 있었다. 하지만 갑자기 가슴속에 솟아 오른 불안 때문에 확인 차원에서 물어본 것이다.

"추가로 더 보낼 수 있는 자들은 없나?"

"카르세온 일행과 불과 하루거리입니다. 더 이상의 투입은 곤란할 것 같습니다."

"허, 벌써 거기까지 갔단 말이지? 카르세온 녀석, 역시 방심할 수 없군."

소파에 몸을 묻은 사내는 고개를 저었다. 카르세온의 실력과 집념을 익히 알고 있는 터였지만 벌써 거기까지 추격했다는 소리에 다시 한 번 놀란 것이다. 일반인의 상식으로는 이런 속도로 추격할 수 없었다.

"그렇다면 지금 보내진 이들만으로 승부를 봐야 한다는 거로군."

"네."

사내는 왼손으로 턱을 괴고 오른손으로 소파의 팔걸이 부분을 두드렸다. 생각에 잠긴 모습이다.

"이거 어쩌면 기껏 사냥해서 오크 가져다주는 꼴이 날지도 모르겠어."

노인은 자신의 주인이 염려하는 바가 무엇인지 알 수 있었다. 하지만 그렇다고 자신이 입 밖에 낼 수 있는 말은 없었다.

"하루거리라……. 흐음, 길리언과 다크 크리스의 손에서 살아남는다면 딱 그쯤에 카르세온 녀석들이 도착하겠군. 이거 정말로 운에 맡길 수밖에 없게 된 것인가? 절호의 기회였는데……."

사내는 아쉬운 듯 중얼거렸다. 노인은 한쪽 무릎을 꿇은 채 그의 이야기를 듣고 있었다.

"알았어. 이만 나가보도록."

"예, 그럼."

노인은 주인의 명령에 따라 허리를 숙이고 그 방을 나섰다.

[이봐, 다른 곳으로 이동한다.]

킬은 낮은 목소리로 말했다. 그들의 뇌리에서 뇌리로 이어지는 대화이기에 누가 엿들을 일도 없건만 그는 버릇처럼 목소리를 낮췄다.

[무슨 일이지?]

미르가 물었다. 일단 그녀가 마스터였기에 대표로 물은 것이다.

[근처에 목표물과 길리언 녀석들 외에 다른 녀석이 하나 끼어들었다.]

[마법사야?]

킬이 지닌 특이한 능력 중 하나는 마법사에게 민감했다. 누구도 그가 왜 그런지 알지 못했다. 그저 특이 체질이려니 하고 넘어갈 뿐. 사실 킬 본인조차 왜 그런지 알지 못했다.

[그래. 게다가 흑마법의 냄새까지 난다.]

[어디지?]

[동굴 입구의 남쪽 5킬로미터 지점이다.]

발론의 물음에 킬이 대답했다.

[분명히 있군. 중년인이 한 명.]

발론은 직접 자신의 눈으로 바실러스 자작을 확인했다.

[젠장, 어디서 저런 녀석이 끼어들어서는.]

제논이 투덜거렸다.

[확실히 마법사라면 골치 아프다. 더욱이 이런 원거리라면.]

라딘이 곤란한 듯 중얼거렸다.

[발론, 그 녀석 표정을 볼 수 있어?]

[물론. 무언가를 즐기는 듯 웃고 있는데. 저 녀석, 사람이 저렇게 죽어나가는 걸 보면서 저런 기분 나쁜 얼굴이라니, 변태 아냐?]

바실러스 자작의 얼굴을 유심히 바라본 발론이 기분 나쁘다는 듯 말했다.

[그렇다면 작전 변경이다. 일단 이곳에서 후퇴해서 계속 몸을 숨기고 관찰한다. 어쩌면 저 마법사, 우리와 같은 목적일지도 모른다. 이왕 손쉽게 일을 처리하기로 했으니 굳이 우리가 나설 필요는 없지. 아직 시간은 많으니까.]

그 말과 함께 라딘이 가장 먼저 몸을 움직였다. 분명 이동하고 있는데 어떠한 기척도 없었다. 그야말로 감쪽같았다. 라딘이 움직이자 나머지 네 사람도 움직였다.

"응?"

"왜 그래?"

자신들을 향해 달려들던 적들을 베어 넘기던 이니안의 변화에 케라우가 물었다.

"우리를 지켜보던 시선이 사라졌다."

"뭐?"

"어디인지는 나도 정확히 몰라. 다섯 곳에서 우리를 지켜보는 시선이 있었다는 정도밖에는. 그야말로 초일류의 어새신들이라 긴장하고 있었는데 갑자기 사라졌다."

"그래? 그렇다면 다행이군. 이놈들만으로도 정신없다고. 그런데 그런 녀석들이 다섯이나 있었다면……"

생각만으로도 진절머리가 나는지 케라우는 고개를 세차게 저으며 다시 팔을 휘둘렀다. 그의 손톱이 지나가는 자리에는 어김없이 피가 튀었다.

시간은 쉬지 않고 흘러갔다. 그에 따라 주변에 쌓이는 시체도 점점 늘어갔다. 이제 동굴 주위는 이니안과 케라우가 쓰러뜨린 어새신들의 시체가 방벽을 쌓아줄 정도였다.

"파이어 월!"

시동어와 함께 한 장의 카드가 빠른 속도로 이니안과 케라우를 향해 쏘아졌다.

"스크롤 카드인가?"

이니안은 대번에 카드의 정체를 알아보고는 뒤로 몸을 날렸다. 그것은 케라우 역시 마찬가지였다.

카드가 시체 더미에 부딪치는 순간 마법이 발동되었다. 주변은 붉은 화염에 둘러싸였다. 붉은 불꽃은 넘실넘실 타올랐다. 시체에 붙은 불은 매캐한 냄새를 피워 올리며 시체를 태웠다.

"빌어먹을 녀석들."

동굴의 입구에 최대한 붙은 케라우의 입에서 욕설이 터져 나왔다. 마법으로 인한 불꽃이 주변의 탈 것들에 옮겨 붙으며 강한 열기가 온몸으로 전해졌다. 이니안은 검을 곧추세운 채 주변을 경계하고 있었다.

"결국 사용하게 됐군. 젠장, 아깝게."

동굴을 감싸고 활활 타오르는 불꽃을 보며 세인이 안타깝게 중얼거렸다. 그는 오늘의 임무를 맡은 팀의 부대장이었다. 혹시나 하는 생각에 길드 마스터가 그에게 챙겨준 것이다.

그는 알고 있었다. 이 의뢰를 받으며 의뢰비 외에 추가로 더 받은 것이 있다는 것을. 그것은 화계, 빙계, 풍계의 5서클 마법이 담긴 세 장의 스크롤 카드였다. 의뢰를 수행하는 데 필요할 거라며 의뢰인이 챙겨준 것이다.

사실 의뢰비보다도 의뢰인이 따로 준 스크롤 카드의 가치가 더 엄청났다. 길드 마스터는 그 스크롤 카드에 대한 욕심 때문에 단 한 장만을 세인에게 살짝 챙겨준 것이다. 세인은 의뢰를 받을 때 함께 있었기에 스크롤 카드의 존재를 알았다. 그래서 마스터는 그에게 한 장을 준 것이다, 만일 카드를 사용하지 않게 된다면 세인이 그 카드를 소유해도 좋다는 조건과 함께.

두 사람은 그렇게 의뢰비 이외의 수입에 대한 분배를 마쳤다. 그래서 세인은 최후의 최후까지 그 스크롤 카드를 사용하지 않으려 했다. 하지만 이제 한계였다. 이제 남은 어새신의 수는 불과 팔백. 삼천이 덤벼들어 겨우 그 인원이 남은 것이다.

세인은 파이어 월의 마법이 담긴 스크롤 카드를 던질 수밖에 없었다. 그렇게 하지 않으면 자신 역시 저 괴물들의 손에 죽음을 맞이할 것 같았다. 다른 녀석은 어떻지 몰라도 자신은 목숨이 소중했다. 그래서 브롤이 죽는 것을 본 이후 별도의 지시를 내리지 않았다. 그것이 자신의 책임임에도 불구하고 말이다.

"크크크크, 뭐, 어떻든 이제 저놈들은 통구이가 되겠지. 뒤가 막힌 동굴로 피한 것이 너희들의 목을 조른 것이다."

세인은 곧 활활 타오르는 불꽃을 보며 기쁜 듯이 웃었다. 스크롤 카드가 아깝기는 했지만 그 지긋지긋한 녀석들이 저 불속에서 온몸이 타고 있을 거라 생각하니 절로 웃음이 나왔다.

"자, 이제 철수한다."

세인은 볼 것도 없다는 듯 말했다. 저곳에서 살아 나올 수는 없다. 뒤가 막힌 동굴 앞에서 5서클의 최강의 화염 마법이라는 파이어 월을 터뜨렸다. 마법사가 일행 중에 없는 한은 모두 죽은 목숨이다. 의뢰인이 준 정보에 의하면 목표물 중 마법사는 없었다.

세인은 홀가분한 마음으로 걸음을 옮겼다. 이천이 넘는 수하가 죽었지만 어쨌든 의뢰는 완료했으니까. 길리언 길드 역사상 최대의 피해를 본 의뢰가 끝이 났다.

"성가시군."

점점 더 열기를 더해가는 불꽃을 보며 이니안이 무심히 말했다. 산속의 동굴이다. 더구나 계절은 겨울. 동굴 주변의 바싹 마른 나무들은 훌륭한 땔감이다. 이 불은 아마도 계속해서 번질 것이다. 이 불에 바운더리 산맥이 얼마나 소실될지 알 수 없었다.

"성가시다고만 하지 말고 어떻게든 해보라고. 이 지독한 연기는 동굴 안으로도 들어가니까. 콜록."

케라우가 콜록거리며 투덜거렸다. 그의 모습에 이니안이 고개를 갸웃거렸다.

"너, 뱀파이어잖아. 그렇다면 마법을 쓸 수 있지 않나?"

그러고 보니 이상했다. 그동안 케라우는 마법을 단 한 번도 사용하지 않았다. 자신을 따를 때 몸을 띄운 그것은 분명 마법이라 생각했는데 전투 중에는 마법을 사용하지 않는 것이다.

"쳇, 마력이 있어야 마법을 사용하지. 뱀파이어의 마력의 원천은 피다."

케라우의 말에는 모순이 있었다. 그는 분명 빛으로부터 힘을 얻는다 하지 않았던가.

"콜록, 콜록."

그 의문을 입 밖으로 꺼내려 할 때 로즈의 기침 소리가 들렸다. 자신은 몰라도 로즈가 더 이상 버틸 수 있을 리 없었다. 이미 주변은 검은 연기로 자욱했다. 더욱이 불은 시체도 태우고 있었다. 그랬기에 연기의 냄새는 더욱 역했다.

"너, 내가 쓰러지면 얼마나 버틸 수 있지?"

이 불을 해결해야 했기에 이니안이 심각하게 물었다. 과연 불을 모두 소멸시킬 수 있을지 자신할 수 없었지만 일단 자신은 단 한 줌의 마나도 남기지 않고 모든 마나를 쥐어짜 내야 할 듯했다.

"글쎄, 나도 모르지. 이미 날은 저물고 있으니까."

케라우는 자신없는 듯 중얼거렸다.

"버텨라."

이니안은 그의 자신없는 대답에도 불구하고 생각할 것도 없다는 듯 일방적으로 말했다.

"뭐? 이봐!"

케라우가 무어라 말하려 했으나 이미 이니안은 케라우의 말을 듣고 있지 않았다. 눈을 감고 정신을 집중하며 마나를 모으고 있었다. 그 모습에 케라우는 더 이상 무어라 할 수 없었다.

그는 느낄 수 있었다, 이니안의 몸 안에서 소용돌이치고 있는 어둠의 힘을. 그 상태에서 무얼 더 말하겠는가. 이제는 이니안이 하는 행동을 지켜보고 그가 말한 대로 어떻게든 버텨내야 할 뿐이다.

이니안이 두 눈을 번쩍 떴다.

이니안의 손에 들린 검이 온몸을 떨었다. 검이 떨리며 울리는 소리에 대기가 은은히 진동했다.

이니안은 천천히 검을 들었다. 검이 세로로 똑바로 선 순간, 이니안은 검을 세차게 내려쳤다. 단순한 세로베기.

하지만 그 속에는 어마어마한 힘이 담겨 있었다.

이니안이 온몸의 마나를 모은 참격.

마령천참검 제7초 마령현신(魔靈現身).

마령이 몸을 드러내나니.

콰콰콰콰쾅!!

이니안의 참격이 떨어진 자리에서 요란한 폭음이 터졌다.

강력한 기운이 바닥을 두드리고 사방으로 그 힘이 터져 나갔다. 사방을 태우던 불꽃도 그 힘에 일렁이며 사방으로 흩어졌다.

그리고 고요가 찾아왔다. 언제 그런 요란한 폭음과 거대한 파괴가 있었냐는 듯 주변은 조용히 가라앉았다.

"이, 이게 뭐야?"

케라우는 자신의 눈앞에 펼쳐진 광경을 믿을 수 없었다. 대체 어떻게 하면 인간이 이런 힘을 쏟아낼 수 있단 말인가.

그때 주변으로 바람이 일었다. 그 폭발의 위력에도 남아 있던 불꽃의 일렁이는 방향이 바뀌었다. 참격이 떨어진 폭발의 중심 방향으로 조금씩 일렁이기 시작했다. 바람 역시 그곳으로 조금씩 불기 시작했다.

미풍으로 시작한 바람은 곧 광풍으로 변모했다. 거대한 폭발에 주변으로 퍼져 나갔던 공기가 다시 제자리를 찾아가며 광풍이 몰아쳤다. 사방에서 중심을 향해 몰아치는 광풍.

그 광풍에 버텨내는 것은 아무것도 없었다. 사방을 태우던 불꽃은 사라졌다. 주변에 아무렇게나 널브러져 있던 시체들은 나뭇잎마냥 흩날렸다. 타다 만 나무들은 쓰러졌다.

광풍이 사라지는 순간 시간이 정지했다.

천육백의 다리가 멈춰 섰고, 천육백의 눈동자에 동공이 사라졌다.

"너, 정말 인간 맞냐?"

케라우가 믿을 수 없다는 듯 중얼거렸다.

하지만 정작 이런 엄청난 광경을 만들어낸 이니안은 고개를 가로저었다. 자신의 생각과 달랐던 것이다. 마령현신의 위력은 고작 이 정도가 아니었다. 자신이 알고 있는 위력이 아니었다.

검법에 대한 자신의 숙련도가 떨어진다 하더라도 이건 예상보다 약했다. 그 증거로 아직 자신의 몸에는 상당한 양의 마나가 남아 있었다. 자신의 예상대로 되었다면 자신은 지금 서 있는 것도 힘겨워해야 할 상태이건만.

"후퇴한다."

이니안은 케라우에게 그 말을 남기고는 동굴로 들어가 로즈를 업고 나왔다. 그리고 배낭 두 개를 케라우에게 던지더니 몸을 날렸다.

이 이상 동굴에서 버티는 것은 무리였다. 이제 곧 카르세온도 쫓아 올 것이다. 게다가 자신을 지켜보고 있던 다섯 쌍의 눈동자도 마음에 걸렸다. 그리고 숲 어딘가에서 풍겨 나오는 기분 나쁜 느낌도 있었다.

이럴 때는 전력으로 달려 일단 귀찮은 날파리들을 떨궈내야 했다.

이니안과 케라우는 바람과 같이 달렸다. 하지만 팔백의 어새신은 아무것도 하지 못했다. 그들은 믿을 수 없는 광경을 보았기에 온몸이 굳어 있었다.

얼마나 시간이 지났을까?

"이번 의뢰는 실패다."

세인이 온몸을 떨며 말했다. 누구도 그의 말에 반박하지 않았다. 그들은 조금 전 세상에 존재하는 가장 큰 공포를 보았다. 목숨이 아깝지는 않았지만 그런 공포에 내던져지는 것은 사양이다. 차라리 자살을 하는 것이 나았다.

[저 녀석, 소드 마스터 아니야?]

[의뢰 정보에는 상급, 또는 최상급의 소드 익스퍼트 추정이라고 되어 있었어.]

제논의 물음에 미르가 침착하게 답했다. 그들은 전에 매복해 있던 장소에서 멀리 떨어지기는 했지만 대강의 상황은 볼 수 있었다. 아니, 그 엄청난 폭발은 보지 않으려고 해도 보지 않을 수 없었다.

[저놈, 도대체 피어스 브레이크를 몇 개나 가지고 있는 거야?]

발론이 허탈한 듯 중얼거렸다.

[빌어먹을 의뢰군. 저런 놈을 대체 어떻게 죽이라는 거야?]

킬은 질렸다는 투로 말했다.

[그래도 죽여야지. 그게 우리의 일이니까.]

라딘이 여전히 차가운 목소리로 말했다.

[단, 방법을 달리해야겠지. 기회를 봐서 미르를 제외한 우리 넷이서 저놈을 친다. 그리고 결정적인 기회가 생기면 미르가 저 녀석을 죽인다. 기회가 생기지 않는다면 미르는 다음을 노려.]

[뭐?]

미르가 어이없다는 듯 되물었다.

하지만 그녀를 제외한 나머지 인물들은 라딘의 의견에 동의하는 듯 아무런 말도 하지 않았다. 이들 다섯 중 어새신으로서 실력이 가장 뛰어난 이는 미르였다. 그래서 그녀가 마스터인 것이다.

소드 마스터를 암살할 때도 지금과 같은 작전이었다. 그리고 미르는 암살에 성공했고, 자신들 다섯 모두 살았다. 그때는 성공한다는 확신을 가지고 암습했다.

하지만 지금은 다르다. 라딘이 그때는 하지 않은 말을 한 것이다.

"기회가 생기지 않는다면 미르는 다음을 노려."

이것은 그들 넷이 목표의 틈을 만들지 못하고 죽을지도 모른다는 말이다.

[라딘의 말대로 하자. 항상 그래왔으니까.]

발론이 밝게 말했다.

[그런……]

미르는 절대 그럴 수 없었다. 이들은 항상 그와 함께해 온 동료다. 그 동료를 버릴 수는 없다. 아무리 자신들이 그런 일을 업으로 삼는 어새신이라 하더라도.

[미르, 네가 마스터라면 의뢰의 성공만을 목표로 해라. 우리의 목숨 때문에 흔들린다면 다크 크리스의 마스터라고 할 수 없다.]

다시 울린 라딘의 차가운 목소리.

미르는 입술을 깨물었다. 결국은 그래야 하는 것이다.

[후우~ 차라리 저 녀석, 정신없이 칼질할 때 다섯이서 덮쳤어야 했나?]

[킥, 그랬다가는 우리 다섯 모두 죽었을걸. 방금 봤잖아, 그 무시무시한 맹격기.]

킬의 넋두리에 제논이 키득거리며 말을 받았다.

[쫓는다.]

라딘의 지시에 그들은 조용히 몸을 움직였다.

"흐음, 설마 저 정도의 위력이라고는……. 카르세온이 고전할 만하군. 소드 마스터 레벨의 피어스 브레이크였어."

나무 위에서 지금까지의 광경을 모두 지켜본 바실러스 자작이 딱딱한 얼굴로 중얼거렸다. 이니안이 어마어마한 위력의 공격을 한 후 몸을 뺀 지금 자신이 할 수 있는 일은 없었다.

주문은 완성한 상태였다. 언제든지 마법을 발동시킬 수 있는 준비는 끝냈다. 이제 시동어만 외우면 된다. 그래서 적당한 때를 보며 기다리고 있었건만 이런 어처구니없는 공격을 하고는 몸을 뺐다.

자신이 사용하려 했던 마법은 흑마법.

그것도 시체들을 좀비로 부리는 마법이다. 주변에 널린 것이 시체였기에 그 마법을 준비했다. 그런데 저런 식으로 도망치면 수가 없었다. 좀비의 단점 중 하나가 느린 이동 속도였으니까.

"아쉽지만 어쩔 수 없군."

바실러스 자작은 손에 모아두었던 마나를 흩어버리고 주문을 해제했다.

"그럼 앞으로 어떻게 한다……? 상당히 재미있는데 말이야."

바실러스 자작은 이미 점이 되어 달려가고 있는 이니안을 지그시 바라보았다. 강한 흥미를 가진 눈빛.

"뭐, 이번에는 이 정도로 됐겠지. 카르세온이 곧 쫓아올 테고, 내가 여기에 있어 봐야 할 수 있는 일은 없으니. 이미 기회는 지나갔으니까."

한차례의 한숨과 함께 바실러스 자작은 눈을 감고 주문을 외웠다. 이제 자신의 영지로 돌아가야 할 때다. 그는 주문이 모두 끝나자 조용히 시동어를 외웠다.

"텔레포트."

나무에서 그의 모습이 사라졌다. 지금 그는 결계가 쳐진 자신의 서재에 유유히 모습을 드러내고 있을 것이다.

"저 녀석들, 쫓아오지 않는데?"

한참을 달리던 케라우가 뒤를 돌아보며 말했다. 그랬다. 자신들을 쫓는 기척이 없었다.

"하긴, 그런 엄청난 것을 봤으니 쫓아올 엄두도 안 나겠지. 나도 잠시지만 공포로 온몸이 얼어붙었는걸. 다시 한 번 묻는데 너, 정말 인간

맞냐?'

이니안은 아무런 대답도 하지 않고 달렸다. 어새신들을 떨쳐 내긴 했지만 안심할 순 없었다. 자신들을 지켜보던 다섯 쌍의 눈동자도 마음에 걸렸다. 게다가 이미 상당한 시간을 지체했다. 카르세온과의 거리가 상당히 좁혀졌을 터. 전력으로 달려 거리를 벌려야 했다.

'로즈, 정말이지, 대체 네 정체가 뭐냐?'

지금은 그런 것에 신경 쓸 때가 아니었기에 이니안은 열심히 달렸다. 그는 현재 자신이 펼칠 수 있는 최대한의 속도로 마령보의 경신법을 펼쳐 달리고 있었다.

[빠르군.]

[뭐, 그래도 흔적은 남으니까. 발론의 눈이라면 절대 그 흔적을 놓칠 리 없지.]

[그건 그래.]

속도로는 이니안의 뒤를 추적할 수 없는 다크 크리스의 다섯은 꼼꼼히 이니안이 남긴 흔적을 살피며 그 뒤를 쫓았다. 결코 많은 거리를 두지 않고.

[아, 킬, 그 마법사는 어떻게 됐지?]

[없어. 무언가 기분 나쁜 마나를 잔뜩 모으더니 사라졌어.]

[그래? 아쉽군. 저놈을 더 성가시게 해줬으면 좋았을 텐데.]

제논이 정말로 아쉬운 듯 중얼거렸다.

하루를 달렸다.

밤이 왔음에도 이니안은 쉬지 않고 달렸다. 케라우는 죽을 맛이었지만 달릴 수밖에 없었다. 밤이라고 잔다고 하면 이니안은 그를 버려두고 갈 것이 뻔했기에. 가뜩이나 힘이 떨어지는 밤에 전력으로 달리는 이니안을 쫓는다는 것은 정말이지, 고역이었다.

아침에 떠오르는 태양이 그렇게 반가웠던 적은 케라우의 인생을 통틀어 처음이었다.

숲은 점점 더 울창해지고 있었다. 나무 사이사이로 비쳐 드는 햇살이 점점 가늘어진다. 길이라는 것도 사라져 나무와 나무 사이로 몸을 날리며 달리고 있었다.

"괴물 얼음탱이."

케라우가 이니안을 지칭하는 말에 괴물이 추가되었다. 분명 이니안은 괴물이라 불릴 자격이 있었다.

"헉헉헉, 여기서 좀 쉬었다가 간다."

케라우의 말이 떨어진 순간 이니안이 속도를 늦추더니 멈춰 섰다. 이니안의 등에 업혀 있던 로즈의 얼굴에도 피곤한 기색이 역력했다. 물론 이 중 가장 피곤한 사람은 이니안이지만 사람의 등에 하루종일 업혀 있는 것도 쉬운 일이 아니었다. 그런데도 불구하고 로즈는 지금까지 신음 소리 한 번 흘리지 않고 견뎠다. 가장 힘든 사람은 이니안이라는 것을 알기에 참고 또 참은 것이다.

길도 없이 나무만이 울창한 곳이기에 쉬어가기에도 적당하지 않았다. 그저 나무에 몸을 기대앉아 있는 것이 고작이었다. 로즈는 자신이 멘 배낭에서 물을 꺼내 목을 축였다. 물도 마시지 않은 강행군이었다.

이니안의 얼굴은 땀으로 흠뻑 젖어 있었다. 없는 기력을 쥐어짜 최대한 달렸기에 그도 탈진 직전이었다. 이니안은 곧 좁은 나무 사이에 가부좌를 틀고 앉았다.

두 눈을 감고 이니안은 운공에 빠져들었다. 아무 곳에서나 이렇게 운공을 하는 것은 위험한 일이지만 불가항력이었다. 어떻게든 마나를 회복해 거리를 더 벌려야 했다.

"쩝, 마나를 모으나 보군."

케라우는 이미 이니안의 저러한 자세의 의미를 알고 있었다. 이니안이 저럴 때마다 항상 대량의 어둠의 기운이 몰려들어 그의 콧속으로 흘러들어 갔으니까.

'저 기술을 배워야 한다.'

케라우의 눈이 빛났다. 자신이 이런 고생을 하는 목적은 단 하나였다. 지금 이니안이 보여주는 저 어둠의 기운을 모으는 기술. 그것을 알기 위해서다. 어둠의 기운을 모으게 된다면 자신의 몸에 걸린 저주를 풀 방도도 있을 것이다.

로즈는 말없이 이니안을 지켜보았다, 대체 일이 어디에서 이렇게 꼬인 것일까 생각하면서.

왜 자신이 목숨을 위협받아야 하는지 알 수 없었다.

'하아, 대체 나는 누구일까? 수도에 가면 알 수 있을 거라 생각했는데… 이래서야 수도에 갈 수나 있을까?'

불안했다.

로즈는 현재 기억을 잃은 상태다. 자신이 누구인지도 모르는 것이다. 다만 자신이 신세를 진 노부부가 자신을 로즈라 불렀기에 그것이 그녀의 이름이 된 것이다.

세상을 사는 데 필요한 지식과 기억은 모두 온전했다. 단지 자신이라는 존재에 대한 기억만이 사라졌다. 아니, 간간이 혼탁하게 자신에 대한 기억이 떠오르기는 했다. 하지만 대체 그것이 무엇인지 알 수가 없었다.

자신을 발견해서 한동안 보살펴 주던 노부부가 보여준 것. 그것은 아주 고급스러운 배낭이었다. 그 배낭 안에 들어 있는 여러 가지 물건들. 값진 것들 일색이었다. 그중 수도의 문장이 찍힌 물건이 여럿 나왔다. 그래서 자신은 수도에서 온 것이라 추측했다.

수도로부터 엄청난 거리가 떨어진 외진 곳이었지만 그것은 중요하지 않았다. 단지 자신이 수도의 물건을 가지고 있다는 사실이 중요했다. 그래서 기억을 찾기 위해 수도로 향한 것이다. 그 와중에 이니안을 만났다.

그리고 이니안을 만난 날, 자신은 처음으로 목숨의 위협을 받았다. 대체 왜?

'나는 누구인 거지?'

다시 한 번 스스로에게 물었다. 하지만 대답을 알 리 없었다. 그것을 안다면 굳이 이런 여행을 하지 않을 테니까.

하지만 지금은 절실했다. 자신 때문에 저렇게 힘겨워하는 이니안을 보고 있자면 자신이 누구인지 반드시 떠올려야 할 것 같았다. 그래서 왜 자신이 이렇게 어새신들의 표적이 되는지 알아내야 할 것 같았다.

이유도 모른 채 목숨을 위협당한다는 것. 괴롭다. 이렇게 괴로울 줄 몰랐다.

"가자."

어느새 눈을 뜬 이니안이 몸을 일으켰다. 로즈가 상념에 잠긴 사이 그림자의 길이가 상당히 길어져 있었다.

"이봐, 괴물 얼음탱이."

이니안이 케라우를 노려보았다. 가뜩이나 마음에 안 드는 호칭에 더 마음에 안 드는 것이 하나 더 붙었다. 자신은 절대 괴물이 아니다. 괴물은 따로 있었다.

"뭐냐?"

절대 고운 목소리가 나올 리 없었다.

"아니, 앞으로 어떻게 할 건지 알고 싶어서. 분명 일반적인 어새신이라면 너에게 이런 산길이 유리할지도 몰라. 하지만 전날처럼 무작정 그렇게 수로 밀어붙이면 골치 아파진다고. 나참, 나도 그런 무식한 놈들이 있는 줄은 몰랐지만."

분명 케라우의 말이 옳았다. 인적이 드문 산길. 대량의 인원을 동원하여 습격하기에 제격이었다. 다른 사람의 눈을 신경 쓰지 않아도 되는 장소다.

"글쎄, 그 정도 인원이 그런 꼴을 당했는데 또 그런 물량 공세를 펼칠까?"

이니안의 말 또한 옳았다. 삼천 명을 동원해 실패했다. 그런데 그런 인원을 또 동원할 수 있는 길드는 없었다. 적어도 이니안의 상식에서는 그랬다.

"그건 모르는 일이지."

"하지만 그 정도 수의 어새신을 보유한 길드가 또 있을 리 없다."

이니안의 말에 케라우가 고개를 끄덕였다. 그의 기억 속에도 그런 길드는 없었다.

이니안과 케라우 둘 모두 길리언 길드의 존재를 몰랐다. 아니, 그들이 몰랐다기보다는 길리언 길드 그들이 자신의 정체를 잘 감춘 것이다.

"그렇다면 계속 이렇게 산맥으로 이동하는 거야?"

"그래. 카르세온 녀석들이 쫓아오기도 힘들 테고, 또 실력 좋은 녀석들이 우리를 노리고 있으니까. 혼잡한 곳으로 가면 정신만 사나워진다."

이니안의 말에 로즈는 놀란 눈으로 그를 바라보았다. 아직도 자신을 노리는 사람이 있다는 말에 불안했다. 케라우는 이미 이니안에게 들어 그 존재를 알고 있었지만 로즈는 그렇지 못했다.

"하아, 대체 난 누구일까요?"

결국 로즈가 긴 한숨과 함께 한탄과 같은 말을 입 밖으로 꺼냈다.

"뭐? 그게 무슨 말이지?"

의미를 알 수 없는 말에 이니안이 물었다.

"전… 기억이 없어요. 저란 사람이 누구인지."

"……."

"……."

케라우와 이니안은 어떤 말도 하지 않았다. 그저 로즈만 바라볼 뿐.

"기억을 찾고 싶었어요. 수도에 가면 찾을 수 있을 것 같았어요. 그래서 수도로 가려는 것뿐이에요. 그런데 이런 일이라니……."

로즈는 떨리는 목소리로 말하면서 결국 참았던 눈물을 터뜨렸다. 바운더리 산맥에서 겪은 일만으로도 충분히 몇 번은 울고도 남을 일이다. 하지만 지금까지 로즈는 결코 눈물을 보이지 않았다.

그러나 자신의 기억을 이야기하면서 결국 눈물을 흘리고 말았다. 그럴 것이다. 자신이 누구인지 모른다는 것. 그런데 존재한다는 것. 그것만큼 혼란스러운 일이 또 있을까.

"그렇다면 수도로 가야지. 가자."

이니안은 다른 어떤 말도 하지 않았다. 단지 그 한마디. 그리고 등을 돌렸다.

"뭐, 그래요. 잃어버린 것은 찾으면 돼요. 어서 잃어버린 그것을 찾으러 가야죠, 로즈 양."

케라우가 빙그레 웃으며 손을 내밀었다. 로즈는 그 손을 잡고 일어서며 눈물을 닦았다. 어느새 그녀의 입은 싱그러운 미소를 만들고 있었다. 언제 눈물을 흘렸느냐는 듯 로즈는 힘차게 걸었다.

"어이, 괴물 얼음탱이."

하지만 이니안은 돌아보지 않았다.

휙.

그래도 상관없다는 듯 케라우는 등에 지고 있던 배낭 중 하나를 이니안에게 던졌다. 이제 다같이 도보로 이동할 것이면 자신이 굳이 이니안의 배낭까지 들고 갈 이유가 없는 것이다.

역시 이니안은 어렵지 않게 배낭을 잡아챘다. 로브 위에 배낭을 멘 이니안은 걸음을 재촉했다, 최대한 빨리 이동해야 했기에.

아직 죽지 않은 불씨가 곳곳에 남아 있다. 여기저기서 연기가 매캐한 냄새와 함께 피어오르고 있다. 하늘에서 운석이라도 떨어진 것처럼 거대하게 파인 구덩이. 강력한 힘에 부수어진 흔적들.

뿌리째 뽑힌 나무, 허리가 부러진 나무, 격렬하게 파인 땅, 꺼멓게 그슬린 나무. 그 모든 것들이 이곳에서 있었던 일을 보여주고 있었다.

참혹한 상처와 함께 여기저기 가득한 시체들. 어떤 것은 강렬한 화기에 타 형체도 알아볼 수 없는 것들도 있었고, 강렬한 힘에 갈가리 찢겨진 것도 있었다.

"대단하군. 휴우."

마이어는 고개를 가로저었다. 흔적을 찾고 찾아 쫓아온 곳에 이런 참상이라니…….

"이건 분명 피어스 브레이크겠군요."

하론의 말에 카르세온은 고개를 끄덕였다. 이 정도의 참상을 만들어 내는 힘은 피어스 브레이크 외에는 생각할 수 없었다.

"하지만 대단한 위력이다, 나도 이런 위력을 낼 수 있을지 장담할 수 없을 정도로."

카르세온의 말에 놀라는 사람은 아무도 없었다. 피어스 브레이크의 위력이 그 사람의 강함으로 직결되는 것은 아니었다. 피어스 브레이크는 강력한 힘을 낼 수 있는 한 방에 불과하다. 그것도 쓰는 사람에 따라 천양지차의 위력을 보이는 것이다. 하이 나이트들은 카르세온의 실력을 믿었다.

"그나저나 위험해."

"예?"

마이어가 알 수 없는 듯 되물었다.

"분명 위험합니다."

카르세온의 말에 하론까지 동조하고 나서자 마이어는 더욱 혼란에 빠져들었다.

"이 복장은 분명 어새신입니다. 그것도 지금까지 지나오면서 본 시체의 수는 천이 넘어서는 어마어마한 규모입니다."

"그래, 어지간한 어새신 길드 두세 곳은 합한 숫자지."

"설마?"

두 사람의 대화에서 마이어도 무언가를 느낀 듯했다.

"그래, 어새신의 목표가 그분일 수도 있다는 거다."

하론이 고개를 끄덕였.

"그런 말도 안 되는… 그분이 어떤 분인데……. 이런 찢어 죽일 놈들을."

마이어는 진심으로 분노하고 있었다.

"어쨌든 그런 상황이다. 그분을 지키려면 더욱 빨리 쫓아야 할 것 같다. 이니안이라는 용병, 생각보다 실력이 더욱 뛰어난 듯하지만 그래 봤자 결국 한 개인일 뿐이다. 이 흔적은 단체가 움직인 것. 그 혼자서 어찌할 수 없어. 곧 한계가 올 것이다."

카르세온의 말에 하이 나이트들의 얼굴이 긴장으로 물들었다.

"최악의 사태만은 피했으면 하는군요."

하론이 어두운 얼굴로 중얼거렸다. 카르세온의 의문에 찬 시선이 그를 향했다.

"이 정도 규모의 어새신을 동원한 녀석이 있다는 겁니다. 그렇다면 그들을 움직이지 못할 리 없죠."

"다크 크리스 말인가?"

하론은 굳이 대답하지 않았다. 자신의 부단장이라면 그 이름을 꺼내는 순간 이미 모든 사실을 예상할 수 있을 테니까.

"그 정도 녀석들이라면 더욱 큰일이군. 전력으로 쫓아야 한다."

그 말을 마친 것과 동시에 카르세온은 바람과 같이 달렸다. 전신의 마나를 몽땅 두 다리에 집중하고 전력으로 발을 놀렸다. 그의 얼굴은 긴장으로 가득했다. 이미 상황은 최악을 향해 치달리고 있었다.

'대체 누가? 빌어먹을, 이니안이라고 했던가? 내가 갈 때까지 어떻게든 버텨라. 그러면 그 보답으로 최대한 편안한 죽음을 줄 테니.'

카르세온은 정말 간절히 빌었다. 하론의 추측대로일 것이다. 이런 인원을 동원할 저력이 있다면 제국 최고의 어새신 길드라는 다크 크리스를 움직이지 않을 리 없었다.

갈수록 산속은 울창한 나무로 뒤덮였다. 사람의 발길이 닿지 않기에 정리되지 않은 채 마구 자란 나무들. 나무 사이사이의 좁은 공간을 통해서만 걸음을 옮길 수 있다. 가득 쌓인 눈은 그런 걸음조차 더욱 조심스럽게 만들었다.

"얼마나 더 깊이 들어가는 거야?"

"깊이 가고 있는 것이 아니다. 단지 서쪽으로 움직일 뿐. 우리의 목적지는 수도니까."

돌아온 이니안의 대답에 케라우는 더 이상 할 말이 없었다. 일부러 깊은 산속으로 들어가는 것이 아니라 그들이 향하는 방향에 나무들이 빽빽하게 들어차 있을 뿐인 것이다.

'이제 슬슬 들이칠 때가 된 것 같은데…….'

이니안은 날카로운 눈으로 주변을 둘러보았다. 다섯의 기척이 근처에 있는 것은 얼마 전부터 느끼고 있었다. 하지만 그 정확한 위치가 어디인지는 도무지 알 수가 없었다.

이니안은 온몸을 긴장시켰다. 전신의 근육이 수축과 이완을 반복했다. 언제 어디서 어새신이 튀어나와도 이상할 것이 없는 깊은 산속이다. 어느새 이니안은 로즈의 바로 곁에 서 있었다.

[쩝, 다시 한 번 말하는 거지만 역시 그때 치는 것이 낫지 않았을까? 오히려 더욱 빈틈이 없는데…….]

[……]

[……]

발론의 말에 누구도 대답하지 않았다. 그들 역시 그런 생각을 떠올리는 참이었기에.

[상상을 초월하는 괴물이군. 대체 어떻게 벌써 마나를 회복할 수 있는 거지?]

이번 작전을 세운 라딘이 어이가 없다는 듯 중얼거렸다. 무려 스물네 시간을 쉬지도 않고 싸웠다. 그리고 어마어마한 위력의 피어스 브레이크를 사용했다. 그뿐이 아니다. 그 후 바람보다도 빠른 속력으로 달렸다. 그 속도로 달리는 것은 마나를 사용하지 않으면 불가능하다. 한데 지금 저 모습은 마나를 모두 회복한 모습이다.

인간인 이상 그럴 수는 없다. 보통 사흘 이상은 마나 호흡법을 병행하면서 쉬어야 소모한 마나를 채울 수 있다. 그게 일반적인 상식이다.

[그만한 마나를 사용하고 벌써 저런 모습이라니……. 완전히 상식을 무시하는 괴물이잖아, 저거.]

킬이 어이없다는 듯 중얼거렸다.

[상식을 무시한다라……. 사이몬 가의 인간들이 그렇지.]

[……?!]

[……?!]

미르의 중얼거림에 나머지 네 사람은 온몸이 경직되는 것을 느꼈다. 분명 그랬다.

사이몬 가.

다른 검가들과는 비교 자체를 거부하는 상식을 벗어난 대륙제일의 검가다.

그들은 한 사람이 오직 하나의 피어스 브레이크를 가진다는 상식을 무시하고 있다. 그리고 온몸의 마나를 완전히 소모한 후 사흘은 쉬어야 한다는 상식도 무시하고 있다. 그들은 일반인의 상식 밖에 있는 아득한 존재인 것이다.

[정말일까? 저 녀석, 사이몬 가의 사람일까?]

제논이 불안한 듯 중얼거렸다.

[아마도. 8할 이상의 확률로.]

라딘이 기가 질린 목소리로 말했다. 설마 설마 했지만 저런 모습이라면 사이몬 가의 인물일 가능성은 거의 10할이다. 단지 동료들의 동요를 막기 위해 8할이라 낮춰 말한 것이지만 소용없는 짓이었다.

[10할이란 말이군.]

미르가 담담히 중얼거렸다. 이미 라딘의 버릇을 알고 있는 그들이다. 그가 8할의 확률이라 하면 그것은 10할의 확률이란 말이다. 그것이 성공의 확률이든 실패의 확률이든 말이다.

[어떻게 할 거지? 그래도 마지막으로 세운 작전대로 하는 거야?]

이미 미르의 목소리는 차갑게 가라앉아 있었다. 이니안의 정체를 대강 짐작하게 되자 긴장으로 온몸의 피가 차갑게 식었다.

[모두들 잊고 있는 것 같은데 우리가 맡은 의뢰는 로즈라는 여자의 암살이다. 저 괴물 같은 녀석이 아니라 로즈라는 여자만 죽이면 의뢰는 완수된다는 거지.]

라딘의 말에 네 사람은 머리 속이 번쩍했다. 너무나 엄청난 이니안의 모습에 그들은 암살 대상을 잊고 있었다. 그들 같은 초특급 어새신에게는 어울리지 않는 실수였다.

[동굴에서는 저 괴물 같은 녀석을 죽여야만 저 여자를 죽일 수 있었지만 이제는 아니다. 저 여자는 노출되어 있어.]

라딘은 냉정하게 현재의 상황을 분석했다.

[그렇다면 다른 사람들이 저 용병을 붙잡고 있는 동안 내가 여자를 죽이면 되는 건가?]

[그래야지. 마스터, 뒤를 맡긴다. 모두 13번 대형이다.]

미르의 물음에 라딘이 냉정한 목소리로 대답했다.

[13번이란 말이지. 훗, 결국 사용하는구나.]

제논이 씁쓸한 웃음과 함께 중얼거렸다.

다크 크리스의 암습은 항상 연수 합격이었다. 그래서 그 연수 합격에 대한 연습도 충분히 되어 있고, 각각의 대형도 있었다.

그중 최후의 대형이 바로 13번 대형이다. 수십 가지의 대형 중 단 한번도 사용하지 않은 대형. 그것은 마스터를 제외한 네 명의 목숨을 버리는 것이었기에 그들 역시 그 대형을 짜면서 설마 사용하게 되는 날이 올 줄은 몰랐다. 아니, 그런 날이 오지 않기를 빌었다.

하지만 이니안이라는 저 괴물 용병은 이 13번 대형으로도 과연 성공할 수 있을지 불안했다.

[마스터, 뒤를 부탁해.]

[원래 이 일을 하면 언젠간 닥칠 일이었지. 마스터, 반드시 의뢰를 완수해야 한다.]

발론과 킬이 한마디씩 했다.

미르는 대답하지 않았다. 굳이 대답이 필요하지 않았다. 자신은 자신의 실력을 다해 로즈라는 여인을 죽이면 되는 것이다. 자신들이 암살 의뢰를 받은 인물은 로즈라는 여인이다, 저 괴물 같은 이니안이라는 이름의 용병이 아니라.

자신의 동료 네 명이 13번 대형으로 이니안을 덮치면 자신은 그 틈에 로즈를 쳐야 한다. 케라우라는 또 다른 기이한 사내가 마음에 걸리긴 했지만 그는 밤이 되면 힘을 못 쓰는 듯했다. 그렇다면 기회는 있었다.

[암습은 오늘밤이다. 대형은 잘 숙지하고 있겠지?]

라딘의 말에 누구도 대답하지 않았다. 그들은 프로다. 제국 최고의 어새신 길드라는 다크 크리스의 어새신들이다. 온몸이 차갑게 식었다. 근육은 적당한 수축 상태를 유지하며 팽팽하게 긴장해 있었다. 이제는 시간이 흐르기를 기다려야 한다.

이번 암살은 기회를 만들어 치는 것이다. 기회가 오길 기다릴 필요는 없다. 네 명이 목숨을 버려 기회를 만들 테니까.

미르는 그 기회를 잡으면 된다.

서서히 사방에 어둠이 내리고 있다. 하늘은 붉은빛을 띤 지 오래다. 곧 밤이 올 시간이다.

"오늘은 여기서 쉬어야 하는군."

이니안이 하늘을 바라보며 중얼거렸다.

"그래, 난 지금 한계라고. 누구 덕에 밤에도 죽어라 달려서."

케라우는 나무 사이에 그나마 평평한 땅을 찾아 고르며 투덜거렸다.

"충고하지. 오늘밤은 자지 않는 것이 좋을 거야."

"대답하지. 그러면 난 소멸된다."

으르렁거리듯 대답한 케라우는 금세 모포를 깔고 그 속으로 몸을 숨겼다. 전날 밤, 조금도 쉬지 못하고 달렸다. 온몸의 생명력이 빠져나가는 그 기분을 느끼면서.

물론 낮에 빛을 쬐며 어느 정도 기력을 회복했지만 오늘밤만큼은 자야 했다. 온몸의 구성 조직이 케라우에게 그렇게 말하고 있었다, 잠이 필요하다고.

이니안은 케라우의 반응에 고개를 가로저었다. 사실 케라우의 사정 따위야 자신이 신경 쓸 일은 아니었다.

'하지만 걱정인걸. 저 녀석이 깨어 있어 주는 쪽이 안심이 되는데…….'

솔직히 이번은 조금 아쉬웠다.

어새신들이 노리는 것은 케라우가 아니라 로즈였다. 즉, 케라우가 자든 말든 그가 어새신들을 방해하지 않는다면 그에게는 별일없을 것이다.

지금 자신들을, 아니, 정확히는 로즈를 노리고 있는 어새신들은 초특급이다. 그들이 동시에 달려든다면 이니안 자신이 로즈를 지켜낼 수 있을지 장담할 수 없었다.

솔직히 지금 이니안의 몸 상태 역시 말이 아니었다. 마나를 바닥까지 긁어서 사용했다. 그런 상태에서 몸에 무리가 많이 가는 마령현신의 초식도 사용했다.

제대로 된 위력이 나오지 않아 몸에 오는 부담은 생각보다 적었지만 그건 어디까지나 생각보다 적은 것이다. 절대적인 부담의 측면에서 몸은 엄청난 타격을 입었다. 그 상태로 최소한의 마나만을 보충하고 달리고 또 달렸다.

지금 이니안의 몸 내부는 상처로 곳곳이 할퀴어진 상태다.

'그래도 어쩔 수 없다.'

지금 당하고 있는 일도 예상외였지만 케라우 역시 예상외의 전력이다. 그를 아쉬워할 이유는 없는 것이다.

"쉬어라, 내일 또 힘들게 움직여야 할 테니까."

자기 자리에 모포를 깔고 빵을 우물우물 씹고 있는 로즈에게 작게 말한 이니안은 그 옆에 주저앉았다. 가뜩이나 좁은 자리였기에 두 사람의 몸은 바짝 붙었다.

"어… 어… 캑캑캑!"

갑작스러운 이니안의 행동에 놀라 무어라 말을 하려던 로즈는 그만 삼키던 빵이 목에 걸렸는지 심하게 기침을 했다. 그 모습에 어쩔 수 없다는 얼굴을 한 이니안이 한쪽에 놓여 있는 우유병을 들었다.

이니안이 전해준 우유병을 받아 든 로즈는 급하게 우유를 마셨다. 목구멍을 막고 있는 빵을 어떻게든 처리해야 했다.

"후아!"

우유가 흘러들어 가면서 목구멍을 막은 이물을 밀어내자 그제야 로즈는 속이 편해지는 것을 느꼈다. 그 모습을 이니안이 재미있다는 듯 바라보고 있었다. 그 얼음 같은 얼굴 위에 가는 미소가 맺혀 있었다.

"뭐예요, 그런 얼굴로?"

그 모습에 얼굴이 발개진 로즈가 고개를 획 돌렸다.

"아니다."

이니안은 별거 아니라는 투로 말했다.

"하고 많은 자리 중에 왜 여기에 앉은 거예요? 그렇지 않아도 좁은 곳에."

이니안의 얼굴을 제대로 보지 못한 채 로즈는 투덜거리듯 말했다. 그녀의 얼굴은 여전히 빨갛게 물들어 있었다. 팔을 통해 전해져 오는 이니안의 체온이 그녀의 얼굴을 붉게 물들이고 있었다.

"오늘밤은 조심해야 할 거야."

이니안이 무거운 목소리로 말했다. 그 말에 로즈는 정신이 들었다.

이니안은 무언가 위험을 느낀 듯했다. 그러니 저런 말을 하는 것이다.

"알았어요. 지켜줄 거죠?"

로즈는 떨리는 눈으로 이니안을 보며 말했다. 이미 사위는 어둠이 지배하고 있건만 로즈의 붉은 얼굴은 그 속에서 은은한 빛을 뿌리고 있었다.

"약속했으니까."

짧게 대답한 이니안은 고개를 돌렸다.

로즈는 이니안의 얼굴이 자신의 눈앞에서 사라지자 무언가 아쉬운 듯한 표정을 지었다. 그리고는 먹던 빵을 다시 입으로 가져갔다. 이니안의 시선은 완벽한 어둠이 덮고 있는 나무 사이로 향해 있었다.

'대단한 녀석들이다. 살기가 더 강해지는 것 같더니 모든 흔적이 사라졌다. 살기도 기척도.'

이니안은 힘든 싸움이 될 것을 예상했다. 곧 그는 눈을 감고 운공에 들어갔다. 마나를 모으기 위해서이기도 했지만 무리한 전투로 인해 상해 버린 몸의 내부를 치료하기 위한 목적도 있었다.

호흡에 따라 몸속으로 들어온 마나가 따스하게 몸 내부를 감싸 안았다. 상처를 어루만지는 어머니의 손길처럼 이니안의 내상을 마이너스 마나가 진정시키고 있었다.

'점점 가까워진다.'

운공에 들면 몸의 감각은 최고조에 달한다. 운공 자체가 조그만 충격에도 큰 영향을 받는 아주 위험한 행위였기에 스스로의 몸을 지키기 위한 최소한의 방어로 몸의 감각이 극대화되는 것이다.

운공에 들자 조금 전까지는 느끼지 못했던 다섯 사람의 기척을 희미하게나 감지할 수 있었다. 그 희미한 기척들은 서서히 이니안을 향해 다가오고 있었다.

이니안은 두 눈을 떴다. 더 이상 운공을 하면서 내상을 다스릴 여유가 없었다. 검을 잡은 이니안의 손에 힘이 들어갔다.

휙!

무언가가 빠른 속도로 날아왔다. 이니안은 왼손으로 그것을 잡았다. 주먹 크기의 돌멩이였다. 마나를 실어서 던졌는지 그것을 잡은 왼손이 찌르르 울렸다.

이니안이 왼손을 들어 돌멩이를 잡는 그 순간 이니안의 왼손은 정확히 그의 정면의 시야를 가렸다.

"뭐죠?"

놀란 로즈가 다급한 목소리로 묻는다.

그것과 동시였다, 달빛을 반사해 차갑게 빛나는 무엇인가가 세 방향에서 이니안을 향해 쏘아진 것은.

이니안은 이미 잡고 있던 검을 들어 그 빛들을 쳐냈다. 어둠 속에 은은히 빛나는 물체를 새하얀 섬광을 토하며 이니안의 검이 잘랐다.

챙채챙!

요란한 소리와 함께 이니안을 향해 날아들던 빛이 바닥으로 떨어졌다. 단검이었다. 어디서나 흔히 볼 수 있는 단검.

그때였다. 이니안의 3미터 앞의 흙이 폭발하듯 사방으로 튀었다. 흙가루 중 상당 부분이 이니안의 눈을 향해 튀었다. 이니안은 그것에 개의치 않고 자신의 검으로 오른쪽을 찔렀다.

챙!

검과 검이 부딪치는 소리가 울렸다.

"쳇, 눈에 의지하지 않고 감각으로 적을 쫓는다는 거로군."

자신의 암습이 실패하자 킬은 언짢은 듯 투덜거렸다. 제논이 만들어 준 기회를 틈탄 자신이 생각해도 훌륭한 암습이었음에도 불구하고 실패했다.

"크리스인가?"

이니안의 시선은 물결 모양의 검날을 가진 단검을 향해 있었다. 그의 가문은 검을 익히는 기사 가문이다. 당연히 검에 대한 지식도 상당했고, 그 지식 중에는 크리스라는 단검도 있었다.

"다크 크리스로군."

용병으로서 대륙을 떠도는 이니안이다. 그중 제국 최고의 어새신 길드라는 다크 크리스에 대한 소문을 들은 적이 있었다.

"잘 아네? 그럼 오늘이 네놈의 목숨이 사라지는 날이라는 것도 알겠지?"

킬은 자신의 몸에 있는 마나를 모두 끌어올렸다. 그리고 폭주시키듯 마나를 돌렸다. 그러자 마나들은 일정한 길을 따라 세차게 흘렀다. 자신의 피어스 브레이크를 발동시킨 것이다.

"크리스 챠지(Kris Charge)!!"

사력을 다한 외침과 함께 쭉 뻗은 오른손. 그 손에 들린 크리스의 검극에서 밝은 빛이 토해져 나왔다. 그가 지닌 마나였다. 검극에서 뿜어져 나온 마나는 킬의 몸을 완전히 감쌌다.

마상전을 치르는 기사의 랜스 챠지처럼 어마어마한 돌격력으로 킬은 이니안을 향해 달려들었다. 크리스에서 뿜어져 나온 마나는 엄청난 스피드로 돌진하는 킬에게 굉장한 파괴력을 실어주었다.

"쳇, 어새신 따위가 피어스 브레이크라니."

이니안 자신은 전혀 다른 방법으로 검을 익혔다 해도 어디까지나 기사 가문의 사람이었다. 그 역시 일반 기사들이 사용하는 맹격기 피어스 브레이크에 대해 알고 있었다.

이니안은 즉시 마나를 끌어올렸다. 검을 잡은 손에 힘이 들어갔다.

"마령소혼!"

마령천참검의 1초식이 그의 오른손에서 뻗어나가며 킬의 공격에 맞부딪쳤다.

"소드 크러쉬(Sword Crush)!"

그때 이니안의 등 뒤에서 거대한 외침이 들렸다. 그와 함께 이니안의 등을 노리고 무시무시한 기세로 쏟아져 오는 참격. 단검으로 만들어낸 것이라고는 믿을 수 없는 공격이었다.

킬이 이니안을 향해 부딪쳐 가는 순간 제논이 즉각 이니안의 등 뒤를 점하고 자신의 피어스 브레이크를 전력으로 쏟아낸 것이다.

앞뒤로 상당한 위력의 피어스 브레이크를 마주한 이니안의 손에 땀이 맺혔다. 그의 검은 이미 마령소혼의 초식으로 눈앞의 어새신의 돌격을 막으러 가고 있었다.

Chapter 5

무서웠어요

무서웠어요

태양이 내리쬔다. 갖가지 꽃들이 만발한 화려한 정원에 따사로운 햇살이 내리쬐고 있었다. 분명 한해를 끝내려는 겨울의 한 자락에 있건만 이곳은 그런 자연의 섭리를 비켜가 있었다.

푸른 관상목은 그것을 돌보는 정원사의 정성을 알 수 있게끔 정갈한 모습으로 늘어서 있다. 꽃과 나무 사이를 날아다니는 벌과 나비의 모습은 이곳만은 겨울의 매서운 바람을 피해 봄의 한 켠에 자리잡고 있는 듯하다.

이 기이한 정원의 비밀은 하늘에 있었다. 반구형으로 정원의 하늘을 덮고 있는 투명한 얇은 막. 마법에 의해 유지되는 막이었다. 그 막이 바깥과 정원을 차단해 정원을 따뜻하게 유지하고 있었다.

마법을 이용해 봄날의 날씨를 유지하는 호사스러운 정원을 한눈에 불 수 있는 커다란 창. 그 창 안쪽에는 수심에 잠긴 눈의 남자가 밖을 내다보고 있었다.

"아직 소식이 없는 건가, 테이오?"

"네, 송구스럽습니다만……."

눈부신 백금발의 청년은 그의 뒤에 시립해 있는 새하얀 백발노인의 말에 한숨을 쉬었다. 세상 모든 것을 한 번에 담을 듯 푸른 그의 눈동자에 어린 근심은 더욱 깊이를 더한다.

"벌써 두 달이 다 되어간다."

"송구스럽습니다."

테이오라는 이름의 노인은 같은 말을 반복할 뿐이다.

"과연 찾고는 있는 것인가?"

"칸세르 공작이 전력을 다해 찾고 있다 합니다."

노인은 여전히 고개를 숙인 채 조심스럽게 말했다.

"칸세르 공작이… 말인가? 하긴, 그가 찾아야지. 아니, 그가 찾겠다고 자청했지. 한데 벌써 두 달이 아닌가? 그가 과연 찾을 의지를 가지고 있단 말인가? 그의 힘이라면 이 두 달이라는 시간이면 제국의 전역을 뒤지고도 남았을 거야."

청년의 어조에는 은은한 노기가 서려 있었다. 그는 분노하고 있었다, 찾아야 할 이를 찾지 못한 공작에 대한 분노.

"조금만 더 기다리시는 것이 좋을 듯합니다. 제가 들은 바로는 얼마 전 카르세온 자작이 아홉 명의 하이 나이트를 데리고 길을 떠났다 합니다."

테이오의 말에 창밖을 바라보던 청년이 몸을 돌렸다. 그의 표정이 바뀌어 있었다. 그의 얼굴에는 놀람과 기대가 뒤섞여 있었다.

"페르마타가 말인가?"

"네, 그러합니다."

"그래, 페르마타라면 믿을 만하지. 그만한 인물은 없으니까. 칸세르 공작도 그녀를 찾는 데 전력을 다하고 있군. 페르마타와 하이 나이트 아홉 명을 보내다니."

그제야 청년의 얼굴에 웃음이 어렸다. 만족한 얼굴. 그는 곧 자신이 원하는 소식을 들을 수 있을 거라 믿었다. 그의 어린 시절의 친구인 페르마타 카르세온은 충분히 그럴 능력을 가지고 있었다.

'하지만……'

테이오는 얼마 전 들은 소식은 꺼내지 않았다. 시메티딘의 제자인 테리신이 돌아와 전한 소식. 자신도 칸세르 공작을 찾아가 그 소식을 들었다. 하지만 굳이 그것까지 전할 필요는 없다 생각했다. 그가 모시는 분의 좋은 기분을 망칠 수 없었기에.

조용히 방을 물러나는 테이오의 얼굴에는 가는 걱정이 어려 있었다. 그도 제국의 젊은 검이라는 카르세온을 믿었지만 왠지 불안했다.

"포르시아……"

막 문을 열려 하던 테이오의 귀에 그의 주인의 작은 중얼거림이 들렸다. 그 중얼거림에는 진득한 그리움이 묻어 있었다.

'전하……'

테이오는 속으로만 안타깝게 중얼거리고 곧 방을 빠져나갔다. 지금 그의 주인 카르발 칼 폰트 미오나인 1황자는 홀로 있기를 원했다.

따뜻한 김이 피어오른다.

장미의 문양이 정교하게 새겨진 화려한 찻잔에 담긴 연갈색의 액체가 피워 올리는 증기에서 청아한 향이 사방으로 흩어졌다. 삼각형의 세 꼭지점의 위치를 점하듯 놓여 있는 세 개의 찻잔.

찻잔 앞에는 놀랄 만큼 닮은 외모의, 그러나 놀랄 만큼 다른 분위기의 아름다운 여인 셋이 앉아 있었다.

셋 모두 칠흑 같은 검은 머리칼에 흑요석과 같이 빛나는 눈동자의 소유자다.

"벌써 삼 년인가?"

"이제 곧 사 년째에 접어들어, 언니. 며칠 후면 새해니까."

"그렇구나."

세 여인의 얼굴은 수심으로 가득했다.

"몹쓸 녀석, 이렇게 걱정을 끼치다니."

아름다운 모습과는 대조적인 강한 인상을 가진 여인이 얼굴을 찡그리며 말했다. 그 말을 내뱉을 때 그녀의 몸에서 무형의 기세가 이는 것이 그녀가 상당한 강자라는 것을 보여주었다.

"큰언니, 숨 막혀."

두 눈 가득 지혜로운 현기(賢氣)를 담은 여인이 조용히 말했다. 그녀의 말과 함께 주변에 일던 강한 기세는 씻은 듯 사라졌다.

"작은언니는 몰라도 나는 그런 기세에 견디지 못해."

이미 얼굴이 상당히 하얗게 질린 여인이 머리를 가로저으며 말했다. 그러나 그녀의 두 눈에 담긴 현기는 여전했다.

"미안하다, 메이린. 그 녀석 생각만 하면 화가 치밀어 올라서 그만……."

강한 기세를 끌어올렸던 여인은 자신의 동생에게 사과했다. 그녀의 얼굴에는 미안한 기색이 역력했다.

"언니, 그리고 메이린, 오빠가 그 녀석 소식을 가지고 온 것 같은데,

들었어?”

“뭐?”

“뭐야?”

이 자리에서 둘째인 이리아의 말에 첫째인 로레인과 막내인 메이린의 시선이 동시에 그녀를 향했다.

“용병으로 떠돌면서 지금 미오나인 제국에 있다고 하더라.”

“오빠는 그 녀석을 만나봤대?”

로레인이 다급하게 물었다. 이리아는 언니의 화급한 성정을 잘 알았기에 즉시 고개를 저었다. 재빨리 대답하지 않으면 분명 자신을 덮칠 것이다. 이것은 그녀의 26년 인생을 통한 경험의 산물이었다.

“그래?”

동생의 고갯짓에 로레인은 맥빠진 듯 말했다.

집안의 귀여운 막내 이니안.

제법 건방지고 장난이 조금 심하기는 하지만 남매들의 귀여움을 듬뿍 받고 자랐다. 물론 장남인 이슈데인은 그 귀여움을 표시하는 방법에 문제가 좀 있었지만 말이다.

그런 아이가 갑자기 사라졌다.

그냥 사라졌다면 별다른 걱정은 하지 않을 것이다. 이니안이 가진 실력이라면 어딜 가도 잘 지낼 것이라 믿을 수 있으니까.

하나 소드 마스터인 자신의 실력의 근원인 마나 스피어를 파괴하고 몸에 모인 마나를 모두 흩어버리고 사라졌다. 걱정을 안 할 수가 없는 상황이다.

그 소식을 들은 어머니는 정신을 잃고 쓰러져 여전히 건강 상태가 안 좋으시다. 아들에 대한 걱정이 그녀의 몸을 쇠약하게 만들고 있는 것이다.

"멍청한 녀석."

로레인이 다시 거칠게 중얼거렸다. 이니안이 가출한 후 무척이나 야
윈 어머니의 얼굴이 떠오른 것이다.

막내인 메이린이 찻잔을 입으로 가져갔다.

"저기… 여기서 이렇게 이 자리에 없는 녀석 원망만 할 게 아니
라……."

찻잔을 입에서 뗀 메이린이 조용히 이야기를 시작했다.

로레인과 이리아의 시선이 그녀를 향했다.

이 자리에서 가장 지혜로운 이는 막내인 메이린이었다.

첫째인 로레인같이 검에 재능이 있는 것도 아니었고, 둘째인 이리아
같이 마법에 재능이 있는 것도 아니었지만 가장 지혜로웠으며 성정이
차분해 전체를 보는 통찰력을 가지고 있었다.

"찾으러 가면 어떨까? 마침 미오나인 제국에 있다는 것도 알았으니
까."

"……."

"……?!"

그녀의 말에 두 사람은 정반대의 표정을 지었다.

로레인은 듣던 중 반가운 소리라는 얼굴을 했고, 이리아는 어이없어
했다.

"그래, 그 방법이 있었지? 직접 나가서 찾으면 되잖아!"

로레인의 나이 올해 스물아홉이었다. 이제 며칠 후면 해가 바뀌어
서른이 될 터이다. 혼기를 채우고도 몇 해를 넘긴 나이. 그런 나이답지
않게 커다랗게 소리를 지르며 자리에서 벌떡 일어났다.

그 모습에 이리아와 메이린이 동시에 머리를 가로저었다.

'저러니… 아직도…….'

'에휴, 큰언니, 누가 데리고 가려나…….'

두 사람은 크게 다르지 않은 생각을 떠올렸다.

"미오나인 제국이 동네 앞마당도 아니고 얼마나 넓은데. 우리 카일로니아의 두 배는 되는 영토야. 어떻게 찾으려고?"

이리아가 고개를 저으며 말했다.

넓고 넓은 땅덩이를 가진 미오나인 제국에서 이니안을 찾는 것은 그야말로 모래밭에서 바늘 찾기인 것이다.

"뭐, 그거야 오빠가 대강 위치를 알지 않을까?"

로레인은 대수롭지 않게 대답했다.

사이몬 가의 차기 공작인 이슈데인 케이 사이몬. 로레인은 자신의 오빠가 가진 능력과 성격을 너무나도 잘 알고 있었다. 분명 이니안의 위치를 거의 근접하게 찾았을 것이다. 그가 이니안을 만나지 못했다면 다른 사정이 있어서일 것이다.

로레인의 말에 이리아는 아무런 말을 하지 않았다. 이리아 그녀 역시 로레인의 생각과 같기 때문이다.

"하지만 과연 아버지나 어머니께서 허락하실까?"

잠시 입을 닫고 있던 이리아가 다시 입을 열었다. 그 말에는 로레인도 별다른 대답을 하지 못했다, 당연히 허락을 안 해주실 것이라는 걸 누구보다 잘 알았기에.

"여차하면 몰래……."

"그러면 이번엔 정말 어머니께서 돌아가실지도 몰라."

이리아가 재차 고개를 저으며 말했다. 어머니는 무척이나 심약했다.

어떻게 아버지와 만나 결혼을 하셨는지가 의문일 정도로 아버지와는 기질이 정반대였다.

그랬으니 이니안이 가출했다는 소식에 쓰러지셨지. 이번에 그녀들마저 이니안을 찾겠다는 핑계로 허락없이 집을 나가면 정말로 어떻게 되실지 알 수 없었다.

어머니의 이야기에 로레인은 결국 백기를 들었다.

"그런데……."

그때 메이린이 은근한 목소리로 입을 열었다. 이리아의 시선이 그녀를 향했다.

"하긴, 네가 어떤 앤데. 방법이 있으니까 말을 꺼낸 것이겠지."

이리아가 한숨과 함께 메이린의 말을 끊었다. 분명 동생인 메이린이라면 아무 마찰 없이 이니안을 찾아 나설 방법을 알고 있을 것이다. 그랬기에 이니안을 찾으러 가자는 말을 꺼낸 것일 테고. 막내 메이린은 성공할 가능성이 10할에서 조금이라도 모자라는 일은 절대 입에 담지 않았다.

"방법이 있는 거야?"

로레인은 자신의 얼굴을 메이린의 코앞에 바싹 들이댔다.

메이린은 웃으며 고개를 끄덕였다. 한데 그 웃음이 무언가 석연치 않았다. 이리아는 그 기색을 알아챘지만 로레인은 알아차리지 못했다. 여자로 태어났으나 그 성격은 오히려 남자에 가까운 그녀였기에 그런 것도 무리는 아니었다.

"뭐야?"

방법이 있다는 소리에 로레인은 직접적으로 물었다.

"우리가 정상적인 방법으로는 이니안을 찾으러 갈 수 없다는 건

알지?"

메이린의 물음에 로레인이 고개를 끄덕였다.

"그런 만큼 우리가 부모님의 허락을 얻고 이니안을 찾으러 나가려면 그만한 대가가 필요해."

"대가?"

로레인의 물음에 메이린은 다시 고개를 끄덕였다,

"그래, 대가. 모름지기 대가 없이는 아무것도 얻을 수 없는 법이야. 이른바 등가 교환이라는 거지."

메이린은 검지를 들어 보이며 눈웃음을 쳤다. 그 모습이 무언가 심상치 않았다.

"그래서 그 대가가 뭔데?"

로레인의 얼굴이 더욱 메이린에게 가까워졌다.

메이린의 얼굴에서 웃음이 사라지고 진지함이 자리했다.

"꿀꺽."

그 변화에 로레인은 메이린에게서 거리를 두며 침을 삼켰다. 메이린이 저런 표정을 지을 때는 상당히 중요한 일일 때다. 로레인은 긴장한 눈으로 메이린의 입을 주시했다.

"시.집.가, 언니."

메이린은 단호하게 말했다.

그 말을 들은 로레인은 뻣뻣하게 굳었다.

"아! 그 방법이 있었구나!"

이리아는 진정 감탄했다는 듯 메이린을 바라보았다.

"그, 그게 무슨 말이얏! 시집이라니?!"

몇 초간의 석화에서 풀린 로레인이 테이블을 강하게 내려치며 소리를 질렀다. 그 바람에 테이블은 반쪽으로 갈라지고 찻잔은 모두 바닥에 떨어져 깨져 버렸다.

"언니!"

"언니!"

두 곳에서 동시에 터져 나온 외침.

로레인은 자신이 벌여놓은 일에 멋쩍은 듯 시선을 돌렸다. 하지만 그녀의 얼굴에 어린 노기는 사라지지 않았다.

"이니안을 찾는 거랑 내가 시집가는 거랑 무슨 상관이 있는데?"

"당연히 있지."

메이린은 아주 당연하다는 얼굴로 대답했고, 이리아는 그 말이 옳다는 듯 연신 고개를 끄덕였다.

"대, 대체 그게 무슨 말이야?"

두 동생의 합동 공격에 당황한 듯 로레인은 말을 더듬었다.

"그러니까 지금 아버지, 어머니의 근심 중 가장 큰 것이 이니안 녀석이지만 말이지, 언니의 결혼 문제도 그에 못지 않다고. 언니, 이제 며칠 후면 서른이야, 서른. 알아? 여자 나이 서른에 아직 처녀라니, 그건 대체 어느 집안 이야기냐 이 말이지. 보통은 스물하나나 둘에 시집들 가는데 언니는 아직 버티고 있단 말이야. 언니 덕에 이제 스물일곱인 작은언니도 처녀고 나도 이 꽃다운 나이에 이러고 있단 말이지."

"그, 그럼 너희가 먼저 시집가면 되잖아!"

"어머, 그 무슨 말을. 카일로니아 최고의 명문가라는 우리 사이몬 공작가에서 어찌 그런 서열을 무시한 일을 벌일 수 있겠어? 다른 가문에서 비웃어요."

검지를 치켜들어 좌우로 흔드는 메이린의 정신없는 공격에 로레인은 점점 더 수세에 몰렸다. 거기에는 곁에서 연신 고개를 끄덕이는 이리아의 행동도 한몫했다.

"하, 하지만 눈에 차는 녀석이 없는데 어떻게 하란 말이야? 남자라는 것들이 하나같이 약해 빠져서는……."

로레인은 자신이 아직 결혼을 하지 못한 것은 자신이 아니라 약해 빠진 남자들이 문제라는 듯 소리를 질렀다.

"어머, 언니, 그거 진심이야?"

메이린이 두 눈을 동그랗게 뜨고 되물었다.

"그, 그래. 적어도 남자라면 아내보다는 강해야지!"

이번에는 이리아마저 두 눈을 동그랗게 떴다.

"언니, 언니는 아직 자기 자신에 대해 잘 모르는 모양인데, 언니는 중급의 소드 마스터야, 소드 마스터. 그것도 겨우 스물아홉의 나이에 말이지. 뭐, 며칠 후면 서른이지만."

메이린의 말 중 '서른'이라는 말이 묘하게 로레인의 가슴을 후벼팠다.

"그, 그래서!"

얼굴이 벌게진 로레인이 질 수 없다는 듯 소리쳤다.

"대륙에 소드 마스터가 과연 몇이나 있을 거라고 생각해? 게다가 언니 또래에서 소드 마스터를 이룬 사람이. 응? 언니보다 강한 남자 찾아서 결혼한다는 게 가당키나 할 것 같아?"

"우, 우우우!"

메이린의 말에 로레인은 아무 말도 못하고 얼굴만 시뻘겋게 물들였다. 그녀도 그 사실을 알았기에.

"그러니까… 중요한 건 바로 그거란 말이지."

"뭐가?"

"언니 신랑감 찾으러 간다고 말하고 셋이서 같이 나가는 거야. 우리나라에는 이미 언니 짝이 될 만한 사람이 없으니 다른 나라에서 찾겠다는 거지. 그러면서 겸사겸사 이니안도 찾고 말이야."

메이린의 말에 로레인은 귀가 번쩍 뜨였다.

그녀 자신도 요즘 집안의 눈치를 느끼고 있던 차다. 오빠인 이슈데인은 벌써 가정을 이루어 이미 귀여운 아들까지 둔 상태다. 그러니 만큼 자신도 어서 결혼하라는 압박을 받고 있었다. 나이는 이미 혼기를 꽉 채운 지 오래였으니.

자신이 그리 말한다면 분명 아버지는 허락할 것이다. 허락 안 할 리가 없었다.

게다가 그들 세 자매면 어디를 가도 안심이다.

소드 마스터 중급의 검사와 7서클 익스퍼트의 마법사, 게다가 소현자라 불리는 메이린까지 있다면 어디서 험한 꼴을 당할 일은 없었다. 모험가로 본다면 그야말로 완벽한 파티인 것이다.

"게다가 말이야, 찾으러 가는 거란 말야. 즉, 반드시 시집을 갈 필요는 없지. 온 대륙을 뒤졌는데 마음에 드는 남자가 없으면 별수없는 거 아니겠어?"

메이린의 마지막 말에 로레인은 귀가 솔깃했다. 듣고 보니 그랬다. 신랑감을 찾으러 가겠다는 말이 곧 결혼을 하겠다는 말은 아닌 것이다.

"좋아, 내가 아버지께 말씀드려 볼게."

그 화끈한 성격답게 결심을 하자 그녀는 바로 자리에서 일어났다. 그리고는 저택으로 걸음을 옮겼다.

그녀가 사라지자 이리아와 메이린은 서로를 바라보며 생긋 웃었다.

"이제 그만 나와, 오빠."

이리아의 말에 정원의 아름드리 나무 뒤에서 이슈데인이 모습을 드러냈다.

"수고했다."

이슈데인이 싱긋 웃으며 말했다.

이번 일은 어떻게든 로레인을 시집보내려는 세 남매의 음모였다. 물론 이 음모의 배후에는 아버지가 있음은 말할 필요도 없었다.

"그런데 언니 마음에 들 만한 남자가 있긴 있을까?"

메이린이 걱정스러운 듯 중얼거렸다.

"없어도 어떻게든 시집을 보내야지."

이슈데인이 단호하게 말했다.

"그리고 미오나인에는 제법 쓸 만한 녀석이 하나 있어. 카르세온이라고, 로레인보다는 좀 어리긴 하지만 뭐, 그만한 녀석 찾기도 힘들지."

이슈데인의 말에 두 자매는 눈을 반짝였다.

하지만 이들은 몰랐다. 이슈데인이 장래의 매제감으로 점찍은 카르세온이 그의 막내동생인 이니안을 죽이려고 쫓고 있다는 사실을.

그렇게 서로 다른 꿍꿍이를 가진 막내동생 찾기 겸 큰언니 시집보내기 여행은 그날 결정이 내려졌다.

로레인의 말에 사이몬 공작이 쌍수를 들어 환영한 것은 말할 필요도 없었다.

*   *   *

쿠아아앙!

이니안의 검과 어새신의 검이 부딪치며 요란한 폭음이 터져 나왔다. 크리스 챠지와 마령소혼의 정면 충돌. 그 여파로 광풍이 사방으로 몰아쳤다.

"우욱!"

이니안은 오른팔 전체를 울리는 통증에 신음을 흘렸다. 상대의 피어스 브레이크는 한 점에 모든 힘을 모아 최 고속으로 찌르는 돌격기. 그만큼 위력이 대단했다. 이니안의 마나가 어새신의 그것보다 훨씬 많았기에 그나마 이 정도로 막아낼 수 있었던 것이다.

이니안과 정면으로 충돌한 어새신은 그 반탄력에 내상을 입은 듯, 검은 복면의 입 부분이 붉게 물들었다. 분명 피를 토했으리라.

하지만 이니안은 아직 마음을 놓을 수 없었다. 정면의 어새신의 검과 충돌한 그때, 이미 등 뒤의 참격은 지척에 이르러 있었다.

"빌어먹을."

이미 등에 바짝 닿은 상대의 검의 기운에 이니안은 욕설을 토해냈다. 이미 등을 돌려 상대의 피어스 브레이크를 막기에는 늦었다. 이니안은 마령보의 경신법으로 앞으로 몸을 날렸다. 상대의 참격과의 거리를 벌여 어떻게든 잠깐의 틈을 만들려는 시도다.

하지만 앞에 버티고 있던 어새신이 온몸으로 달려들어 이니안의 몸을 막았다. 이니안은 재빨리 오른쪽 어깨로 그를 쳐내려 했으나 완강히 저항했다. 두 다리에 들어가는 마나의 양이 늘어났다.

일촉즉발의 순간,

이미 등 뒤의 참격은 이니안의 로브 자락을 베어내고 있었다.

"비켜!"

순간적으로 이니안의 몸 안에서 폭발하는 마나. 어떻게든 이니안을 막으려던 킬은 이니안의 몸에서 터져 나온 기세에 뒤로 퉁겨 날아갔다.

한 발, 두 발.

일 수유의 순간에 두 발자국을 앞으로 내디딘 이니안의 몸이 돌았다. 그의 검은 어느새 새로운 초식을 떨치고 있었다.

세상 모든 것을 쪼개 버리겠다는 참격이 눈앞에서 떨어진다. 이니안의 팔은 더욱 빨리 움직였다.

"창천광휘!"

강력한 참격에 대항하기 위해 펼쳐진 마령천참검의 제6초.

이니안의 검은 푸른 빛을 사방으로 뿌리며 강력한 참격으로 화해 상대의 참격을 맞아갔다.

쾅콰콰쾅!

다시 한 번 울리는 요란한 폭음.

광풍이 몰아치며 눈이 사방으로 휘날린다.

"사기야, 이런 녀석들이 어새신이라니⋯⋯."

검을 든 이니안이 조용히 중얼거렸다. 이니안과 검을 맞댄 제논은 실이 끊어진 연처럼 힘없이 날아가 떨어졌다.

"쿨럭!"

기침과 함께 섞여 나오는 검은 피.

방금의 충돌로 이니안은 상당한 내상을 입었다. 이미 그간의 길고 긴 전투로 지치고 상해 있던 몸에 킬과 제논의 피어스 브레이크가 결정타를 날린 것이다.

"정말 빌어먹을 녀석들이라니까."

이니안이 신음처럼 중얼거리며 힘없이 검을 휘둘렀다.

서걱.

살이 잘리는 섬뜩한 소리가 울린다. 라딘의 한쪽 팔이 잘려 허공을 날았다. 어느새 라딘이 이니안을 향해 암습을 시도한 것이다.

쉐도우 댄스(Shadow Dance). 사람의 그림자에 숨어서 이동할 수 있는 라딘의 피어스 브레이크다. 그야말로 어새신을 위한 피어스 브레이크. 라딘은 자신의 피어스 브레이크로 킬의 그림자에 숨어 이니안을 향해 접근했다. 그리고 이니안이 제논의 피어스 브레이크를 막는 동안 암습을 가한 것이다.

어느새 옆구리에 깊게 박혀 있는 단검 크리스.

한쪽 팔을 잃었지만 라딘의 암습은 성공했다.

검이 박힌 상처에서 선혈이 흘러내린다.

"이니안 오빠……."

뜻밖의 광경에 로즈는 두 눈을 크게 뜨고 손으로 입을 가렸다.

이니안의 다리가 움직였다. 당장에 쓰러져도 이상하지 않을 치명적인 상처를 입었음에도 이니안의 움직임에는 흔들림이 없었다.

"후우!"

이니안은 천천히 숨을 고르며 로즈를 향해 더욱 가깝게 다가갔다.

이들의 목표가 로즈라는 것쯤은 이니안도 알고 있다. 그럼에도 불구하고 자신만을 노리고 치명적인 공격을 해온 것은 틀림없이 자신을 로즈에게서 떼어놓기 위함이다.

아직 세 사람이 남아 있었다. 피어스 브레이크로 먼저 공격한 어새신 둘은 이미 회복 불능의 치명상을 입고 널브러져 있다. 이제 경계해야 할 것은 한쪽 팔이 잘린 채 다시 은신에 들어간 한 녀석과 아직 모습을 드러내지 않은 둘.

옆구리에서 쉬지 않고 흘러내리는 피를 무시한 채 이니안은 더욱 신경을 곤두세웠다.

'빌어먹을, 찾을 수가 없다. 근처 어디엔가 있는 것은 분명한데… 공격해 올 때까지 무작정 기다려야 하는 건가?'

다섯 중 둘을 처리했지만 이니안은 그 대가로 치명적인 상처를 입었다. 그리고 아직 셋이 더 남았다. 이니안은 가슴 한곳에서 슬금슬금 솟아오르려는 불안을 억지로 내리눌렀다.

바람이 분다.

이 자세로 멈춰 선 후 얼마나 시간이 흘렀을까? 산속은 쥐 죽은 듯 조용했다. 그 폭풍과도 같은 공격이 마치 공격의 끝이라고 주장하는 듯 산속은 고요했다.

'쳇, 확실히 성가신 녀석들이야.'

이미 이니안의 발 주변으로는 작은 피 웅덩이가 만들어져 있었다. 이니안이 흘린 피다.

어새신들은 이니안이 출혈로 인해 체력이 떨어지길 기다리고 있었다. 이미 한 번의 치명상을 입혀놓았으니 힘이 빠지길 기다리는 것은 어새신으로선 당연한 전술이다.

이니안은 이러한 사실을 모두 알면서도 조금도 움직일 수 없었다. 아주 작은 빈틈이라도 보인다면 그 순간 치고 들어올 것이다. 그것을 알기에 이니안은 지혈조차 하지 못하고 주변을 경계하고 있었다.

[대단한 녀석이다. 아직도 저 정도 기세를 뿌릴 수 있다니.]

잘린 오른팔의 지혈을 마친 라딘이 기가 질린 듯 중얼거렸다.

[킬과 제논은?]

[이미 틀렸어. 드래곤이라도 오지 않는 이상 살릴 수 없어. 둘 모두

가슴이 완전히 함몰됐어. 지금은 살아 있는 것이 오히려 고통일 거야.]

미르의 물음에 발론이 어두운 목소리로 대답했다. 눈앞에서 동료가 고통에 떨며 죽어가고 있다. 그럼에도 고통조차 어찌해 줄 수 없는 자신의 무력함에 가슴이 아픈 것이다.

[그 두 사람 덕에 생각보다 상당히 몰아붙였다. 이제 조금만 더하면 의뢰는 완수된다.]

라딘은 크리스를 쥔 왼손에 힘을 주었다. 다크 크리스 사상 최강의 적이다. 이제 조금만 더 몰아붙이면 그 적을 처리할 수 있다는 생각에 자신도 모르게 힘이 들어간 것이다.

순간 이니안의 눈이 빛났다.

어떠한 소리도 없었다. 그저 왼손이 아주 자연스럽게 허벅지를 훑고 지나갔을 뿐이다. 하지만 그 왼손의 끝에서 빛이 쏘아졌다. 눈 깜짝할 사이에 뻗어나간 빛.

"빌어먹을."

라딘이 자신의 위치가 들켰다는 것을 알고는 즉각 몸을 드러내어 자신을 향해 날아오는 단검을 쳐냈다.

챙!

그때 이미 이니안은 그를 향해 달려들고 있었다. 그와 이니안이 있던 자리는 불과 네 걸음 정도 떨어진 곳. 그를 처리하고 다시 로즈를 지켜낼 자신이 있었기에 속전속결을 택한 이니안은 라딘을 압박했다.

절체절명의 순간, 라딘은 다시 한 번 온몸의 마나를 폭주시켰다. 그리고 펼쳐진 자신의 피어스 브레이크. 이니안의 검이 허공을 갈랐다. 그의 목표물인 어새신이 허깨비처럼 사라졌다.

라딘은 이니안의 그림자에 숨어들었다. 그의 목표는 단 하나다. 이니안의 허점을 최대한 크게 만드는 것. 그러면 다음은 발론이 알아서 해줄 것이다. 다섯의 어새신 중 육체적 능력이 가장 뛰어난 발론이기에 보조 지속형 피어스 브레이크를 가지고 있음에도 그는 훌륭히 임무를 수행해 왔다. 그의 완벽한 눈은 자신이 만든 허점을 결코 놓치지 않을 것이다.

라딘이 이니안의 그림자에서 솟아올랐다.

"빌어먹을."

바로 등 뒤에서 갑자기 느껴지는 기척에 이니안은 욕설을 내뱉으며 몸을 돌렸다. 그의 몸보다 빠르게 그의 검이 아래에서 위로 훑고 지나갔다.

이니안의 시선보다 먼저 움직인 검은 정확히 라딘의 목을 잘랐다. 라딘의 머리가 허공으로 튀었다. 머리가 잘린 목에서 붉은 피가 분수처럼 뿜어진다. 하나 허공을 허우적거리다 바닥에 떨어진 그의 얼굴은 웃고 있었다. 자신의 할 일을 다했다는 만족의 미소.

순간 이니안이 무릎을 꿇었다.

이니안의 옆구리에는 단검 두 개가 박혀 있었다. 처음에 박혔던 그 자리. 한 치의 오차도 없이 그곳에 또 하나의 단검이 꽂힌 것이다.

그 순간 이니안을 덮쳐 오는 인영이 있었다. 이니안이 무릎을 꿇으며 시선을 딸군 정확히 그 순간이었다.

"크윽! 만혼금쇄!"

이미 이니안의 몸은 엉망진창이었다. 눈을 뜨고 있으되 그 눈에 들어오는 것이 없었다. 설마 이런 식으로 당할 줄 몰랐기에 이니안은 너무도 허무하게 옆구리에 검을 허용했다.

그저 스스로를 지키기 위해 펼친 검.

적이 오는 기척만을 느끼고 그 방향으로 떨쳐 낸 검은 그 궤적으로 완벽한 감옥을 만들었다. 이니안의 빈틈을 정확히 꿰뚫고 들어와 이니안의 목을 향해 크리스를 찔러가던 발론은 그 검에 튕겨 날아갔다.

"크윽, 괴물 같은 놈."

이니안의 검에 발론의 가슴 한가운데에 선혈이 맺혔다. 그가 입고 있던 가죽 갑옷 덕에 목숨은 건졌다. 와이번의 가죽을 수백 번 무두질하여 겹치고 또 겹쳐 만든 갑옷이다. 그 갑옷이 정말 깨끗하게 잘려 나갔다.

하지만 발론에게도 소득은 있었다. 자신의 공격으로 이니안이 완전히 무너졌다는 것이다. 게다가 그는 갑옷 덕에 건재했다. 그는 즉각 몸을 회전시키며 방향을 틀었다. 이니안이 있던 곳에서 불과 서너 발짝만 가면 그들의 목표가 있다. 미르가 뛰쳐나오기 전에 자신이 처리하면 그만이다.

어차피 자신이 할 일은 끝났다. 완벽하게 이니안을 목표로부터 떨궈 냈으니까. 지금 현재는 미르보다는 자신이 훨씬 더 목표에 가깝다.

이런 상황에서 서로의 역할을 바꿀 정도의 융통성은 기본이다. 어느새 발론의 오른손에 또 다른 크리스가 들려 있었다.

점점 더 목표가 가까워진다.

커다란 눈동자에 물기를 가득 머금은 채 겁에 질려 떨고 있는 여인. 그들의 목표인 로즈의 눈앞에 이르렀다. 이제 검을 그 여자의 가슴에 찔러 넣기만 하면 된다.

'됐다. 성공이다.'

검을 찔러가는 순간 발론은 그렇게 생각했다.

세 명의 동료가 오늘 목숨을 잃었다. 그만한 가치가 있는 강적이었다. 그런 어려운 의뢰를 성공시킨 것이다.

"크윽!"

그때 그의 목줄을 움켜쥐는 손. 그 손 덕에 발론의 검은 로즈의 가슴 바로 앞에서 멈춰 섰다.

케라우였다.

어느새 일어난 케라우가 뒤에서 발론의 목줄을 움켜쥐고 있었다.

"크크크, 이래서였나? 이래서 자지 말라고 한 거냐? 응, 얼음탱이?"

그때쯤 서서히 이니안의 시력이 돌아왔다. 과도한 검법의 운용으로 몸속의 마나가 꼬여 일시적으로 시력을 상실했었다. 시간이 흐름에 따라 마나가 안정되면서 주위의 사물을 분간할 수 있게 됐다.

"이건……?"

이니안의 눈에 현재의 장면이 펼쳐졌다.

완벽한 실책이다. 케라우가 아니었으면 로즈는 죽었다. 이니안은 한 눈에 그 사실을 알 수 있었다.

"고맙군."

이니안은 씁쓸한 미소를 베어 물었다.

'어, 어떻게 저 녀석이? 저 녀석은 해가 지면 절대 움직이지 않는데……'

미르는 눈앞의 광경을 믿을 수 없었다. 케라우라는 녀석, 밤에는 절대 움직이지 않았다. 그것은 이미 수 차례에 걸쳐 확인한 사항이다. 그런데 결정적인 순간에 움직였다. 이제 자신은 어찌할 수 없었다.

애초에 이 작전은 케라우라는 녀석이 움직이지 않는 밤을 상정해 이루어진 것이다. 그런데 움직였다.

실패인 것이다.

"크크크, 오랜만이야, 이런 신선한 피는."

케라우의 은빛 눈동자가 붉게 물들었다. 그리고 송곳니가 입술을 비집고 튀어나왔다.

"아… 아아……!"

그 모습에 겁에 질린 로즈가 앉은 채 뒷걸음질쳤다.

"이봐!"

케라우가 무엇을 하려는지 아는 이니안이 소리쳤다.

"킥, 말리지 말라고. 나보고 자지 말라고 한 건 너야. 그러려면 엄청난 에너지가 필요하다고. 게다가 요 며칠 제대로 영양 보충도 되지 않았고. 난 지금 살기 위해 최소한의 에너지를 섭취하려는 거다."

그 말을 끝으로 케라우의 송곳니가 발론의 목에 박혔다.

"커헉! 크으으으!"

케라우에게 피를 빨리는 발론은 온몸을 부들부들 떨었다.

'발론!'

미르는 비명을 지르고 싶은 심정이었으나 그 비명이 입 밖으로 나오지는 않았다.

'빌어먹을, 뱀파이어였다니… 뱀파이어였다니……. 빌어먹을, 그런 정보는 없었잖아!'

미르의 눈에서 눈물이 흘렀다.

아니, 애당초 낮에 움직이는 뱀파이어 따위가 있을 리 없다. 하지만 분명 눈앞에서 저 케라우라는 남자는 자신의 동료인 발론의 피를 빨고 있다.

미르의 눈이 충혈되었다. 그녀는 어느새 눈물을 흘리고 있었다. 그녀의 두 눈에 신음하며 온몸을 떠는 발론의 모습이 똑똑히 보였다. 발론의 입술이 힘겹게 움직인다.

'도. 망. 가.'

발론은 힘겨워하며 그렇게 입술을 움직이고 있었다.

그도 그녀도 알고 있었다, 이번 작전은 실패했음을. 하지만 아직 완전히 실패한 것은 아니다. 아직 자신이 살아 있다. 그녀가 있는 한 언제고 의뢰를 완수하기 위해 로즈의 목숨을 노릴 것이다.

'발론……'

미르는 천천히 움직이기 시작했다. 어느 정도 이니안과 거리가 벌어지자 그때부터는 재빨리 움직였다. 절대 그들에게 잡히지 않을 거리까지 도달하자 전력으로 뛰었다. 최대한 그곳에서 멀어지기 위해.

'두고 보자. 반드시, 반드시 의뢰는 완수한다.'

그녀의 눈물이 허공에 흩날렸다.

"빌어먹을 놈. 네놈은 역시 뱀파이어다."

"그걸 몰랐어?"

오랜만에 인혈을 섭취해서일까? 밤인데도 불구하고 케라우의 얼굴에 생기가 돌았다.

"그럼 난 다시 잔다."

오른손의 손톱으로 정확히 발론의 심장을 찔러 생명을 끊은 케라우는 미련없이 자신의 모포에 몸을 묻었다.

"우라질!"

이니안의 입에서 다시 한 번 거친 욕설이 튀어나왔다. 누구를 향해서인지 알 수 없는 욕설이.

"오빠……."

불타는 눈으로 케라우의 모포를 바라보는 이니안의 귀에 가녀린 목소리가 들렸다. 겁에 질린 채 떨고 있는 로즈였다.

그제야 이니안의 시선이 로즈를 향했다.

"미안하다."

이니안의 사과에는 진심이 담겨 있었다.

이번에 그는 로즈를 지켜주지 못했다.

반드시 지켜주겠다고 하였으나 지키지 못했다. 케라우가 아니었다면 로즈는 죽었을 것이다. 자신의 심장을 찔러오는 단검을 보는 그 심정이 어땠을까? 케라우의 흉측한 모습을 바로 앞에서 본 그 심정은 또 어땠을까?

그런 의문이 머리를 맴돌자 이니안은 도저히 로즈를 마주 볼 수 없었다.

로즈는 조용히 고개를 가로저었다.

그리고 이니안을 바라보았다.

그녀의 입가에 웃음이 걸린다.

"오빠는 절 지켜줬어요. 고마워요."

로즈는 진심을 담아 이니안에게 말했다.

이니안의 입에도 작은 미소가 걸렸다. 이니안은 로즈의 곁에 앉았다. 로즈는 한쪽으로 살짝 물러나 이니안이 편히 앉을 수 있는 자리를 만들어주었다.

"아, 오빠, 그 상처."

로즈가 이니안의 옆구리를 손으로 가리킨다. 그제야 이니안의 시선도 자신의 옆구리를 향했다.

통증이 온몸을 훑고 지나간다. 그제야 극심한 통증을 느끼기 시작했다. 용병 생활을 하면서 온갖 상처에 단련이 된 그였지만 이번 상처는 좀 심했다. 같은 곳에 두 개의 단검이 꽂히다니, 보통 사람이라면 충분히 죽었을 상처다.

그가 지금 멀쩡히 움직일 수 있는 것은 모두 단련된 몸과 몸 안을 흐르는 마나 덕분이다. 하지만 치명적인 상처인 것은 분명했다.

"후우, 지독한 녀석들."

"칼, 뽑지 않아도 돼요?"

로즈가 걱정스러운 표정으로 물었다. 그녀의 눈에도 이 상처는 굉장히 심각했다.

"뽑아야지."

이니안의 손가락이 단검이 꽂힌 자리 주변을 재빠르게 움직였다. 일정한 규칙을 가지고 이니안의 손가락이 상처의 주변을 눌렀다. 출혈을 막기 위해 주변의 혈관을 마나로 막은 것이다. 지금은 단검이 마개 역할을 해서 피가 그다지 많이 나오지 않지만 이렇게 처치를 해두지 않으면 단검을 뽑는 순간 피가 분수같이 솟구치리라.

"크윽!"

단검을 뽑으며 이니안은 신음을 흘렸다.

단검이 뽑힌 상처는 보기 흉하게 벌어져 있었다. 단검이 두 개나 꽂혔던 자리이니 당연했다.

"내장까지 상한 것 같군."

"심각한 거예요?"

이니안의 말에 로즈가 걱정스레 물었다.

"심각하다. 어서 신전으로 가서 치료를 받거나 실력 좋은 치료술사에게 수술을 받아야 해."

이니안은 배낭에서 응급처치를 위한 도구를 꺼내며 말했다. 그는 마치 다른 사람의 상처를 보고 말하는 양 태연했다.

"여기."

그 말에 로즈는 품에서 무언가를 꺼내주었다.

"그건?"

이니안은 로즈가 내미는 것을 보았다. 스크롤 카드였다. 치료 마법이 담긴 힐링의 스크롤 카드.

"그것을 어떻게?"

이니안이 알기로 로즈의 모든 짐은 바실러스 자작의 저택에 있다. 로즈의 몸만 빼낸 것은 자신이었기에 잘 알고 있었다.

"바실러스 자작의 저택에서 제 짐을 전부 돌려줬어요. 혹시나 해서 그 카드 한 장은 항상 몸에 지니고 있었어요."

로즈는 고개를 숙이고 조용히 대답했다.

"고맙군."

이니안은 사양하지 않았다, 지금 상황에서 이 카드만큼 훌륭한 치료의 수단도 없었기에.

게다가 자신이 입은 상처는 조금 전 로즈에게 말한 대로 무척 심각한 상태다.

마나로 어떻게 출혈은 막고 있지만 단검에 내장까지 찔렸다. 단검에 찔린 내장 부분은 혈액 공급이 되지 않기에 서서히 괴사될 것이다. 내장의 일부가 괴사되기 시작하면 그것은 곧 내장 전체로 퍼져 목숨이 위험해진다.

"힐링."

이니안은 상처 부위에서 카드를 찢으며 시동어를 외웠다. 밝고 따스한 빛이 이니안의 상처를 감쌌다.

"놀랍군."

스크롤 카드에 담긴 힐링 마법은 상당한 수준이었다. 순식간에 이니안의 상처가 아물 정도로 고위의 마법이었다.

치료 마법인 힐링은 시전하는 마법사의 서클에 따라 그 효과가 달랐다. 이니안이 사용한 스크롤 카드는 상당한 고위 마법사가 만든 것이 분명했다. 내장까지 미친 상처를 순식간에 치료했으니.

당장 응급처치를 할 요량으로 카드를 사용했던 이니안은 얼떨떨한 표정으로 자신의 상처 부위를 바라보았다.

"하아, 다행이다."

깔끔하게 상처가 사라진 이니안의 옆구리를 본 로즈는 한숨을 쉬며 이니안의 어깨에 이마를 기댔다.

"정말 다행이에요, 다행……."

로즈의 목소리가 가늘게 떨린다.

"흑흑흑, 무서웠어요, 무서웠다고요."

이제껏 참았던 것들이 이니안의 상처가 치료되면서 터져 나온 것일까? 모포로 감싸인 로즈의 몸이 심하게 떨렸다. 로즈의 눈에서 떨어진 눈물이 이니안의 팔을 타고 흘렀다.

"흑흑흑!"

로즈는 계속해서 눈물을 흘렸다. 얼마나 무서웠던 걸까?

자신의 생명이 사라질 뻔한 순간을 눈앞에서 보았다. 타인의 생명이 사라지는 순간을 눈앞에서 보았다. 로즈는 이제 겨우 열여덟의 어린 여자일 뿐이다. 이러는 게 정상이다.

이니안은 조용히 로즈를 안아주었다.

이니안의 가슴에 얼굴을 묻은 로즈는 하염없이 눈물을 흘렸다. 이니안은 그저 가만히 하늘을 올려다볼 뿐이었다.

Chapter 6

그는 이니안 케이 사이몬이다

그는 이니안 케이 사이몬이다

커다랗고 둥근 테이블이 가운데에 놓여 있다. 테이블의 가운데에 놓인 순금 촛대를 중심으로 갖가지 먹음직한 음식들이 차려져 있었다. 테이블을 둘러싸고 앉아 있는 여섯 명의 사람은 기품있는 동작으로 자신의 앞에 놓인 수프를 먹고 있었다. 그 주위로는 세 명의 시녀가 그들의 식사 시중을 들고 있다.

"죄송합니다, 조금 늦었습니다."

열다섯쯤 되어 보이는 소년이 입구로 보이는 곳에서 나타났다. 흑발과 흑안이 절묘하게 어울리는 미소년이었다. 그러고 보니 이곳에 모인 사람 중 한 사람을 제외하고는 모두 흑발에 흑안을 가지고 있었다.

식당에 들어온 소년은 곧 테이블에 앉은 이들 중 유일하게 흑발이 아닌 금발의 귀부인 옆에 앉았다.

"늦었구나, 이니안."

"네."

근엄한 얼굴의 중년인의 말에 이니안은 고개를 숙였다.

"이니안, 왜 이렇게 늦었니? 엄마가 걱정했잖아."

금발의 중년 여인은 정녕 걱정 가득한 얼굴로 옆자리의 소년을 보고는 말했다. 그녀의 말에 이니안의 얼굴이 살짝 굳었다.

"죄송합니다, 어머님."

아들의 대답에 여인의 표정이 미묘하게 변했다.

"이니안, 어머님이라니? 어째서 그런 딱딱한 호칭으로 이 엄마의 가슴을 아프게 하니. 응? 2년 전만 하더라도 엄마라고 잘만 불렀는데……. 그렇게 귀엽던 아이가 왜……."

호칭이 문제인 듯했다, 이니안과 그의 어머니 사이에서는.

엄마와 어머니.

명망있는 귀족가에서는 엄마라는 말을 사용하지 않는다. 엄마는 평민들 사이에서나 사용되는 말이다. 하지만 이 여인은 엄마라는 말에 더욱 정겨워하는 듯했고, 이니안은 엄마라는 말이 싫은 듯했다.

엄마와 아들의 작은 소요 외에 식사는 순조롭게 진행되었다. 시녀들이 수프 그릇을 치우고 새로운 요리로 테이블에서 덜어 각자의 앞에 적당한 양을 놓아주었다.

테이블에서 식사를 하는 사람들은 포크와 나이프를 익숙하게 놀리며 먹음직스러운 음식을 입으로 가져갔다. 테이블 중간의 촛불이 너울거리며 그림자들이 흔들린다.

"참, 아버지. 슬슬 이니안도 왕립학교에 입학시켜야 하지 않을까요?"

서글서글한 눈동자를 가진 흑발의 여인이 나이프를 움직이던 중 생각났다는 듯 말했다.

"로레인 누나!"

그 말에 가장 먼저 반응한 것은 이니안이었다. 질겁한 표정을 하고 자신의 누나를 바라보았다. 그런 동생의 시선을 받은 로레인의 입가에는 회심의 미소가 걸려 있었다.

"학교라……. 하긴, 이제 다닐 때도 되었지. 넌 어떻게 생각하느냐, 이니안?"

아버지의 시선에 이니안은 찔끔한 표정을 지었다.

"저어… 그게… 학교에 들어가면 앞으로 수련을 할 시간이 줄어들 것 같아서요."

이니안은 핑계를 대며 학교에 다니기 싫다고 돌려 대답했다.

"물론 수련하는 시간은 줄어들 거야. 하지만 너에게 정작 중요한 것은 그게 아닐 텐데……?"

그때, 여태껏 조용히 식사에만 열중하던 흑발청년이 입을 열었다. 그가 입을 열자 이니안의 얼굴이 험악하게 일그러졌다.

"이슈데인 형."

그는 이니안의 형이었다.

"너, 학교에 갈 수 있을 정도로 공부는 마쳤니?"

다시 입을 연 이슈데인. 그의 말에 이니안의 표정은 급격한 변화를 보였다. 질겁한 얼굴, 그리고 서서히 배어 나오는 식은땀.

"이슈데인의 말이 맞구나, 이니안. 그래, 공부는 어느 정도 끝냈니? 너도 학교에 들어가야 다른 귀족 가문의 아이들도 사귈 것 아니냐. 나는 가끔 네가 친구들을 데리고 왔으면 한단다. 언제나 검만 부둥켜안고 지내는 네 모습을 보면 가끔 안쓰러워."

그때 이니안의 곁에 앉아 있던 어머니가 이슈데인의 말에 동조하면서 이니안을 바라보았다. 그 시선을 받은 이니안은 더욱 당황했다. 어머니는 안타까움이 가득한 시선으로 이니안을 지그시 바라보았다.

"학교에 다닐게요."

어머니의 눈빛에 항복한 것일까? 이니안은 체념한 듯한 얼굴로 대답했다. 이니안은 어머니의 그런 눈빛에 약한 듯했다.

"그러니까 학교 갈 실력은 되나니까?"

그때 이슈데인이 다시 한 번 이니안을 바라보며 말했다.

그 순간, 이니안의 눈에 불꽃이 튀었다. 하지만 모두의 시선이 이니안을 향했다. 이슈데인의 물음에 답하라는 무언의 압박.

"그게……."

이니안은 우물쭈물 제대로 대답하지 못했다.

"그럼 설마 아직도 공부를 제대로 하지 않은 거니?"

어머니가 무척이나 놀란 얼굴로 옆에 앉은 아들의 얼굴을 보았다.

"이슈데인의 걱정이 사실인 모양이구나."

이니안이 아무런 대답을 하지 못하자 가만히 앉아서 상황을 지켜보던 아버지가 입을 열었다.

"이니안."

아버지가 이니안을 조용히 불렀다.

"네."

이니안은 아버지에게는 전혀 힘을 못 쓰는지 순한 양과 같은 얼굴로 대답했다.

"검을 가져오너라."

"네."

아버지의 지시에 대답을 한 이니안은 식사를 멈추고 일어나 조용히 자신의 방으로 향했다. 식당을 떠난 이니안은 오래지 않아 돌아왔다. 그의 손에는 한눈에도 명검이라는 것을 알아볼 수 있는 검이 들려 있었다.

"이니안."

이니안이 검을 가지고 들어오자 아버지는 다시 한 번 아들의 이름을 불렀다.

"네."

대답을 하는 아들의 얼굴을 보는 아버지의 눈에 엄격한 기운이 깃들기 시작했다. 이니안은 그런 아버지의 변화를 알아본 듯했다.

"우리 가문은 카일로니아 왕국, 아니, 라칼트 대륙 최고의 기사 가문이다. 그것은 너도 잘 알 거다. 그리고 그 사실은 우리 가문 최고의 긍지요 명예다. 기사 가문의 아들로 태어난 이상 열심히 검을 수련한다는 것은 더없이 기쁜 일이다."

아버지가 엄숙한 표정으로 말했다. 당장에라도 불호령이 떨어질 줄 알았는데 자신이 열심히 검을 수련하는 것에 대한 칭찬이었기 때문일까? 이니안의 얼굴에 살짝 화색이 돌았다.

"단."

그때 아버지의 어조가 단호하게 끊겼다. 얼굴에 어린 엄격한 기운도 더욱 강해졌다. 눈에는 노기가 어리기 시작했다.

"우리 집안은 분명 기사 가문이다. 그리고 기사는 단지 검만 잘 휘두른다고 되는 그런 하찮은 신분이 아니다. 검술이 뛰어난 이들은 오히려 기사보다는 검사나 용병이다, 그들은 검에 생사를 건 채 살아가는 사람들이니. 하지만 기사는 그들과 다르다. 기사라면 기사로서의 명예와 의무를 알아야 한다. 그리고 그 신분에 맞는 교양과 지식을 갖춰야 한다. 한데 지금 너의 모습은 어떠냐? 열다섯이나 된 녀석이 다른 가문에서는 열둘이면 능히 들어가는 왕립학교 입학을 위한 지식조차 제대로 쌓지 못했다니!"

아버지의 호통에 이니안의 얼굴이 점점 어두워졌다. 그도 아버지가 하려는 말이 무엇인지를 아는 듯 고개를 숙인 채 조용히 아버지의 말을 듣고 있었다.

"분명 너는 검의 천재다. 네가 소드 마스터라는 사실은 이미 수도의 세력있는 귀족이라면 다 알고 있다. 국왕 폐하 역시 너에게 관심을 가지고 계신다. 그런 모습에 나는 네가 무척이나 자랑스럽다, 이니안. 하지만 나의 바람은 네가 단순한 검의 천재로 끝나지 않았으면 하는 것이다. 뛰어난 검술 실력에 걸맞는 교양과 지식을 갖춰 진정한 기사로 태어나길 바란다. 그것이 이 아비의 소망이다."

이니안은 어떠한 대답도 하지 못했다. 제대로 공부를 하지 않은 자신은 지금의 상황에서 무어라 말을 할 자격이 없다는 것을 아는 듯했다.

"이니안, 검을 이리 다오."

아버지의 말에 이니안은 공손히 두 손으로 아버지에게 검을 건넸다.

"이 검은 당분간 내가 보관하고 있으마."

그 말에 이니안의 얼굴이 급변했다. 마치 지금 당장 죽으라는 말을 들은 사람 같았다.

"이니안, 나 역시 검을 사랑하는 기사이기에 지금 네 심정이 어떨지 잘 알고 있다. 하지만 어쩔 수 없다, 네가 검을 수련하는 일에만 몰두한 나머지 남들은 열두 살에 다 익히는 것을 아직도 익히지 못하였으니. 이 검은 네가 왕립학교에 입학하는 날 돌려주도록 하마. 그때까지는 공부에만 전념하도록 해라."

이니안이 받은 충격을 잘 아는지 아버지는 다시 인자한 얼굴로 천천히 말했다. 하지만 이니안의 표정은 크게 달라지지 않았다. 그 얼굴에 떠올라 있는 것은 절망과 허탈함이었다.

"그리고 네 공부는 누나들이 도와줄 게다. 가정교사에게서 배우는 것도 좋겠지만 아무래도 빨리 배우려면 역시 네 누나들이 낫지 싶구나. 그렇게 알고 내일부터는 열심히 공부하도록 해라."

아들의 표정과는 상관없이 아버지는 말을 이었다.

그때 숙여져 있던 이니안의 얼굴이 번쩍 들렸다. 허탈함이 있던 자리에 경악이라는 녀석이 들어와 있었다. 게다가 이미 얼굴에 자리하던 절망은 더욱 깊은 절망으로 바뀌었다.

"이니안, 내일부터 각오하는 게 좋을 거야."

로레인이 빙긋 웃으며 말했다. 그녀의 말이 결정타였는지 이니안은 힘없이 고개를 떨궜다. 그 모습에 이슈데인은 소리없이 웃었다.

어깨가 흔들린다.

"이만 일어나."

그때 귀를 간질이는 목소리. 무거운 눈꺼풀을 조금씩 움직인다. 서서히 세상이 뿌옇게 보이기 시작한다.

눈을 깜빡인다. 이제야 눈에 초점이 잡힌다. 눈앞에는 자신을 내려다보는 이니안이 있었다. 그 뒤에 케라우가 불만에 가득한 눈빛을 하고는 서 있었다.

"두 시간 지났다."

이니안이 예의 그 무뚝뚝한 목소리로 말했다.

그랬다. 자신은 이니안의 품에서 흐느껴 울다가 잠이 들었다. 그때 분명 이니안이 두 시간 있다가 깨울 테니 편히 쉬라고 했다. 그 말에 로즈는 이니안의 품 안에서 잠이 들었다, 세상에서 가장 폭신한 침대에서 자는 기분을 느끼며.

"어머."

그때의 생각을 떠올리자 얼굴이 붉게 물들었다.

"죄송해요."

고개를 숙이고 황급히 자리에서 일어났다. 일어나면서 보니 자신의 몸에 모포가 덮여 있었다. 이니안의 배려인 듯했다.

'그러고 보니 그건 뭐였지? 꿈이었나?'

로즈는 자신의 자리를 정리하면서 고개를 갸웃거렸다.

아버지에게 검을 건네던 소년의 그 처량한 얼굴.

'그러고 보니 그 아이의 이름도 이니안이라고…….'

로즈의 시선이 이니안의 얼굴을 향했다. 똑같았다. 그 귀여운 소년이 자라면 분명 저런 얼굴이 되리라. 다만 지금의 이니안의 얼굴은 차갑기 이를 데 없었다.

'내가 왜 그런 꿈을 꾸었을까?'

로즈의 생각에 그건 이니안의 어린 시절이 분명했다. 자신이 알지 못하는 이니안의 생활. 그것이 어떻게 그녀의 꿈속에 나타났는지 알 수 없었다. 그저 꾸었을 뿐.

'으음, 이니안 오빠, 어렸을 때는 무척 귀여웠구나? 하긴 뭐, 지금도……. 그래도 어렸을 때는 얼굴이 참 따뜻했는데.'

꿈속에서의 이니안의 얼굴을 다시 한 번 떠올린 로즈는 아쉬운 표정을 지었다. 이니안 역시 그런 로즈의 변화를 알아보았지만 영문을 몰랐기에 그저 고개를 갸웃거릴 뿐이었다.

"진짜 지금 이동해야 해? 아직 밤이야."

케라우가 이니안을 향해 투덜거렸다.

"곧 날이 밝는다."

그랬다. 지난밤은 무척이나 짧았다. 다크 크리스의 어새신의 치열한 공격에 긴장 속에서 시간이 금방 흘러버린 것이다.

"게다가 넌 그사이 새로이 영양 보충을 하지 않았나?"

이니안의 말에 케라우는 찔끔한 표정을 지었다. 그때는 이니안의 검에 잘려 튀어 오르는 피 냄새에 이끌려 잠시 이성을 잃었다.

"분명 그렇긴 하지만… 그것과 이건 다르단 말이야."

"난 그런 건 모른다. 내가 아는 건 네놈이 한 명의 사람 피를 빨았다는 것뿐이야."

그 말을 할 때 이니안은 미약하나마 살기를 띠었다. 그도 결국 인간이었기에 뱀파이어가 사람의 피를 빼는 것에 강한 거부감을 보였다.

"웃기는군."

이니안의 살기에 반응한 것일까? 케라우의 얼굴에도 살기가 어렸다.

"네놈, 지난번에 식당을 벗어나면서 뭐라고 했지. 응? 살기 위해서는 죽여야 한다지 않았나?"

케라우의 말에 이니안의 눈썹이 솟아올랐다.

"난 분명 똑똑히 들었다, 네가 그렇게 말하며 로즈 양을 차갑게 몰아붙이는 것을."

이니안의 눈이 차갑게 가라앉았다.

로즈는 갑작스러운 분위기의 변화에 어쩔 줄을 모른 채 두 사람을 번갈아 가면서 바라보았다.

"나야말로 살기 위해 피를 빤 것이다. 나도 살기 위해서야. 왜 네놈이 살기 위해서 같은 동족인 인간을 죽이는 것은 되고 다른 종족인 뱀파이어가 살기 위해 인간을 죽이는 것은 안 되지? 네놈들이 소나 돼지를 죽여서 먹는 것과 뭐가 다른데? 이제는 병신 뱀파이어지만 어쨌든 뱀파이어인 이상 흡혈은 해야 한다. 그런데도 나도 겨우 생명을 유지할 정도로 최대한 흡혈을 억제하고 있어. 일단 인간과 같이 다니니까 최대한 참고 있다고."

"굳이 인간일 필요는 없다."

이니안의 눈이 스산하게 빛났다.

"그래, 굳이 인간일 필요는 없지. 하지만 말이야, 내가 네놈과 만난 후 한 흡혈의 양을 알고 있나? 겨우 토끼 한 마리다, 토끼 한 마리. 인간이 며칠간 토끼 한 마리만 먹고 견딜 수 있을 거라 생각해? 나도 마찬가지다. 나는 인간으로 치면 며칠을 굶고 있는 것과 다름없어. 그런 내 앞에서 인간의 피를 그렇게 뿌린 건 너라고. 뱀파이어에게 있어 인간의 피는 최고의 식사. 너는 며칠을 굶은 거지 앞에 진수성찬을 차려 났단 말이다. 지금 그걸 나보고 참았어야 한다고 말한 거냐? 게다가 그놈은 적이었다, 로즈 양을 죽이려고 하던. 난 그런 적을 막아서 네놈이 지키지 못할 뻔한 로즈 양을 지켜주기까지 했어. 그러면 그 정도는 상관없는 것 아니냐?"

이니안의 눈에 불꽃이 튀었다.

케라우가 이니안의 상처를 건드린 것이다. 그렇지 않아도 어새신과의 싸움이 끝난 후 이니안은 로즈를 지키지 못했다고 자책하고 있었다. 지켜주겠다고 약속을 하고서 그 약속을 제대로 지키지 못했다고 자책

하던 이니안. 그의 상처를 케라우가 그대로 후벼판 것이다.

"뭐라고 했지?"

이니안의 몸에서 피어오르던 살기가 점점 더 짙어졌다. 눈빛만으로도 사람을 죽일 수 있을 것만 같은 숨 막히는 살기.

"네놈이 놓친 놈을 내가 처리해 주었는데 그 녀석 피를 좀 빤 것이 그렇게 잘못이냐고 했다."

케라우도 살기를 피웠다.

지금까지 한발 물러서던 것과는 전혀 다른 태도였다.

그동안 참고 참아왔던 것이 결국은 터진 것이다. 아쉬운 것은 자신이었기에 어지간한 도발과 같은 것은 그냥 참았다. 특유의 능글맞은 성격으로 그럭저럭 지내왔다. 그러던 것이 지금 터진 것이다. 케라우 역시 생명체다. 인간 역시 생명체다.

살기 위해 피를 빨았을 뿐이다. 그런데 이니안은 그것을 간섭해 왔다. 자신보고 죽으라는 이야기다.

자기 자신은 살기 위해서라며 동족을 무자비하게 베어 넘기면서 뱀파이어인 자신이 살기 위해 그깟 인간 한 명의 피를 빤 것을 가지고 그러다니…….

결국 그가 가진 인내의 끈도 끊어졌다.

두 사람의 살기가 허공에서 부딪쳤다. 넘실거리던 기운은 서로 세력을 확장하기 위해 상대의 영역을 눌러간다. 팽팽한 긴장이 허공에 어우러진다.

사위는 고요하게 가라앉았다. 두 사람이 내뿜는 살기에 하늘조차 침묵했다.

서서히 동이 터오고 있었다.

"저……"

팽팽한 긴장을 파고드는 가녀린 목소리.

"우리 이제 그만 떠나야 하는 것 아닌가요? 지금 쫓기고 있잖아요."

가슴 앞에 두 손을 그러쥔 로즈가 조심스레 말했다.

먼저 살기를 거둔 것은 이니안이다. 지금 자신이 할 일은 눈앞의 뱀파이어와 드잡이질을 하는 것이 아니다. 로즈를 지키는 것이다. 잠시 그 사실을 잊고 있었다. 아마도 과거의 버릇이 나온 모양이다.

이니안 자신이 기사였다면 자신의 명예를 건드린 눈앞의 뱀파이어를 절대 가만두지 않았을 것이다. 하지만 지금의 자신은 기사도 무엇도 아닌 그저 용병 나부랭이일 뿐이다.

용병이라면 의뢰를 최우선시해야 한다. 그것이 용병의 명예다.

"그만 하지."

이니안이 몸을 돌려 걸음을 옮겼다. 지금 이 시각에도 카르세온은 더욱 추격의 고삐를 조여오고 있을 것이다. 게다가 자신은 시간을 너무 많이 소비했다. 이미 카르세온이 지척에 있을지도 모른다. 또한 어새신들과 싸우면서 너무 많은 흔적을 남겼다. 서둘러야 한다.

"로즈 양, 간밤에는 죄송했습니다. 아름답고 청초하며 가녀린 레이디께 흉측한 모습을 보이고 말았군요."

케라우는 이미 예전의 모습으로 돌아와 있었다. 언제 그렇게 흉흉한 살기를 뿌려냈냐는 듯 로즈 앞에 한쪽 무릎을 꿇고 정중하게 말했다.

"에… 예. 그만 가는 것이 어떨까요?"

로즈는 얼떨떨한 얼굴로 대답했다. 그녀의 대답에 케라우가 활짝 웃으며 일어났다.

"그럼 가시죠. 제가 모시겠습니다."

케라우가 한쪽으로 비켜서며 자연스럽게 팔을 앞으로 뻗었다.

"예."

로즈는 여전히 얼떨떨한 얼굴이었다.

"아, 어젯밤에는 감사했어요."

어찌 되었든 케라우가 그녀를 죽이려는 어새신으로부터 그녀를 지켜준 것은 사실이다. 케라우가 피를 빼는 모습에 놀라 그만 로즈는 여태 감사의 인사조차 하지 못했다. 거기에 생각이 미쳤기에 로즈는 작은 소리로 감사의 인사를 전한 것이다.

"별말씀을. 귀족으로서 레이디를 지키는 것은 당연한 일입니다."

케라우는 익숙한 모습으로 허리를 숙이며 로즈의 감사에 답했다. 조금 전 이니안과 살기를 뿌려대며 대치하던 모습은 어디에도 없었다. 정말이지, 놀랄 만큼 빠른 변화다.

"쓸데없는 장난칠 시간 없다."

케라우의 말에 이니안의 무심한 말이 들려왔다. 그 말에 케라우의 얼굴이 일그러졌지만 무어라 대꾸하지는 않았다. 어쨌든 곁에 로즈가 있었으니까.

'뿌드득, 네놈들! 절대 용서하지 않는다!'

그 모습을 지켜보는 눈동자가 있었다.

미르.

그녀였다. 전날 밤 발론이 당하는 순간 황급히 몸을 피했지만 다시 돌아왔다. 이니안의 감각에 아슬아슬하게 걸리지 않을 거리에 은신한 상태다. 발론이 죽고 없기에 이니안들의 모습을 자세히 살필 수는 없지만 대강의 모습은 확인할 수 있다. 그것이면 충분했다. 미르는 조용히 그들의 뒤를 따랐다.

"서두르자."

앞서 조금 걸음을 옮기던 이니안이 몸을 돌려 로즈의 앞으로 다가왔다. 로즈는 그 말의 뜻을 알 수 있었다. 붉어진 얼굴로 고개를 끄덕였다.

다시 이니안의 등에 업힌다고 생각하니 자기도 모르게 얼굴이 붉어졌다. 예전에는 그렇지 않았는데 이제는 생각만으로도 얼굴에 반응이 생겼다.

그때 이미 이미안은 로즈에게 등을 내밀고 있었기에 그녀의 변화를 알아차리지 못했다.

로즈를 등에 업자 이니안은 빠르게 다리를 놀렸다. 아마 오늘 하루는 이렇게 전력으로 달려야 할 것이다. 그의 직감이 말해주고 있었다. 카르세온 일당이 이미 하루 이내의 거리까지 자신들을 추격해 왔다고.

이니안의 가슴 한구석에 초조함이라는 녀석이 자리했다.

'빌어먹을 녀석, 오늘도 하루종일 달릴 모양이군.'

케라우는 앞서 가는 이니안의 등에서 오늘 하루도 죽도록 달려야 한다는 것을 직감했다. 하지만 전날의 흡혈 덕일까? 한결 몸이 가벼웠다.

어느덧 오후에 이르렀는지 나무의 그림자가 제법 길어져 있었다.

이니안이 크리스 길드의 어새신과 격렬한 전투를 벌였던 곳에 카르세온과 하이 나이트들이 도착했다.

"이것 보십시오."

마이어가 단검을 하나 들고 왔다.

검신에 새겨진 물결 모양의 무늬와 정교하고도 아름다운 장식들.

"크리스로군."

"네."

카르세온은 한눈에 그 단검이 크리스임을 알아보았다.

"그렇다면 다크 크리스의 녀석들이 나선 것이 확실하군. 이 크리스를 사용하는 어새신은 그 녀석들뿐이니."

"네."

"크리스만 남아 있었나?"

크리스가 이곳에 떨어져 있다는 것은 이곳에서 다크 크리스의 어새신이 목표를 습격해서 실패했다는 것이다. 암습에 성공한 어새신들이 자신들의 독문 병기를 현장에 남겨둘 리 없었다.

"시신이 네 구 있습니다."

"가자."

카르세온의 말에 마이어가 앞장섰다. 카르세온이 마이어의 뒤를 따라 도착한 곳에는 아름드리 나무 아래에 시신이 널브러져 있었다.

"하론의 말이 이게 첫 번째 시신이라고 하더군요. 그게 무슨 말인지 알 수는 없지만 일단 부단장님을 이곳으로 먼저 인도하라고 했습니다."

마이어의 말에 카르세온은 고개를 끄덕였다. 역시 하론이다. 그는 이미 이곳의 흔적을 모두 살피고 나름대로 분석을 마친 후일 것이다. 믿음직한 부하의 존재는 확실히 상관의 일을 편하게 해준다.

"다음."

잠시 그곳에 서서 주변의 상태와 시신을 살피던 카르세온의 말에 마이어가 걸음을 옮겼다. 마이어가 두 번째로 향한 곳에는 팔다리를 활짝 펼치고 뻗어 있는 시신이 있었다.

"이게 두 번째란 말이지?"

"네."

"좋아. 다음."

그 말에 마이어가 다시 움직였다. 몇 발짝 움직이지 않아 곧 한 구의 시신을 더 볼 수 있었다. 목과 한쪽 팔이 없는 시신이었다. 하지만 시신에서 그리 멀리 떨어지지 않은 곳에 굴러다니는 머리가 있었다.

"깨끗하게 잘렸군. 역시 그놈이야."

카르세온은 담담히 중얼거렸다. 그의 시선은 시신에만 머물지 않고 주변의 상태를 세세하게 살피고 있었다.

"다음은?"

"그게… 하론의 말로는 골치 아픈 시신이라 합니다. 자신도 도저히 알 수 없다고 하면서요."

마이어가 머리를 긁적인다. 그 모습에 카르세온은 고개를 갸웃했다.

하론은 뛰어난 기사다. 아니, 기사라기보다는 전술가라 해야 옳다. 그의 냉철한 관찰과 그 관찰을 토대로 나오는 정확한 분석, 그리고 놀랄 만한 전략은 그를 기사로만 보지 않게 만들었다. 그 부분에서의 능력만큼은 카르세온 자신을 상회하는 이가 하론이다. 그런 하론이 골치가 아프다고 하다니……. 카르세온은 흥미가 동했다.

"가지."

카르세온의 말에 마이어가 커다란 나무 둥치 부근으로 그를 인도했다.

그곳에는 심장 부위에 구멍이 뚫린 채 새하얗게 변한 시신이 있었다. 특이한 점은 목 부위에 붉은 구멍이 두 개 있다는 것이었다. 카르세온은 한참 동안 그 시신을 살폈다.

"확실히 골치 아프군."

카르세온은 고개를 흔들며 중얼거렸다.

"하론."

"네."

마지막 네 번째 시신 주위에 대기하고 있던 하이 나이트 중 하론이 대답했다.

"이미 분석은 마쳤겠지?"

"네."

당연한 일이다. 하론 정도라면 분석을 다 마친 후 자신에게 이곳의 상황을 보여주었을 것이다.

"말해봐라."

카르세온의 시선에 하론이 담담한 얼굴로 입을 열었다.

"일단 크리스가 여러 개 발견된 것으로 보아 이들은 다크 크리스 길드의 어새신임이 분명합니다."

카르세온이 고개를 끄덕였다.

"그중 이 부근에서 목표물과 어새신의 첫 격돌이 있었습니다."

하론은 걸음을 옮겨 정확히 이니안이 두 명의 합공을 받았던 부근에 자리했다.

"그중 놀라운 것은 이 부근의 흔적으로 보아 암습을 가한 어새신이 피어스 브레이크를 사용했다는 겁니다."

하론의 말에 하이 나이트 중 몇몇의 얼굴에 동요가 생겼다.

피어스 브레이크는 소드 익스퍼트의 경지에 들어선 기사와 검사들의 기술이다. 그것을 암살 따위나 일삼는 어새신 같은 녀석들이 사용했다니 동요가 생긴 것이다. 피어스 브레이크를 처음 익히는 것은 소드 익스퍼트의 경지에 들었을 때지만 실전에서 그것을 자신의 의지대로 사용하려면 소드 익스퍼트 중급의 경지는 넘어야 한다. 즉, 다크 크리스의 어새신들은 기사의 기준으로는 소드 익스퍼트 중급의 경지에 든 자들이란 말이다.

"제국 최고의 어새신 길드라는 건 헛말이 아니었군."

마이어가 언짢은 듯 중얼거렸다. 기사로서의 자긍심이 누구보다도 높은 그는 어새신 따위가 피어스 브레이크를 사용했다는 것에 심기가 많이 상한 듯했다.

카르세온은 고개를 끄덕였다. 그도 이곳의 흔적을 보고 그럴 거라 짐작하고 있는 참이었다.

"먼저 저기에 쓰러져 있는 시신이 피어스 브레이크로 가장 먼저 공격했습니다. 그러자 목표물도 같이 피어스 브레이크를 사용해 막아냈죠. 하지만 그와 동시에 뒤에서도 피어스 브레이크를 사용한 암습이 있었습니다. 그때 아마 목표물은 바로 뒤로 돌아서지 않고 충분한 거리를 두기 위해 앞으로 전진했던 것 같습니다. 그런데 저기 저 시신의 주인이 그때 목표물의 전진을 막은 듯합니다. 가슴 부위가 심하게 함몰된 것으로 봐 목표물이 전진을 하며 자신을 방해하는 저자를 어깨로 강하게 날려 버린 듯합니다. 그리고 이곳의 이 선명한 발자국, 그가 얼마만 한 힘으로 전진했는지 보여줍니다."

하론이 손가락으로 가리킨 곳에는 두 개의 발자국이 선명하게 찍혀 있었다.

"그 후 그는 몸을 돌려 역시 피어스 브레이크로 어새신의 암습을 상대한 듯합니다. 그 공격에 퉁겨서 어새신은 저기 저렇게 죽어 있습니다."

하론은 팔다리를 활짝 벌리고 쓰러져 있는 어새신을 가리켰다.

"상당한 위력의 피어스 브레이크입니다, 상대의 맹격기를 되친 것으로 상대를 죽음으로 몰아넣을 정도로."

그 말에 하이 나이트 중 몇몇의 얼굴이 어두워졌다. 그 정도로 강한 피어스 브레이크라면 자신들의 그것과는 상성이 맞지 않기 때문이다.

"그리고 이 부근에서 목표물은 공격을 당한 듯합니다. 물론 반격을 가해 한 팔을 잘라냈죠. 그리고 두 번째 공격을 당하면서 목을 자른 듯합니다."

목과 팔이 없는 시신을 보며 하론은 주변의 곳곳을 움직이며 설명했다.

"그리고 골치 아픈 마지막 시신인데… 그는 일단 목표물을 공격한 후 바로 이곳으로 몸을 돌렸습니다 그때 아마 목표물은 제대로 움직이지도 못하는 상태였겠죠. 하긴, 그런 공격을 받아냈는데 움직일 수 있다면 소드 마스터라는 소리죠."

하론의 눈이 카르세온을 향했다. 카르세온은 고개를 끄덕였다. 카르세온은 이곳을 살피면서 자신이 똑같은 경우를 당했을 때를 상정해 마음속으로 전투를 벌였다. 결과는 자신은 세 명째까지의 암습은 완벽하게 막을 수 있었다.

"그리고 네 번째 어새신이 몸을 날린 곳에는 흔적으로 보아 누군가가 앉아 있었습니다."

"포르시아님!"

그 말에 나머지 여덟의 하이 나이트가 이구동성으로 외쳤다. 목표와 함께 움직이면서 어새신의 표적이 될 만한 사람은 그들이 아는 한 그

녀밖에 없었다.

하론이 고개를 끄덕였다.

"그런… 씹어 먹을 녀석들!"

"내 당장 뼈와 살을 갈라서!"

하론의 끄덕임에 곧 성격이 급한 몇몇 하이 나이트가 욕설을 뱉어냈다. 물론 가장 먼저 욕설을 뱉어낸 이는 말할 필요도 없이 마이어였다.

"그만, 이곳에 포르시아님의 시신은 없다. 아마 무사하신 거겠지."

카르세온의 낮은 목소리에 곧 하이 나이트들은 흥분을 가라앉혔다.

"그렇습니다. 이곳의 흔적은 포르시아님이 무사하시다는 것을 말해 줍니다. 네 번째 시신의 주인은 이곳에서 포르시아님을 습격하려 했습니다만 누군가에게 잡힙니다. 그리고 그 누군가에게 목숨을 잃은 거죠. 하지만……."

"문제는 그 시신의 상태라는 거겠지."

카르세온이 하론의 말을 잘랐다.

"그렇습니다."

"네 번째 시신은 몸에 피가 한 방울도 남아 있지 않았어. 심장을 찔려서 죽었음에도 불구하고 주변의 옷에조차 혈흔도 없지. 그 말은 곧 온몸의 피가 사라진 후 심장이 찔렸다는 거야. 인간은 몸속의 피가 3할만 사라져도 죽는다. 피가 모두 사라졌다면 이미 죽어버린 시신이라는 소리지. 그런데 굳이 죽은 자의 심장을 뚫기까지 했다. 왜 그랬을까?"

카르세온의 말에 하론을 제외한 나머지 하이 나이트들의 얼굴에 고민이 어렸다. 카르세온이 제기한 의문에 대한 답을 찾기 위해서다.

"이거 마치 뱀파이어에게 당한 시신 이야기 같잖아."

생각없이 중얼거리는 마이어. 그 말에 나머지 하이 나이트들의 시선이 그를 향했다. 하론은 의외라는 눈을 하고 그를 바라보았다.

"엉? 왜 그래, 모두들? 하론까지? 응? 설마……?"

"그래, 그 설마다. 저 시신은 뱀파이어에게 당한 거야. 목의 이빨 자국이 결정적인 증거지."

하론의 말에 카르세온이 고개를 끄덕였다. 그 모습에 모두의 얼굴로 불신이 어렸다.

"잠깐, 하론 잠깐만. 이건 어디까지나 내가 들은 말인데 말이지, 보통의 뱀파이어는 젊은 처녀의 피를 가장 좋아하는 거 아냐?"

"정확하다."

"그러면 그때 뱀파이어의 곁에는 포르시아님이 계셨다고. 그런데 포르시아님은 무사하고 그분을 공격하던 어새신이 피를 빨려 죽었다는 거잖아, 지금?"

"그렇지."

마이어의 말에 하론은 하나하나 그가 원하는 대답을 해주었다.

"그게 말이 되냐? 그럼 눈앞에 최고급 샤토 그린디어 와인이 있는데 그냥 맥주를 마셨다는 말이잖아."

"마이어, 지금 너는 그 뱀파이어가 포르시아님의 피를 빨지 않은 게 불만이라는 거야?"

하론의 말에 마이어는 당황해서 손을 내저었다.

"절대 그런 말이 아니지. 다만 나는 뱀파이어가 상식 밖의 행동을 한 것이 이상해서……."

"그러니까 저 시신이 골치 아픈 시신이라는 거다. 지금 저 시신의 상태로 봐서는 뱀파이어가 마치 포르시아님을 지켜준 것 같으니까 말이다."

하론의 짜증 어린 말에 일순 주위가 조용해졌다. 카르세온 역시 그 사실 때문에 혼란스러운지 얼굴이 찌푸러들었다.

"그런데 말이야, 우리가 그놈을 쫓을 때 희멀건 녀석이 하나 더 있지 않았었나?"

마이어의 말에 하론의 눈이 빛났다. 분명 한 명이 더 있었다.

"아, 그놈은 아닌가? 낮에 멀쩡히 돌아다녔으니까."

"하지만 분명 한 명 더 있다는 사실을 간과하고 있었어. 이니안이라는 그놈 때문에."

"하지만 한 명 더 있었다 하더라도 지금 상황을 설명하기에는 어려움이 많다."

카르세온의 말에 다시금 침묵이 찾아왔다.

"뭐, 일단은 쫓아야 하겠지만… 다른 문제가 걸리는군."

"그놈의 피어스 브레이크 말씀입니까?"

카르세온의 무얼 걱정하는지 알아차린 사람은 역시 하론이었다.

"그래."

카르세온은 어두운 얼굴로 고개를 끄덕였다.

"어이, 하론, 그게 무슨 말이야?"

이번에도 마이어가 물었다.

"시신과 이 주변에 남아 있는 흔적을 살펴보면 그놈이 사용한 피어스 브레이크는 하나가 아니다. 아니, 남아 있는 모든 피어스 브레이크의 흔적이 달라. 최소한 네다섯 개의 피어스 브레이크를 사용했다는 말이지."

"그게 무슨 말이야? 그게 말이 된다고 생각해?"

마이어가 흥분해서 외쳤다. 그럴 수밖에 없었다. 피어스 브레이크는 일 인당 하나. 그건 대륙의 상식이다.

"말이 안 되진 않는다. 분명 여러 개의 피어스 브레이크를 가진 인간은 존재하니까."

"그건 인간 같지도 않은 사이몬 가의 괴물들 이야기지! 어라? 설마······?"

마이어의 얼굴이 조금씩 딱딱하게 굳어갔다.

"나는 그 설마 부분이 걸린단 말이다."

하론이 어두운 어조로 말했다.

"분명 그렇다."

그때 카르세온의 입이 열렸다.

"하지만 부단장님, 사이몬 가의 인물이 뭐가 아쉬워서 이곳에서 용병질이나 하면서 떠돕니까?"

마이어가 불만 가득한 어조로 물었다.

"아버지께 들은 이야기가 있어. 6년 전이던가? 사이몬 가에 또다시 소드 마스터가 탄생했다고. 그것도 반년 간격으로 둘이나 탄생했다고 했지."

"그런 일이······."

그들 중 누구도 모르고 있는 일이다.

"그중 한 명이 현재 대륙제일의 여기사로 이름 높은 로레인 케이 사이몬이다."

그 말에 좌중의 하이 나이트들은 고개를 끄덕였다. 그녀의 명성은 이미 전 대륙에 퍼져 있었다.

"그녀가 소드 마스터의 경지에 이르기 반년 전에 먼저 소드 마스터의 경지에 이른 사람이 한 명 더 있었다."

카르세온의 계속된 이야기에 하이 나이트들의 얼굴에 의문이 맺혔다. 그들로서는 금시초문인 이야기였기 때문이다.

"사이몬 가의 막내라고 하더군. 불과 열다섯의 나이로 소드 마스터에 오른 검의 천재. 그의 형 이슈데인의 그늘에 가려져 다른 나라에까지 소문이 퍼지지는 않았던 모양이야. 하지만 카일로니아의 고위 귀족들은 다 알고 있는 사실이라고 한다."

하이 나이트들의 시선이 카르세온의 입으로 향했다. 비록 지금 중요한 임무 중이기는 하지만 그들은 기사다. 그런 그들에게는 지금 카르세온의 말에 귀가 기울려지는 것은 당연한 일이었다.

"그러나 그는 3년 전 사이몬 가에서 사라졌다. 스스로 소드 마스터의 힘을 버리고 말이지. 그가 그대로 있었다면 지금 카일로니아의 소드 마스터는 모두 여덟이겠지. 무엇 때문에 그랬는지는 모르지만 그는 사라졌다. 그의 이름은 내 기억에 의하면 분명 이니안 케이 사이몬이었다."

"……?!"

"……!"

카르세온의 말이 끝을 맺는 순간 침묵이 감돌았다.

그들은 똑똑히 들었다. 그들이 추적하는 용병이 자신의 이름을 말하는 것을. 그때 그는 분명 이렇게 말했다.

'훗, 난 이니안.'

그렇다.

그 용병의 이름이 분명 이니안이었다.

"그렇다면……."

하론은 믿을 수 없다는 얼굴로 중얼거렸다.

"난 그의 이름을 처음 들었을 때 혹시나 했다. 다시는 검에 마나를 실을 수 없을 정도로 스스로의 몸을 망쳤다고 들었으니까. 하지만 이 흔적이 말해준다. 그는 이니안 케이 사이몬이다. 그렇지 않고는 이렇게 많은 피어스 브레이크의 흔적을 설명할 수 없다."

하이 나이트들의 얼굴이 딱딱하게 굳었다.

대륙 최고의 검의 가문, 사이몬 공작가.

상대는 그 사이몬 공작가에서 소드 마스터의 경지에 올랐던 자다. 지금은 비록 그렇지 않다 하지만 최고의 경지를 경험해 본 자다. 힘은 사라졌지만 그 경험은 남아 있을 것이다.

강자는 힘을 잃어도 강자다.

그러한 강자가 그들의 목표였다.

"공작 각하께 보고해야 할까요?"

"아니, 이 건은 비밀이다."

하론의 물음에 카르세온이 고개를 저었다. 그의 대답에 하이 나이트들의 얼굴에 의구심이 어렸다.

"이번 건은 누구에게도 발설하지 마라. 명령이다."

그의 말에 하이 나이트들은 입을 모아 우렁차게 대답했다.

"네!"

그들의 대장은 카르세온이었다. 비록 자신들이 칸세르 기사단의 일원이라 하지만 그들이 충성을 맹세한 대상은 카르세온이다. 그의 명령이 칸세르 공작의 명령에 우선했다.

'공작 각하, 당신은 대체 어떤 생각을 가지고 계신 겁니까?'

카르세온은 근래 들어 무언가 심상치 않은 기운을 느낄 수 있었다, 칸세르 공작가에서 피어오르는 음모의 기운을. 온몸에 끈적끈적 달라붙는 그 기분 나쁜 느낌에 카르세온은 제대로 잠을 못 이룬 적이 많았다.

그가 비록 칸세르 공작가의 가신이라고는 하나 그 이전에 미오나인 제국의 기사였다.

그는 뼛속까지 기사다.

사실 이번 일도 의문이다. 공작의 저택에 잘 있던 공작의 영애 포르시아 오마 칸세르가 그렇게 갑작스럽게 증발할 이유가 없었다. 게다가 자신이 다시 본 포르시아 공작 영애는 자신을 전혀 기억하지 못했다. 그는 포르시아가 열 살 때부터 보아왔다. 그런데 자신을 기억하지 못하다니……. 무언가 있었다. 자신이 알지 못하는 무언가가.

그랬기에 이니안에 대한 일을 보고하지 말라 한 것이다.

그리고 이니안의 존재가 중요한 것이 아니다. 자신들의 임무는 포르시아의 신병 확보, 그것이다.

"이번 일, 힘들겠군."

하지만 카르세온의 얼굴은 그의 말과는 정반대였다. 그는 지금 기대에 차 있었다. 대륙의 신화인 사이몬 가의 검.

곧 그 검과 대결을 펼칠 수 있다.

자신을 평범한 천재로 만들어 버린 이슈데인 케이 사이몬. 그의 동생과 검을 섞을 기회가 곧 찾아온다. 한 명의 기사로서 지금 카르세온은 흥분하고 있었다.

그 흥분은 곧 다른 하이 나이트들에게도 전염되었다. 그들 역시 뼛속까지 기사인 인물들. 대장의 흥분에 그들도 몸을 떨었다. 제국의 소드 마스터와 사이몬 가의 인물과의 대결.

이 일이 성사되었던 것은 백 년도 더 전의 일이다. 그때는 사이몬 가의 압도적인 승리였다.

제국의 치욕.

백 년의 시간을 건너뛰어 그 치욕을 갚을 때가 찾아온 것이다.

Chapter 7

나는 누구죠?

나는 누구죠?

차가운 공기를 가르고 나가는 두 사람이 있다. 이니안과 케라우다. 나무가 우거진 산속을 바람보다도 빠른 속도로 달리고 있다. 이니안은 현재 마령보의 경신법을 전력으로 펼치고 있었다. 어떻게든 거리를 벌여놓아야 조금이라도 쉴 수 있었다.

지금 현재 그의 상태는 심각했다. 로즈가 준 스크롤 카드로 심각한 외상은 치유했지만 치료 마법이 내상까지 치료해 주지는 않는다. 그것은 스스로 치료하는 수밖에 없었다.

하지만 지금과 같이 쫓기는 상황이라면 그럴 여유가 없었다. 카르세온이라면 언제 들이닥칠지 모른다. 그는 그런 인물이니까.

그래서 마음이 급했다. 이니안은 자신이 사용할 수 있는 마나를 최대한 끌어내 전력으로 달렸다.

그 때문에 케라우는 죽을 맛이었다. 이니안이 전력으로 달리자 케라우 역시 전력으로 달려야 했다. 그래도 겨우겨우 따라갈 정도였다. 하지만 무어라 할 수도 없었다.

조금만 천천히 가자고 할라 치면 '그러면 오지 마라' 라고 말하고도 남을 위인이 이니안이다.

하루를 꼬박 달렸다.

말로 하루를 꼬박 달려가는 거리보다 더 많이 움직였다. 보통의 인간이라면 엄두를 못 낼 속도다. 이니안이기에 가능했다.

"여기서 쉬어간다."

이니안은 조금도 쉬지 않고 달렸다. 이번에는 식사도 거르고 달린 것이다. 그만큼 그가 긴박함을 느끼고 있다는 증거였다.

이니안이 등에서 내려주자 로즈는 근처의 나무가 우거진 곳으로 향했다. 생리적인 현상을 해결하기 위해서였다. 이니안의 시선이 그녀의 뒤를 따랐다.

이곳은 위험한 곳이다. 지금까지 다녔던 곳은 몬스터들이 그다지 많지 않은 곳이었지만 이곳은 달랐다. 이곳부터는 몬스터의 출몰이 잦았다.

그랬기에 감각을 극대화해 로즈의 주변 기척을 살폈다.

역시 있었다. 좀처럼 인간이 들어오지 않는 곳에 인간이 들어오자 몬스터들이 귀신같이 인간의 냄새를 맡은 듯하다. 모두 세 곳에서 몬스터들이 다가오고 있었다. 그중 한 방향은 로즈가 있는 쪽이었다.

이니안의 몸이 움직였다 싶은 순간 사라졌다. 이미 로즈가 생리 현상을 해결하기 위해 몸을 감춘 곳을 넘어 이니안은 달렸다.

그렇게 조금 더 달리자 그가 있는 쪽을 향해 나무를 헤치며 다가오고 있는 미노타우루스가 보였다. 미노타우루스도 이니안을 발견한 듯

다가오는 속도를 더욱 빨리 했다.

그의 두 눈은 식욕으로 번들거리고 있었다.

하지만 곧 미노타우루스의 두 눈에 맺힌 식욕이 사라졌다. 아니, 정확히는 생기가 사라졌다. 어느새 이니안의 손에 뽑힌 검이 미노타우루스의 심장을 가르고 있었다.

쿵!

요란한 소리를 내며 미노타우루스가 쓰러졌다. 이니안은 혹시나 하는 생각으로 미노타우루스의 뿔을 잘랐다. 이 녀석의 뿔은 트롤의 가죽만큼은 아니지만 그래도 제법 높은 값을 받을 수 있는 부산물이었다.

이니안의 모습이 다시 사라졌다. 이니안이 처음 있던 자리를 향해 다가오던 몬스터의 숫자는 모두 셋. 이제 그중 가장 급한 녀석 하나를 처리했을 뿐이다.

나머지 몬스터 둘은 모두 오우거였다. 역시 바운더리 산맥의 깊숙한 곳이라 그런지 대형 몬스터들이 모습을 드러냈다. 육상의 몬스터 중 가장 강하고 흉폭하다는 오우거가 둘이나 모습을 나타낸 것이다.

물론 이니안은 그들 둘을 손쉽게 처리했다. 마나 스피어를 살린 이상 그는 이제 더 이상 B급 용병 이니안이 아니었다.

오우거를 처리한 이니안은 미련없이 걸음을 돌렸다. 오우거의 가죽은 몬스터에게서 얻을 수 있는 부산물 중 거의 최고가의 부산물이다. 하지만 지금 상황에서 그것까지 신경 쓸 겨를이 없었다.

미노타우루스의 뿔과는 달리 부피가 컸고 해체하는 데 시간이 많이 걸리기에 그냥 돌아가는 것이다.

이니안이 돌아오자 이미 로즈가 근처 나무 둥치에 앉아서 빵을 꺼내 먹고 있었다.

"어디 갔다 왔어요?"

이니안이 모습을 드러내자 로즈는 빵을 먹던 것을 멈추고 물었다.

"이곳은 몬스터가 많이 나타나는 지역이다."

"아, 그럼 아까 그 쿵 소리가?"

미노타우루스가 쓰러질 때 났던 소리를 로즈가 들은 모양이다.

"그건 미노타우루스."

"아아, 그게 미노타우루스였구나? 분명 내가 갔던 곳 앞쪽에서 소리가 났었는데, 오빠가 쓰러뜨린 거예요?"

이니안이 고개를 끄덕였다.

"대단하네요, 그 멀리 있는 미노타우루스를 알아차리고 가서 쓰러뜨리다니. 항상 느끼는 거지만 정말 대단해요."

로즈는 이니안의 실력에 다시 한 번 감탄했다는 듯 중얼거렸다.

이니안은 몰랐다, 로즈가 중얼거리는 말을 듣고 자신의 입술이 작은 미소를 그리고 있음을.

"아, 잠깐. 그곳, 내가 있던 곳 앞쪽이잖아요? 그럼 내가 있던 곳을 지나쳤을 텐데……"

로즈의 눈매가 점점 날카롭게 변한다.

"봤죠?"

로즈는 두 눈을 매섭게 치켜뜨고 이니안을 노려보았다.

"뭘?"

이니안은 예의 그 무뚝뚝한 어조로 영문을 모르겠다는 듯 물었다.

"정말 몰라서 물어요?"

로즈의 눈매가 더욱 날카로워졌다. 그 기세만으로도 능히 나무 줄기 정도는 자를 수 있을 정도로 자못 사나웠다.

"몰라."

이니안은 잘라 말했다.

로즈는 생리 현상을 해결하기 위해 일부러 나무가 우거진 쪽으로 들어갔었다. 자신이 그쪽으로 몸을 감추며 특별히 무슨 말을 남기진 않았지만 보통 사람이라면 능히 짐작할 수 있는 일이다. 이니안은 그곳을 지나서 앞으로 나간 것이다.

로즈의 얼굴이 빨갛게 물들었다.

화로 인한 것인지 부끄러움으로 인한 것인지, 아니면 둘 모두가 원인인지 로즈의 얼굴은 사과보다도 빨갛게 물들어 있었다.

어느새 꽉 쥐어진 로즈의 두 주먹이 미미하게 떨렸다.

"정말 못 본 거죠?"

다시 한 번 입술을 비집고 나오는 물음.

"뭘?"

예의 똑같이 돌아온 대답.

"몰라욧!"

소리를 빽 지르곤 로즈는 옆에 두었던 빵을 다시 집어 들더니 식사에 전념했다. 그 모습에 이니안은 영문을 모르겠다는 듯 고개를 갸웃거리다가 바닥에 가부좌를 틀고 앉았다.

지금은 쓸데없는 일에 낭비할 시간이 없다. 이니안은 내상을 치료하기 위해 곧 마령천참심법을 운용하며 운공에 빠져들었다. 한곳에서는 이미 케라우가 잠에 빠져들어 있었다.

운공에 빠져드는 이니안은 결코 알지 못했다, 자신이 쓴 얼음 가면에 미세하지만 균열이 생기고 있음을. 그리고 그 균열의 원인이 바로 로즈라는 것을.

'마령현신, 위력이 터무니없었다. 내가 가진 마나의 양이 그 초식을 펼치기에 많이 모자랐다고 하지만 그렇다고 해도 위력이 너무 약했어. 내가 알고 있는 마령현신의 위력이 아니다.'

운공을 하며 이니안은 동굴을 빠져나와 사용했던 마령현신의 초식을 떠올렸다. 마령천참검법의 후반 3초 중 첫 번째 초식인 마령현신. 놀라운 위력으로 그곳에 모여 있던 어새신들을 쓸어버렸지만 그것은 마령현신의 진정한 위력의 3할에 불과했다.

이니안은 나름대로 완벽하게 검초를 펼쳤다고 자부했다. 아직 검법을 제대로 수련하지 못해 그 성취가 미미했지만 그것까지 감안하더라도 위력이 너무 약했다.

마령천참검법의 후반부는 그 정도로 강력한 초식이다.

이니안은 운공을 하는 한편 다시 한 번 마령천참검법의 구결을 되뇌었다. 자신이 무언가 빠뜨린 것은 없는지 차근차근 하나하나 되짚어보았다. 하지만 완벽했다. 자신이 익힌 마령천참검법과 자신이 외우고 있는 마령천참검법의 구결은 정확히 일치했다.

'대체 왜 그런 것이지?'

그런 의문이 꼬리에 꼬리를 물고 일어났다.

이니안이 입은 내상은 생각보다 심각했다. 처음 어새신의 피어스 브레이크와의 격돌은 그럭저럭 버텨냈으나 두 번째가 문제였다. 제대로 펼치지 못한 검초로 상대의 피어스 브레이크를 상대했기에 충격이 그대로 내부를 뒤흔든 것이다. 게다가 옆구리에 허용한 두 개의 단검이 내상을 더욱 악화시켰다. 중요한 기혈을 단검에 뚫린 채 계속해서 마나를 운용했기 때문이다.

이니안이 운공을 시작하고 네 시간째 접어들 무렵에야 겨우 내상의

3할 정도를 치유했다. 그리고 이니안이 눈을 떴다.

'안타깝지만 이 정도에서 마쳐야지. 급한 대로 응급처치는 된 셈이니까.'

현재 이니안의 체력은 한계였다. 운공으로 어느 정도의 체력 보충은 가능했다. 운공만 충실히 하면 며칠은 잠을 자지 않아도 생활에 지장이 없을 정도다. 하지만 이니안은 이미 그 한계를 넘어서 있었다.

마나 스피어를 되살리자마자 벌어진 급박한 추격전과 무리한 마나의 운용으로 인해 이니안은 현재 안과 밖이 만신창이였다.

'일단 잠깐은 눈을 붙여야겠지?'

아침에 일어날 걱정은 없었다. 태양 빛이 세상에 모습을 드러내면 가장 먼저 눈을 떠 호들갑을 떠는 존재가 있었으니까. 몬스터가 자주 출몰하는 지역이지만 그런 것들이 가까이 오면 이니안의 본능이 먼저 감지하고 온몸의 감각을 살린다.

자신의 배낭에서 모포를 꺼낸 이니안은 로브 위에 모포를 덮고 나무 둥치에 기대어 눈을 감았다. 피를 말리는 도주 중 모처럼의 휴식이었다.

이니안은 몰랐다. 이 휴식으로 인해 그의 도주가 끝나리라는 것을. 그저 지금은 지친 몸을 쉬게 할 필요가 절실할 뿐이다.

"너무 정직한 녀석인데요? 이러면 일부러 자기 흔적을 지울 필요가 없는 것 아닌가요?"

똑바로 앞으로 달리며 마이어가 중얼거렸다.

"아니, 똑똑한 녀석이야."

마이어는 카르세온에게 물었건만 대답한 이는 하론이었다.

"뭐야, 그게?"

"우리는 이 녀석이 바실러스 영지에서부터 줄곧 직선으로 이동했다는 것을 알기에 이렇게 추적을 할 수 있는 거야. 처음 추적을 하는 이들은 설마 이렇게 도주할 줄은 상상도 못할걸."

"그러니까 그게 정직하다는 거야. 그거야 처음 추적을 하는 녀석들 이야기고, 우리는 벌써 1주일 이상 이 녀석 뒤만 쫓고 있다고."

마이어가 하론의 말에 반박했다. 다른 것은 몰라도 적어도 추적술만큼은 마이어가 하론과 자웅을 결할 수 있을 정도로 뛰어났다. 물론 검술은 마이어가 위였다.

마이어의 말에 하론이 고개를 끄덕였다. 그 말이 맞았기 때문이다. 자신이 이니안이라는 존재를 너무 높이 평가했기에 놓친 부분을 마이어가 정확히 짚어냈다.

"급한 일이 있는 거다."

그때 카르세온의 입이 열렸다.

"놈은 다크 크리스의 습격에 상당한 부상을 입었어. 마지막에는 뱀파이어의 손을 빌릴 정도로. 그럼에도 금세 그 자리를 떠났다. 그것은 우리의 추적을 염두에 둔 것이지. 그렇다면 최대한 거리를 벌리기 위해 전력으로 달렸을 거다. 우리가 쉽게 추적할 수 있더라도 일단 거리만 벌려놓으면 몸을 추스를 시간을 벌 수 있을 것이고, 그러면 우리를 따돌리는 것은 아무것도 아니라고 생각한 것이지."

카르세온의 말에 하론과 마이어가 동시에 고개를 끄덕였다. 역시 대장다웠다. 그들이 놓친 부분을 카르세온은 정확히 짚어냈다.

"쳇, 자존심 상하는데요. 일단 거리만 벌리고 몸을 추스르면 우리 정도는 쉽게 따돌릴 수 있다고 생각하다니."

"실제로 우리가 쫓는 데 고생한 건 사실이다. 허를 찔리기도 했고."

마이어의 투덜거림에 하론이 냉철히 말했다.

"그래, 분명 녀석이 거리를 벌리고 몸을 추스른 후 모습을 감추면 솔직히 나도 찾아낼 자신이 없어."

카르세온은 솔직히 말했다. 그 정도로 이니안의 능력은 탁월했다.

"하지만 녀석은 우리가 어떠한 아티팩트를 지니고 있는지를 모르고 있어. 그게 그놈의 실수다."

카르세온의 눈이 빛났다. 그리고 그들 아홉의 목에 걸린 파란 루비의 목걸이가 빛을 말했다.

루비.

홍옥(紅玉)이라고도 하는 보석이다. 투명하고 빛이 아름다운 것은 일급 보석으로서 여기는데, 특히 구혈색(鳩血色:Pigeon Blood)이라 하는 심홍색의 것을 최고로 친다.

그렇다. 분명 루비는 붉어야 한다. 그러나 아홉 명의 목에 달린 루비는 파란 빛을 뿜어내고 있었다. 아니, 분명 카르세온의 목에 걸린 루비는 새파란 빛을 사방에 뿌리고 있었다. 하지만 다른 이들의 목에 걸린 루비의 파란 빛은 조금씩 탁해져 있었다. 개인에 따라 탁해진 정도는 차이가 있었지만 분명 탁해져 있었다. 개중에는 은은히 붉은빛이 감도는 것도 있었다.

"역시 시메티딘님은 대단하시군요."

하론이 감탄에 찬 말로 중얼거렸다.

그들의 목에 매달린 파란 루비는 시메티딘이 만든 아티팩트였다. 몸을 빠르게 만들어주는 헤이스트의 마법이 담긴 아티팩트. 시메티딘의 마력이 담겨 있기에 붉은 루비가 파란색으로 변해 있는 것이다. 만약 아티팩트에 담긴 마나의 양을 초과하여 헤이스트 마법을 사용하면 루비는 본연의 심홍색의 빛을 되찾는다.

그들은 자신들이 가지고 있는 아티팩트의 헤이스트 마법을 사용해 이니안으로서는 상상도 할 수 없는 속도로 달리고 있었다.

이니안이 다크 크리스 길드와 격돌한 지역의 분석을 마친 후 카르세온이 명령을 내렸었다.

"헤이스트를 사용해 쫓는다."

그 말 이후 이들은 평소의 세 배 속도로 현재 달리고 있다. 그렇게 달린 지 벌써 다섯 시간째다.

"이제 거의 다 쫓은 것 같은데요."

하론의 말에 카르세온은 고개를 끄덕였다. 그들이 이동하면서 계산한 이니안의 이동 속도라면 이제 거의 따라잡았을 것이다.

"쩝, 이 헤이스트 마법을 쓸 때마다 느끼는 건데… 어떻게 전투 중에 쓸 수 없을까?"

마이어가 아쉬운 듯 중얼거렸다. 헤이스트는 신체의 움직임을 세 배 정도 빠르게 해주는 마법이다. 이렇게 추적과 같은 단순한 동작을 빠르게 움직일 때는 큰 도움이 되지만 전투 중에는 큰 도움이 되지 못한다. 급격히 빨라진 신체의 움직임을 스스로 제대로 제어하지 못하는 것이다.

"그건 네 실력 문제지. 부단장님은 무리없이 사용하시잖아."

하론의 말에 마이어가 입술을 실룩였으나 그 말이 사실이었기에 무어라 하지는 않았다.

이들 중 전투 중에 헤이스트 마법을 사용할 수 있는 사람은 카르세온이 유일했다.

현재 카르세온은 헤이스트 마법의 도움을 가장 적게 받고 있다. 다른 이들의 루비는 점점 색이 탁해지고 있지만 카르세온의 루비는 여전히 맑은 파란 빛을 뿌리고 있는 것이 그 증거였다. 아티팩트의 헤이스트 마법으로 신체의 속도를 빠르게 하는 것은 최대가 세 배이고, 그 이하로는 시전자의 의지에 따라 그 정도를 조절할 수 있었다. 시메티딘이 아티팩트를 만들 때 사용하는 개인의 능력 차를 고려하여 그런 기능을 집어넣은 것이다.

"이제 곧 도착할 것이다. 잡담은 그만 하도록."

카르세온의 말에 하론과 마이어는 곧 입을 닫고 달리는 데 열중했다.

"보입니다."

그들의 눈에 멀리 작은 불빛이 보였다. 분명 들짐승이나 소형 몬스터를 쫓기 위해 피워놓은 모닥불이리라. 땅을 박차는 그들의 다리에 더욱 힘이 들어갔다.

"이건?"

나무에 기대어 있던 이니안의 두 눈이 번쩍 뜨였다.

자신이 있는 곳을 향해 맹렬한 속도로 다가오는 거대한 기세.

이니안은 알 수 있었다.

분명 그였다.

"카르세온 녀석인가?"

이니안은 자리에서 일어났다. 어느새 그의 두 눈은 형형한 안광을 뿌리고 있었다.

"로즈, 일어나라. 손님이다."

이니안이 로즈의 어깨를 가볍게 흔들며 말했다.

"으음……."

로즈는 모포 속에서 몸을 뒤척였다. 하루종일 업혀 있었으니 피곤할 만도 했다.

"일어나라."

두 번째로 말한 이니안은 미련없이 몸을 돌렸다. 그리고 자신을 향해 다가오고 있는 카르세온을 마중하기 위해 그들이 오고 있는 쪽을 마주하고 섰다.

"휘유, 대단한데? 인간 맞아?"

어느새 일어난 것일까? 케라우가 몸을 일으키며 말했다.

"왔군."

그때 이니안의 눈에 아홉 명의 인영이 들어왔다.

서서히 먼동이 터오고 있었다.

등 뒤에서 서서히 세상을 비추는 태양의 강렬한 빛을 후광 삼아 카르세온이 여덟 명의 부하를 이끌고 모습을 드러냈다.

"오랜만이야."

카르세온이 입가에 웃음을 지으며 말했다.

"글쎄, 그렇게 오랜만은 아닌 것 같은데."

"아니, 충분히 오랜만이야. 덕분에 고생을 많이 해서 말이지."

카르세온은 시종일관 입가에 미소를 띠고 있었다. 여덟의 하이 나이트는 긴장한 얼굴로 카르세온의 뒤에서 이니안을 노려보고 있었다.

"그것 때문이군."

이니안의 시선이 카르세온의 목에 걸린 파란 루비를 향했다.

"역시 눈치가 빠르군 그래. 이것 덕분이지."

카르세온은 가슴께에 내려와 있는 루비를 들어올려 좌우로 흔들었다. 그런 그의 눈은 초승달 모양으로 휘어져 웃고 있었다.

이니안은 단번에 그들의 아티팩트를 알아보았다. 마나에 민감했기에 그들의 목에 걸린 보석에 마법이 깃든 것을 느낀 것이다.

"지난번에는 없었던 것 같은데?"

"비장의 한 수는 항상 숨겨두는 법이지."

파직!

두 사람의 시선이 허공에서 얽히며 불꽃을 피워냈다.

"으응? 뭐예요?"

그때야 로즈는 정신을 차리고 모포 밖으로 빠져나왔다. 카르세온과 그의 부하들을 보는 로즈의 시선에는 경악이 어려 있었다. 불과 하루 전까지 자신의 목숨을 노리는 어새신들을 지켜보았다. 그런데 이번에는 자신을 납치하려는 무리들이니 그녀의 심정이 오죽하겠는가.

"오랜만에 뵙습니다, 포르시아님."

로즈와 눈이 마주치자 카르세온은 정중히 허리를 숙이며 예를 표했다. 그의 예는 한 점 거짓도 없는 진실한 것이었다.

"포르시아님을 뵙습니다."

여덟의 하이 나이트 역시 정중히 허리를 숙이며 로즈에게 예를 표했다.

"대체 포르시아가 누구죠?"

로즈는 영문을 알 수 없다는 얼굴로 카르세온에게 물었다.

"바로 당신이십니다, 포르시아님."

카르세온의 대답에 로즈는 혹시나 하는 생각을 떠올렸다. 눈앞의 기사는 마치 자신을 알고 있는 듯 말하지 않는가. 자신이 잃어버린 과거를 눈앞의 기사는 알고 있는지도 몰랐다.

"당신은 어디에서 왔죠?"

로즈가 나서자 이니안은 뒤로 물러났다. 자신은 어디까지나 로즈를 지키기로 계약한 용병이다. 아직은 자신이 나설 때가 아니다. 이들은 전혀 위해를 가하지 않았다.

"미오나인 제국의 수도 미오나인에서 왔습니다."

카르세온은 절도있게 대답했다.

"나를 아나요?"

"네, 아주 오래전부터 모셔왔습니다."

카르세온의 대답에 로즈의 두 눈에 기대가 어렸다. 자신이 누구인지라는 의문을 풀 수 있다는 기대. 자신이 자신이라는 존재를 인지한 이후 줄곧 가졌던 의문.

"나는 누구죠?"

로즈는 카르세온의 두 눈을 직시하며 물었다. 그녀의 눈에는 누구도 범접치 못할 위엄이 서려 있었다.

"포르시아 오마 칸세르. 미오나인의 공작이신 칸세르 공작 각하의 영애이시며 미오나인 제국의 제1황자이신 카르발 칼 폰트 미오나인 전하의 약혼녀이십니다."

카르세온은 한쪽 무릎을 바닥에 꿇으며 대답했다. 카르세온의 행동에 뒤에 서 있던 여덟의 하이 나이트 역시 무릎을 꿇었다.

쿠쿵!

이니안의 머리에 울린 소리일까, 로즈의 머리에 울린 소리일까?

아니, 정확히 둘 모두 머리를 깨부수는 듯한 충격을 받았다.

충격적인 소리다.

로즈의 진실한 신분이 공작의 영애이자 황자의 약혼녀라니? 그것도 다음 대 황제가 될 1황자의 약혼녀. 적어도 이 대륙에서 누구도 범접 치 못할 지고한 신분인 것이다. 그녀보다 신분이 높은 이는 적어도 인 간 중에서는 다섯 손가락 안팎이었다.

"저희들은 어느 날 갑자기 공작가에서 사리지셨다가 불현듯 바실러 스 자작의 영지에 나타나신 포르시아 공녀님을 모시기 위해 온 자들입 니다. 그러니 저 하찮은 용병을 내치시고 저희와 함께 미오나인으로 돌아가시지요."

카르세온은 여전히 무릎을 꿇은 채 말했다.

하나 로즈는 여전히 굳어 있었다. 아직 충격 속에서 헤매고 있었다.

카르세온의 말이 여전히 귓가를 맴돈다. 자신이 공녀이자 황자의 약 혼녀라니? 믿을 수가 없었다. 자신은 그저 과거를 잃은 평민의 여자 아 이가 아니었던가.

'그랬던 거로군. 훗.'

하지만 이니안은 금세 그 사실을 받아들였다. 사실 보통 사람이 가 지고 있다고 보기에는 어려운, 처음 로즈를 만났을 때 그녀가 가지고 있던 물품이 너무 엄청났다. 고위 귀족이라도 쉽사리 손에 넣을 수 없 는 스크롤 카드도 섞여 있었다.

'그건 최소한 5서클의 힐링이었다.'

5서클의 힐링 스크롤 카드. 그것을 만들려면 최소한 7서클 익스퍼트 이상의 마법사가 있어야 했다. 하지만 그 정도 경지에 이른 마법사가 무에 아쉬워서 그런 스크롤 카드를 만들겠는가. 하루라도 빨리 7서클 마스터에 오르기 위해 궁구할 뿐이다.

스크롤 카드에 담을 수 있는 마법은 자신의 서클보다 두 단계 낮은 마법뿐이다. 결국 스크롤 카드는 5서클 근처의 마법사들이 마법진 연습과 더불어 마법 연구에 필요한 자금을 마련하기 위해 만드는 것이 대부분이다. 덕분에 5서클 이상의 마법이 담긴 스크롤 카드는 구경하기 힘들었다.

결국 이니안을 치료한 스크롤 카드가 그녀의 신분을 간접적으로 나타내고 있었다.

"지금 그 거짓말, 정말인가요?"

로즈는 도무지 카르세온의 말을 믿지 못하는 것 같았다. 정신을 차리자마자 카르세온을 내려다보면서 물었다.

"네, 제 기사의 명예를 걸고 진실입니다."

카르세온이 기사의 명예를 걸었다. 그러면 진실이다. 로즈 그녀 역시 기사가 명예를 얼마나 소중히 여기는지에 대해서는 들어둔 귀동냥이 있었다.

"하아, 정말 내가?"

로즈는 여전히 믿을 수 없다는 눈빛으로 하늘을 올려다보았다. 막 산 위로 솟아 오른 찬란한 태양이 그녀의 두 눈동자를 가득 채웠다.

태양 빛에 눈이 부셨음인가. 로즈는 고개를 살짝 숙였다.

"어찌하시겠습니까?"

"내가 하라는 대로 할 건가요?"

"저희가 할 수 있는 일이라면 기꺼이."

카르세온은 공손히 대답했다.

"그러면 돌아가요. 난 아직 이 현실을 받아들이지를 못하겠어요. 현실을 받아들일 자신이 생기면 스스로 미오나인의 칸세르 공작가를 찾겠어요."

로즈는 당당한 모습으로 카르세온에게 명을 내렸다. 그런 그녀의 모습은 한 치의 틀림도 없는 공작가의 영애였다.

명령이란 아무나 내릴 수 있는 것이 아니다. 길가에서 장사를 하는 노점상의 주인에게 무한의 명령권을 준다고 그가 명령을 내릴 수 있는 것은 아니다. 그는 오히려 갑작스러운 상황에 그 명령권을 버릴 것이다.

명령이란 것은 내려본 사람만이 내릴 수 있다. 남의 위에 서 본 자만이 아랫사람을 부릴 수 있다. 아래에서 남의 명령을 받는 것에만 익숙해진 이들은 오히려 자신이 명령을 내리게 되는 것을 두려워한다. 그들은 자신의 현실에 안주하려 하는 것이다.

지금 카르세온에게 명령을 내리는 로즈의 모습은 너무나 자연스러웠다. 그리고 너무나 어울렸다.

'저 모습만 보더라도 확실히 공작가의 사람이 맞군.'

이니안 역시 공작가의 자식이다. 귀족과 평민을 분간하는 눈 정도는 가지고 있었다.

"그 명령만은 따를 수 없습니다."

카르세온은 흔들림없이 똑똑한 목소리로 대답했다.

"왜죠? 내가 하는 말을 듣겠다고 하지 않았나요?"

"저희가 가능한 한에서입니다. 저희가 공작 각하께 받은 명령은 공녀님을 공작가로 모시고 오란 것입니다. 그 명령에 어긋나기에 공녀님의 명을 받들 수 없습니다."

어느새 자리에서 일어난 카르세온의 모습은 당당했다. 과연 제국의 젊은 검이라는 소드 마스터다웠다.

"나는 당신들과 함께 돌아갈 생각이 없어요."

로즈는 카르세온의 대답에 고개를 가로저었다.

"내가 설혹 미오나인으로 간다고 해도 그것은 이니안 오빠와 함께예요."

어느새 이니안의 곁으로 다가간 로즈는 이니안의 팔을 꼭 붙들었다. 그 모습에 하이 나이트들의 눈에 불똥이 튀었다.

"그럴 수는 없습니다. 신분도 모르는 하찮은 용병에게 공녀님을 맡길 수는 없습니다. 게다가 그는 저희의 동료를 죽인 적입니다."

카르세온은 차가운 눈으로 이니안을 바라보며 대답했다. 이니안은 카르세온의 눈을 피하지 않았다.

파직!

두 사람의 시선이 얽히자 다시 한 번 허공에 불꽃이 튀었다.

그 둘은 처음 만나는 순간부터 알 수 있었다. 평생을 부딪칠 숙적.

그것은 숙명이다.

두 사람은 처음 만나는 순간부터 그 숙명을 느꼈다.

"당신들에게는 하찮게 보일지 몰라도 나에게는 소중한 사람입니다. 그런 언행은 자제해 주세요."

로즈.

그녀는 과거의 기억을 아직 찾지 못했는지는 몰라도 과거의 위엄은 찾은 듯했다. 지금 그녀의 모습은 처음 모포에서 눈을 뜰 때와는 완전히 달랐다.

"알겠습니다."

카르세온은 살짝 고개를 숙였다.

"그리고 당신들의 동료를 죽인 일도 잊어주세요. 나를 지키기 위해 비롯된 일이니까요."

고개를 숙인 카르세온의 몸이 미미하게 떨렸다.

"그럴 수는 없습니다."

작은, 그러나 단호한 대답이 카르세온의 입에서 흘러나왔다.

"나르트의 무덤에 기사의 명예를 걸고 맹세했습니다. 반드시 원수를 갚겠다고요."

그 말에는 은은한 살기마저 어려 있었다. 카르세온의 대답을 들은 하이 나이트들의 눈이 서서히 불타올랐다.

'부단장, 당신은 영원히 나의 대장이오.'

'죽을 때까지 평생 대장을 따를 겁니다.'

각자 자신의 가슴에 저마다의 생각을 품었다. 포르시아 공녀의 명이라면 당연히 복수를 포기해야 했다. 그들이 충성을 맹세한 주인의 명이기에. 그들은 칸세르 공작가의 기사. 기사의 명예에 우선하는 것이 주인에의 충성이다.

주인의 명이니 따라야 하지만 카르세온은 부하의 원수를 그보다 앞세웠다.

"후우, 알았어요. 그렇다면 어쩔 수 없죠."

로즈가 선선히 물러나자 카르세온의 눈에 이채가 서렸다. 일반적인 귀족이라면 충성을 맹세한 주인의 명을 거부한다고 화를 냈을 것이다.

그녀는 기사의 명예에 대해서만 알고 주인의 권리와 기사의 의무에 대해서는 모르는 듯했다.

'역시 기억이 없으시단 말인가……'

처음에는 포르시아가 연기를 한다는 생각도 했다. 하지만 지금의 행동으로 보아서는 확실히 기억을 잃었다. 조금 전의 행동은 포르시아의 기억에 대한 카르세온 나름의 시험이었다. 그녀가 제대로 된 기억을 가지고 있다면 절대 자신의 말을 그냥 넘기지 않았을 것이다. 자신의 말은 주인의 권위에 대한 거부였기에. 물론 자신은 완전한 칸세르 공작가의 기사는 아니다. 하지만 오랜 세월을 거쳐 오는 동안 거의 그런 상태로 되어 있었다.

카르세온은 이해할 수 없었다. 왜 포르시아가 기억을 잃었는지.

포르시아를 열 살 때부터 지켜봐 온 카르세온이다. 절대 포르시아를 다른 사람과 착각할 리 없다. 결국은 포르시아가 현재 기억을 잃고 있다는 것이다. 그런데 포르시아가 그런 일을 당할 이유가 없었다.

혼란스러웠다.

지금 대체 어떤 일이 벌어지고 있는지 알 수 없었다.

'아버님, 정녕 칸세르 공작 각하를 따라야 합니까?'

카르세온은 얼마 전에도 그 일로 아버지와 크게 다투었다. 그의 눈에 비친 칸세르 공작은 기사도를 벗어난 인물이다. 선대의 인연에 카르세온 백작가가 칸세르 공작가의 가신으로 있을 뿐, 그들의 작위는 제국의 황제로부터 받은 것이다. 가신 집안에서는 특이한 경우였다.

보통 고위 귀족은 자신들이 작위를 내린 가신을 둘 수 있었다. 공작은 백작의 작위까지 개인의 권한 내에서 수여가 가능했고, 후작은 자작까지, 백작은 남작까지 가능했다. 고위 귀족 집안의 가신들은 보통 자신들이 주인으로 섬기는 주인에게서 작위를 받는다. 하지만 카르세온 백작가는 달랐다. 그들은 제국의 황제에게 작위를 수여받았다. 그리고 칸세르 공작가의 가신으로 들어간 것이다. 선대에 어떤 인연이 있었는지 카르세온은 알지 못했다. 아니, 알고 싶지도 않았다. 그는 현재의 칸세르 공작을 그다지 좋아하지 않았기에. 그는 뼛속까지 기사인 인물이기에.

자신의 딸이 기억을 잃고 사라졌다.

하지만 그는 기억 부분에 대해서는 어떠한 언급도 하지 않았다. 카르세온 자신에게 명령을 내릴 때 단지 조금 놀랄 일이 있을지도 모르나 무시하라고만 하였다.

기억을 잃은 것이 조금 놀랄 일일까? 그런 명령을 내린 것만 보아도 공작은 현재 자신의 딸의 상태를 알고 있다. 한데 그런 명령이라니……

한 사람의 아버지로서 있을 수 없는 일이다.

지금까지 자신과 믿음으로 가득하던 카르세온의 눈이 흔들렸다. 현재 마음속에 혼란이 찾아왔다는 증거다.

"확실히 말하죠. 당신이 진실을 말하고 있다지만 난 아직 나의 과거를 받아들일 준비가 되지 않았어요. 내 머리 속의 과거는 여전히 백지 상태이기에. 그러니 당신들을 따라갈 수 없어요."

또랑또랑한 로즈의 목소리가 카르세온의 귀에 들렸다. 그 목소리 덕에 카르세온은 혼란에서 벗어날 수 있었다.

'훗, 그 목소리는 여전하시군요. 역시 당신은 당신입니다.'

누구도 모른다.

카르세온이 칸세르 공작을 따라야 하는가 하고 번민을 하면서도 칸세르 공작의 충실한 검으로 남아 있는 이유를.

그 이유는 포르시아다.

포르시아를 처음 본 것은 정확히 8년 전 그녀가 열 살 때이다. 그때부터 그는 그녀의 기사로 그녀의 곁을 지켰다. 당시 열아홉으로 성년식을 일 년 전에 치른 카르세온의 입장에서는 애를 보는 보모나 다름 없었다.

포르시아는 그 미모와는 달리 활발한 성격을 가지고 있었다. 덕분에 카르세온, 아니, 페르마타의 고생은 말이 아니었다.

"이니안 오빠, 그만 가요."

잠시 과거를 떠올리던 순간 로즈가 이니안의 팔을 잡아끌며 몸을 돌렸다. 더는 볼일이 없다는 태도다.

그녀의 행동보다 그녀의 말이 카르세온의 가슴에 불을 질렀다. 그의 눈은 분노로 타올랐다.

'페르마타 오빠!'

조금 전 들린 그 맑은 목소리로 포르시아는 항상 자신을 불렀다. 처음에는 무척이나 성가신 목소리였다. 자신은 더 높은 경지의 기사가 되기 위해 수련으로 바쁜 놈이다. 그런데 열 살짜리 꼬마 여자 애와 놀아줘야 했으니 그 심정이 오죽했는가.

하지만 그 감정은 세월이 흐름에 따라 달라졌다.

흐르는 물과 같은 세월은 꼬마를 소녀로, 그리고 여인으로 만들어놓았다. 그리고 페르마타 카르세온은 그 여인을 사랑했다. 그랬기에 칸세르 공작가에 남아 있었다.

포르시아가 1황자의 약혼녀가 된 일은 그로서는 어찌할 수 없었다. 1황자는 곧 제국의 황제가 되어 자신의 주인이 될 사람이다. 단지 그것뿐만이 아니었다. 단지 그냥 1황자라면 타국으로 도망칠 생각까지 했을지도 모른다. 하지만 제국의 1황자는 그에게 있어 그냥 단순히 황자가 아니었다. 그랬기에 사랑을 가슴 한켠에 묻어둔 채 현실을 받아들였다. 대신에 한 가지 맹세를 했다. 평생을 포르시아의 기사로서 보내겠다고.

그런데 사라진 것이다.

그리고 이렇게 눈앞에 나타났다.

하늘이 아득하게 멀어졌다. 카르세온은 온몸이 떨렸다.

가슴에서 인 불꽃은 그 열기를 더해갔다.

"멈추십시오."

카르세온이 낮게 말했다. 그 목소리에는 온몸을 에는 지독한 살기가 어려 있었다. 로즈에게 말을 했지만 살기는 이니안을 향했다.

그의 말에 이니안이 걸음을 멈추었다. 로즈가 계속 앞으로 나아가자 했지만 이니안은 요지부동이었다.

그 순간 사방으로 몸을 날린 하이 나이트들이 이니안과 로즈, 케라우를 둘러쌌다.

"더 이상 가지 못하십니다. 가시려면 저를 쓰러뜨리셔야 할 겁니다."

카르세온의 목소리는 차갑게 가라앉아 있었다.

Chapter 8

나의 검에는 눈이 없다

나의 검에는 눈이 없다

"후우, 정녕 그래야 하나요?"

로즈는 고개를 돌려 잔잔한 눈으로 카르세온을 보았다. 카르세온의 눈에는 한 치의 흔들림도 없었다.

"이제는 내가 나서야 할 차례인가?"

이니안이 로즈의 손을 살짝 떼어내며 몸을 돌렸다.

다시 이니안과 카르세온이 마주했다.

이니안의 등을 바라보는 로즈의 두 눈에는 걱정이 가득했다. 그녀는 지금 이니안의 몸이 평소와 같은 상태가 아니라는 것을 직감적으로 알고 있었다. 어떻게 알고 있는지는 몰랐다. 굳이 말하라고 하면 여자의 감이라고 할까.

"훗, 이니안 케이 사이몬."

카르세온은 입술을 비틀며 웃었다.

그의 말에 이니안의 얼굴이 일그러졌다.

"맞지? 대륙 최강의 검의 가문, 사이몬 공작가의 사라진 막내."

"웃기는군. 그따위 가문을 대단하다고 하는 거나, 나를 그딴 가문과 연관 짓는 것이나."

이니안은 씹어뱉듯 말했다. 그의 음성에는 분노가 가득했다. 그 분노는 카르세온을 향한 것이 아니라 가문을 향한 것이다. 하지만 이니안의 그런 반응은 자신의 신분에 대한 시인과 같았다.

"푸하, 푸하하하! 놀랍군! 정말일 줄이야! 정말 사이몬 가문의 사람일 줄이야!"

카르세온은 광소를 터뜨렸다. 그의 눈에는 묘한 흥분과 기대가 어려 있었다.

이니안을 둘러싼 하이 나이트들의 얼굴에는 놀람과 경외가 함께했다. 그들은 대륙의 전설, 검의 신화라 불리는 사이몬 공작가의 인간을 마주하고 있는 것이다. 검의 길을 걷는 기사로서 경외가 생기지 않을 리 없었다.

로즈는 두 눈을 동그랗게 뜨고 이니안의 등을 바라보고 있었다. 그 것은 케라우 역시 마찬가지였다.

그 둘 역시 사이몬 가의 명성을 알고 있었다. 로즈는 과거의 기억을 잃었지만 사이몬 공작가에 대한 것은 알고 있었다.

"히야, 괴물 얼음탱이가 괴물인 이유가 있었군. 그 끔찍한 가문의 녀석이었다니."

케라우는 정말로 진심을 담아 말했다. 사이몬 가와 연관이 된 과거가 있는 듯 그는 몸을 살짝 떨기까지 했다.

"어디, 그 대단하다는 사이몬 가의 검을 좀 구경할 수 있을까?"

"그따위 빌어먹을 가문의 검 따위 볼 것도 없거니와 난 그런 쓰레기 같은 검, 알지도 못한다."

이니안은 여전히 분노가 내재한 목소리로 말했다.

"대단하군. 이 대륙에서 사이몬 가의 검을 쓰레기라고 말하다니. 난 꿈에서조차 그런 인간이 존재할 거라 생각하지 못했다."

카르세온은 어이가 없다는 듯 이니안을 쳐다보았다. 비단 그런 표정을 지은 것은 그만이 아니었다.

이 자리에 있는 모든 이들이 지금 이 순간만큼은 동일한 표정으로 이니안을 바라보고 있었다.

"킥킥킥, 그딴 빌어먹을 가문의 검 따위보다는 쓰레기가 나아."

한이 맺힌 웃음소리. 과연 어떤 한이 서린 것일까?

'이니안 오빠.'

로즈는 이니안의 웃음에서 깊고도 깊은 한을 느낄 수 있었다. 그와 함께하는 길지 않은 시간 동안 간혹 그가 보여주었던 한이 서린 얼굴. 그 모든 것이 지금의 웃음에 담겨 있었다.

"훗, 그렇다면 너는 사이몬 가의 검을 익히지 않았다는 거냐? 그 엄청난 위력의 검이 사이몬 가의 검이 아니라는 말이냐?"

로즈를 제외한 나머지의 시선이 이니안을 향했다. 그들은 카르세온의 물음에 대한 이니안의 대답에 주목했다. 사이몬 가의 검을 제외하고도 그런 위력의 검이 있을 턱이 없었다.

하지만 로즈는 달랐다.

로즈의 귀에 그런 말은 들리지 않았다. 로즈의 귀에는 조금 전 허공을 떠돌다 사라진 한 맺힌 웃음만이 메아리칠 뿐이었다. 로즈의 눈에는 쓸쓸한 이니안의 등만이 보일 뿐이었다.

"나는 나의 검을 가지고 있을 뿐이다."

이니안은 여전히 분노에 찬 목소리로 대답했다.

그의 대답은 주위의 기사들에게 충격을 주었다.

자신의 검이라니?

그들이 아는 한 하나 이상의 피어스 브레이크를 사용할 수 있는 검은 사이몬의 검밖에 없다. 그런데 이니안은 그런 검을 사용하고 그것이 자신의 것이라 했다.

"믿을 수 없군. 더욱이 사이몬이라는 성을 가진 사람이 사이몬의 검이 아닌 자신의 검이라 하다니……."

"믿든 말든 나와는 상관없는 일. 더 이상 나와 그 빌어먹을 가문을 연관 짓지 마라."

이니안의 눈동자가 분노의 겁화로 타올랐다.

"그렇게까지 말한다면 어쩔 수 없군. 기사는 검으로 말하는 법이니."

그 말을 하는 순간 카르세온의 눈에는 투지라는 이름의 불이 일렁이기 시작했다. 이니안은 카르세온의 눈에 맺힌 불꽃을 알아보았다. 그 역시 한때는 기사를 지망했기에.

"킥, 웃기는군. 그딴 기사 나부랭이가 무에 그리 대단하다고."

기사를 지망했고, 기사의 한계에 절망했기에 이니안의 얼굴에는 냉소가 어렸다. 기사라는 허울에 목을 매는 그들을 보니 같잖다는 생각밖에 들지 않았다. 세상에는 기사라는 신분보다, 그 기사의 명예보다 소중한 것은 얼마든지 존재했다. 그리고 이니안은 가드 나이트라는 기사의 허울에 얽매여, 사이몬 가라는 멍에에 억눌려 소중한 것을 잃고 말았다.

"닥쳐라!"

"놈!!"

이니안의 말에 대한 반응은 즉각 사방에서 터져 나왔다. 그것은 정면의 카르세온 역시 마찬가지였다.

기사라는 것.

그것은 이 자리에 있는 하이 나이트들의 긍지요, 삶의 의미였다. 그런데 이니안은 그 모든 것을 싸잡아 비난했다. 삶의 의미에 상처를 입은 것이다.

아홉의 기사의 눈이 분노로 타올랐다.

"네놈은 그 말에 책임을 져야 할 것이다."

카르세온은 분노에 찬 음성으로 천천히 말했다.

"결국은 싸우자는 것이겠지?"

이니안의 눈이 차갑게 가라앉는다.

"잘 알고 있군. 검의 길을 걷는 자는 자신의 말을 검으로 증명해야 하는 법."

"뭐, 그건 나도 동의해 주지."

기사를 비난하지만, 가문을 증오하지만 이니안은 그래도 한 명의 검사였다. 그 역시 검의 길을 걷는 사람인 것이다.

"그런데 여긴 좀 좁지 않을까?"

이니안이 주변을 돌아보며 말했다. 분명 그랬다. 나무가 우거진 산속의 작은 길, 아니, 길이라고 할 것도 없었다. 그저 나무 사이에 조금 공간이 넓은 곳이다. 그곳에 이니안과 로즈 케라우가 있었고, 맞은편에 카르세온이 서 있었다. 그 외 기사들은 각자 나무 사이의 공간에 저마다 서 있었다.

"난 크게 상관없는데……. 아무래도 너 정도 되는 녀석과 싸우면 이 주위가 남아나지 않을 것 같아서 말이야."

그 말을 하면서 이니안의 시선이 로즈를 향했다. 그 눈에는 걱정의 빛이 담겨 있었다. 카르세온의 눈이 이니안의 시선을 따라갔다. 분명 그랬다. 이 자리에 있는 다른 인물들은 몰라도 포르시아라면 두 사람의 격돌의 여파를 견딜 수 없을 터.

"분명 그렇군. 좋아, 장소를 옮기도록 하지."

카르세온이 동의하자 이니안의 눈이 케라우를 향했다. 그 뜻은 분명했다.

"쳇, 알았어. 알아봐 줄게."

케라우는 곧 눈을 감았다. 그리고 얼마나 있었을까?

"따라와라."

케라우는 천천히 걸음을 옮겼다. 어차피 포위되다시피 한 상황. 급할 건 없었다. 지금은 도망치는 것이 아니라 싸우러 가는 것이니까.

이니안과 로즈가 그 뒤를 따랐고, 차례로 카르세온과 하이 나이트들이 뒤를 따랐다. 좁은 산길에 긴 행렬이 만들어졌다. 케라우는 익숙한 발걸음으로 나무 사이를 헤치며 걸었다. 그렇게 얼마간 걷자 서서히 나무들의 간격이 넓어졌다. 그리고 조금 후 사람들의 눈앞에 제법 널찍한 공터가 드러났다.

"신기하군. 마치 이곳의 길을 알고 있는 듯해."

자신들의 길을 안내한 인물이 이곳에 처음 온 것이라는 것쯤은 카르세온도 알고 있었다. 하지만 마치 알고 있다는 듯 찾아오다니 분명 신기한 일이었다.

"지금 중요한 것은 그런 게 아닐 텐데?"

이니안의 말에 카르세온의 얼굴이 차갑게 가라앉았다.

"하긴 그렇지. 우리가 이곳에 온 목적을 잊으면 안 되지."

카르세온은 천천히 걸음을 옮겼다. 그리고 공터의 한가운데에 약 3미터의 간격을 두고 이니안과 카르세온이 마주 보고 섰다.

로즈는 케라우의 이끌림에 공터 가장자리로 갔다. 하이 나이트들은 그런 로즈와 케라우를 둘러쌌다.

스르릉!

맑은 소리를 내며 카르세온의 검이 뽑힌다. 멋들어진 하얀 나신을 자랑하며 카르세온의 검은 아침 햇살에 빛났다. 그의 위치를 말해주는 듯 검은 훌륭했다.

검의 손잡이인 검병(劍柄)부터 그 위의 손을 보호하는 호수(護手)까지 이어진 미려한 선과 정교한 세공 장식들, 그리고 그 위에 찬연히 빛나고 있는 백광(白光)의 검신.

명검이었다.

"좋은 검이군."

이니안은 카르세온의 검을 보며 천천히 자신의 검을 뽑았다. 무기점에서 적당히 골라서 산 이니안의 평범한 검이 그 모습을 드러냈다.

제법 질이 좋아 보이지만 어디서나 볼 수 있는 평범한 검이다.

"진정한 검사는 검을 가리지 않는다는 것인가?"

곧추세워진 이니안의 검봉을 보며 카르세온이 말했다.

"아니, 난 가난한 용병이라서 좋은 검을 가질 여유가 없어."

이니안은 싱긋 웃으며 대답했다.

"그런가?"

"물론."

이니안은 짧게 대답하고 자신의 검을 바라보았다.

결코 좋은 검은 아니다. 그리고 자신이 얻은 지 오래되지도 않은 검이다. 하지만 어느새 이니안은 손에 들린 검에 정이 듬뿍 들었다. 그간이 검으로 싸워온 횟수는 그가 사용했던 어떤 검보다도 많았다.

'네놈도 주인 잘못 만나서 고생이 많다. 나도 지금까지 내가 가진검에 이렇게 많은 피를 적실 줄은 몰랐으니까. 조금만 더 힘내라. 아마도 이 싸움이 마지막일 듯하니까.'

자신의 검을 바라보는 이니안의 눈에 애잔한 기운이 서렸다.

두 사람은 검을 곧추세운 채 서로를 바라보았다.

그런 두 사람을 로즈와 케라우, 그리고 하이 나이트들이 지켜보고있다. 그들의 눈은 이미 긴장으로 물들어 있었다. 마치 그들이 당장 생사대적과 싸우는 듯했다.

바람 한 점 없다.

이제 막 산을 넘어 푸른 하늘에 올라선 태양이 겨울의 추위를 달래는 따스한 햇살을 내리 비출 뿐이다.

침묵이 감돈다.

고요가 내려앉았다.

시간이 멈춘 듯하다.

공간은 그렇게 굳어 있었다.

먼저 움직인 것은 카르세온이었다. 그는 천천히 발을 끌며 한 발 앞으로 나섰다. 그것이 멈추어진 시간을 움직이게 하는 시작이었다.

그 순간 이니안이 사라졌다.

마령보의 방위를 밟아 이니안은 순식간에 카르세온의 옆으로 이동했다. 그때 천천히 발을 끌던 카르세온의 몸이 맹렬히 회전했다. 자신의 옆구리를 노리고 찔러 들어오는 검에 유유히 자신의 검을 갖다 대었다. 허공에서 얽히는 검.

이니안은 검이 맞닿는 순간 자연스럽게 손목을 돌렸다. 그러자 이니안의 검이 영활한 뱀처럼 카르세온의 검을 감아 올리며 그의 옆구리를 노리고 찔러 들어갔다.

카르세온은 가볍게 손목을 위아래로 흔들었다.

티팅!

검신과 검신이 맞닿는 소리가 울리며 이니안의 검이 튕겨 나갔다. 하지만 이니안은 곧 몸을 반회전시키며 등에서부터 카르세온을 베어갔다. 카르세온은 곧 자신의 검을 움직여 이니안의 검을 향해 자신의 검을 아래에서 위로 올려쳤다.

두 검이 막 맞닿으려는 순간,

이니안의 몸이 사라졌다. 카르세온의 검은 빈 허공을 갈랐다. 아니, 허공을 가르는 듯했다. 하지만 이내 이니안이 사라졌음을 깨닫는 순간 카르세온의 검은 그 자리에 멈추었다. 그리고 곧 중단의 자리에 돌아왔다. 카르세온은 검의 출수와 회수가 그의 의지대로 자연스럽게 흘렀다.

그때 마령보의 수법으로 잠시 카르세온에게서 떨어졌던 이니안은 강력한 찌르기로 카르세온의 가슴 한가운데를 파고들었다.

그 움직임은 마령천참검법의 일초인 마령소혼이었다. 카르세온은 자신을 향해 찔러 들어오는 검의 위력을 느낀 듯 안색이 딱딱하게 굳었다.

그 순간,

카르세온의 검 주위의 공기가 일렁이기 시작했다. 곧 검에서 황금빛

기운이 일렁이기 시작하더니 곧 검날의 형태를 이루며 정형화되었다. 백광의 검신 위에 황금의 검신이 덧입혀졌다.

"오러 블레이드!"

그 모습에 마이어가 존경 어린 감탄을 토했다.

검의 길을 걷는 자의 꿈이라는 소드 마스터. 그리고 소드 마스터의 상징이라는 오러 블레이드. 그것이 지금 그들 앞에 현신해 있었다.

카르세온은 오러 블레이드를 형성하자마자 이니안의 찌르기에 맞부딪쳐 갔다.

콰앙!

힘과 힘의 격돌은 요란한 폭음을 만들어냈다. 폭발이 터지는 순간 일진 광풍이 몰아치며 바닥의 눈이 사방으로 흩날렸다. 사방에 흩날린 눈이 바닥에 가라앉을 즈음 두 사람의 모습은 그곳에 없었다.

"위다."

케라우는 담담히 말했다. 그 말에 좌우를 살피던 로즈의 시선이 하늘로 향했다. 하이 나이트들 역시 케라우의 말을 듣고서야 공중을 쳐다보았다.

싸움 도중에 몸을 공중으로 띄우는 것은 누구나 아는 금기다. 그랬기에 하이 나이트들은 공중을 살필 생각을 하지 못한 것이다. 지금 이 싸움을 지켜보는 이들 중 카르세온과 이니안의 동작 하나하나를 모두 꿰뚫어 보고 있는 이는 케라우가 유일했다.

챙채채채챙!

이니안의 마나를 머금은 검과 카르세온의 오러 블레이드가 허공에서 수차례 격돌했다. 세상에 존재하는 것은 무엇이든 베어버린다는 오러 블레이드였지만 이니안의 검은 멀쩡했다.

이니안의 마나를 통해 검의 강도가 어느 정도 상승한 것도 있었지만 무엇보다 이니안의 검을 놀리는 기교가 자신의 검을 지키고 있었다.

일반적인 검은 검날에만 절단력이 있고 검면은 그저 보통의 금속면일 뿐이다. 오러 블레이드는 그런 검신에 오러를 덧입혀 마나로 이루어진 하나의 검을 만드는 것. 오러 블레이드 역시 검날과 검면이 존재했다.

이니안은 카르세온의 공격을 검면을 치면서 막고 있었다. 아무리 오러 블레이드라도 검면에는 절단력이 없었다. 하지만 오러였기에 그 강도는 어마어마했다. 이니안이 마나를 검에 불어넣어 강도를 늘리고 있다지만 오러 블레이드와의 격돌에 의한 피로는 이니안의 검에 차곡차곡 쌓이고 있었다.

사람은 새가 아니다.

그것은 소드 마스터라도 마찬가지다.

이니안과 카르세온은 잠시 후 바닥에 착지했다. 바닥에 착지할 때까지 검을 섞던 두 사람은 바닥에 떨어지는 충격을 도약력으로 바꿔 서로를 향해 돌진했다.

챙!

검과 검이 정면으로 부딪치며 울리는 소리.

이니안은 카르세온의 오러 블레이드의 검면에 자신의 검면을 대고 있었다. 서로 교착된 검.

두 사람은 서로의 검에 가진 바 모든 힘을 불어넣었다.

땅을 딛고 있는 양발에 힘이 들어갔다. 두 사람의 발이 눈 속으로 파묻혔다. 눈 아래의 얼어붙은 땅에 깊은 발자국이 찍혔다.

"타핫!"

이니안의 입에서 기합성이 터져 나왔다. 그와 함께 이니안은 힘껏 자신의 검을 밀었다. 그때 카르세온 역시 자신의 검을 힘껏 밀었다. 그 반발력으로 두 사람은 사선 방향으로 3미터 정도 간격을 벌렸다.

"헉헉헉! 대단하군."

"후후, 그쪽이야말로."

이니안의 얼굴은 땀으로 흠뻑 젖어 있었다. 호흡 역시 거칠어져 있었다. 반면 카르세온은 여전히 고른 호흡을 하고 있었고, 얼굴에 여유가 넘쳤다.

분명 일방적으로 공격하며 몰아친 것은 이니안이었지만 더욱 지친 것도 이니안이었다.

'소드 마스터와 소드 익스퍼트의 차이란 말이지.'

케라우는 가만히 고개를 끄덕였다.

"너의 검, 잘 봤다. 분명 사이몬의 검은 아닌 것 같군. 어떻게 여러 개의 피어스 브레이크를 사용하는지는 모르겠지만 사이몬의 검이 그렇게 조잡할 리 없지."

냉혹한 평가였다. 카르세온은 자신의 검을 약간 비스듬히 움직이며 이니안을 지그시 바라보았다.

'역시 소드 마스터를 상대로는 무리인가?'

눈에 불이 튈 만한 소리를 들었음에도 이니안은 냉정했다. 현재 자신의 검이 불완전하다는 것은 누구보다도 잘 안다. 그런 상태에서 뻔히 눈에 보이는 상대의 도발에 넘어가 줄 수는 없는 노릇이었다.

이니안은 현재 마령천참검법을 겨우 3성의 수준이었다. 어새신을 상대로는 그것이 통했다. 다크 크리스 길드의 경우는 조금 위험했지만 검법 자체의 힘으로 눌러 버리면 되었다. 하지만 소드 마스터는 역시 달렸다.

카르세온은 아직 불완전하고 거칠며 투박한 자신의 검을 여유있게 받아넘겼다.

"그럼 이제 나의 검을 보여줄 차례인가?"

그 말과 함께 카르세온의 검이 천천히 움직였다. 천천히 움직인다 싶은 카르세온의 검이 부드러운 곡선을 만들며 이니안의 허리 아래를 쓸어왔다. 이니안은 반보 옆으로 움직이며 자신의 검으로 카르세온의 검을 흘렸다. 아니, 흘렸다 생각했다. 그 순간 카르세온의 몸이 회전하며 또다른 곡선을 만들며 부드럽게 이니안의 가슴을 찔러왔다.

이니안은 한 발 앞으로 내디디며 몸을 살짝 틀어 카르세온의 검을 피했다. 그리고 다시 한 번 마령초혼의 초식으로 카르세온을 찔렀다.

그러자 카르세온 역시 이니안과 같은 방법으로 그의 검을 피했다.

서로의 검은 빗나가고, 두 사람은 코가 마주칠 정도로 붙어 있었다. 그 순간 이니안의 눈이 빛났다.

지금 두 사람은 서로의 간격 밖에 존재했다. 이 정도로 밀착해 있으면 검이라는 병기로는 공격할 방법이 없는 것이다. 하지만 그것은 카르세온의 경우였다. 이니안 자신은 검만 익히고 있는 것이 아니다.

천참수(天斬手).

마령천참공 내에 존재하는 단 일 초식의 수법이다. 일 초식이라 하지만 그 속에는 모두 예순네 번의 변화가 숨어 있는 현란한 수법이었다.

이니안의 왼손이 천참수의 수법에 따라 움직인다. 순간 이니안의 왼손이 카르세온의 몸을 쓸어갔다. 갑작스러운 이니안의 공격에 카르세온은 기겁했다.

서로 공격할 수단이 없어 난감해하던 상황이었다. 이렇게 된 이상 두 사람은 적정 거리를 만들기 위해 동시에 물러설 수밖에 없었다. 그런데 이니안이 공격해 온 것이다. 그것도 검을 들지 않은 자유로운 왼손으로.

물론 기사들도 기본적인 맨손 격투는 익히고 있지만 그건 어디까지나 기본일 뿐이다. 지금과 같이 목숨이 오가는 전투에서 몸에 익숙하지 않은 어설픈 격투기로 상대를 공격하려 하다가 오히려 상대에게 기회를 줄 수 있었다. 그랬기에 익히고는 있으나 사용하지 않는 것이다.

그러나 이니안은 그러한 철칙을 깨고 먼저 손을 사용해 공격했다. 아니, 철칙을 깬 것 같지는 않았다. 이니안의 손이 풍기는 기세가 자못 날카로운 것이 검뿐만 아니라 격투기도 제대로 익히고 있는 듯했다.

그렇다. 이니안은 용병이다.

용병의 무기는 반드시 검일 필요는 없다. 그리고 용병이 항상 무기를 들고 있을 수만도 없다. 그들은 필요에 따라 갖가지 무기를 사용하고 때로는 맨몸으로 싸우기도 한다. 그것이 용병이다.

'놈이 용병인 걸 간과했다.'

카르세온은 즉각 무릎 위쪽의 몸을 뒤로 눕혀 이니안의 손을 피하며 생각했다. 하지만 그것은 그만의 착각이었다. 분명 이니안은 용병 생활을 하면서 맨손 격투에도 익숙해져 있었지만 지금 이니안이 사용한 천참수는 그런 범주의 것과는 차원이 다른 것이었다.

카르세온의 몸이 뒤로 눕혀지는 순간 이니안의 손 역시 직각으로 꺾여 카르세온의 가슴을 노리고 떨어졌다. 그 순간 카르세온의 두 눈이 흔들렸다.

지금까지 시종일관 여유있던 모습과는 전혀 다른 반응이었다. 자신의 가슴에 이니안의 손이 박히려는 찰나, 카르세온은 재빨리 몸을 옆으로 회전시켰다. 그 회전력으로 카르세온의 몸은 오른쪽으로 튕겨 나갔다. 그 때문에 카르세온은 눈 바닥을 몇 번 구른 후 일어서야 했다.

다시 일어서며 자세를 잡는 카르세온의 눈에 낭패한 기색이 역력했다.

"대단하군. 역시 용병이야. 그 거리에서 그런 공격이라니⋯⋯."

이니안은 굳이 그의 말에 대답하지 않았다. 승기를 잡았을 때 몰아쳐야 했다. 이니안은 다시 마령보의 방위를 밟아 카르세온을 향해 돌진했다. 순식간에 카르세온을 자신의 공격권 안에 둔 이니안이 검을 움직였다.

마령천참검법 2초 귀혼천검(鬼魂千劍).
귀신의 혼이 천 개의 검을 떨치니.

어새신들을 상대하면서 폭발적으로 터져 나갔던 것과는 달랐다. 분명 같은 검초였는데 움직임이 달랐다. 사방으로 비산하는 검날은 사방으로 퍼져 나가는 듯하다가 오직 카르세온 한 명만을 노리며 몰아쳤다.

카르세온은 자신의 검을 전력으로 떨쳤다.

상하, 좌우, 전후.

정신이 없었다. 검이 있을 수 있는 곳이면 어디서든 이니안의 검이 자신을 찔러왔다. 바닥을 구른 후 겨우 중심을 잡을 찰나 들어온 공격이었기에 카르세온의 손발이 더욱 어지러워졌다.

"저⋯ 저⋯⋯."

마이어는 눈앞의 광경을 믿을 수 없었다.

절대 소드 익스퍼트는 소드 마스터를 이길 수 없다. 이것은 상식이 아닌 철칙이다. 그런데 자신의 눈앞에서 소드 마스터인 자신의 대장이 소드 익스퍼트에게 밀리고 있었다.

"피어스 브레이크다."

하론이 담담히 중얼거렸다.

"뭐?"

그 말에 마이어가 되물었다.

"피어스 브레이크란 말이다."

"하지만 피어스 브레이크를 저렇게 자연스럽게 펼칠 수 있나? 보통은 마나를 폭주시키기 위해 잠시간 마나를 모으는 시간이 필요할 텐데… 하지만 저 녀석은 돌진하면서 저 검을 떨쳤어!"

마이어가 믿을 수 없다는 듯 소리쳤다.

"나도 그 정도는 안다. 하지만 잊었냐, 저 녀석이 사이몬 가의 사람임을? 그 빌어먹을 가문의 놈들은 피어스 브레이크를 지금처럼 자유자재로 사용할 수 있단 말이다. 물론 모든 피어스 브레이크가 그런 것은 아니지만."

그 말에 마이어는 망치에 머리를 맞은 듯한 표정을 지었다.

"이건 반칙이야!"

마이어는 머리를 흔들며 말했다.

"흥, 소드 익스퍼트를 소드 마스터가 공격하는 건 반칙이 아닌가요?"

두 사람의 대화를 듣고 있던 로즈가 끼어들었다. 그 말에 마이어는 어떠한 대답도 하지 못했다. 로즈의 신분도 신분이려니와 로즈가 한 말도 맞았기 때문이다.

'지금 저 녀석이 사용하는 피어스 브레이크는 분명 어새신과 싸운 곳에 남아 있던 것이다.'

그 와중에 하론은 눈을 빛내며 이니안의 검의 궤적을 지켜보았다.

차차차차창!

연속적으로 움직인 검이 요란한 소리를 만들어냈다. 그것을 끝으로 이니안의 검초는 끝을 맺었다.

카르세온의 얼굴은 조금 전과는 달라져 있었다. 얼굴이 땀으로 흠뻑 젖어 있었다. 게다가 호흡도 거칠어져 있었다.

"헉헉헉, 대단하군. 조금 전 조잡하다고 말했던 건 취소하지. 역시 사이몬의 검이야."

"나의 검이라고 했다."

"나에겐 사이몬의 검이야."

두 사람의 눈이 허공에서 팽팽하게 얽혀들었다.

"훗, 뭐, 좋아, 그런 건. 하지만 조심해라. 나의 검에는 눈이 없다."

"눈이 없으면 엉뚱한 곳만 찌르겠군."

카르세온은 담담한 얼굴로 이니안의 말을 받아넘겼다. 하지만 이니안의 눈에는 별다른 변화가 없었다.

"어떤지는 몸으로 겪어봐라."

그 말과 함께 이니안의 검이 다시 움직였다. 카르세온도 마주 움직였다. 두 사람이 다시 어우러졌다. 한바탕 춤사위라도 추려는 듯 두 사람은 서로를 찌르고 베고, 또 피하고 막았다.

그 모습은 아름다웠다.

서로를 죽이기 위한 전투라고 볼 수 없었다. 그저 아름다웠다.

카르세온의 오러 블레이드가 강맹한 기운을 뿌리며 자신의 몸으로 다가들 때마다 이니안은 절묘한 수법으로 그 검을 흘렸다. 하지만 충격이 아주 없는 것은 아니었다. 단지 흘려내는 것만으로 아무런 충격이 없다면 어찌 오러 블레이드가 최강의 검이라는 칭호를 얻을 수가 있었겠는가.

하지만 공격을 하는 카르세온은 어이가 없었다.

오러 블레이드를 흘려내다니……. 그런 수법은 들은 적도 없었다. 오러 블레이드는 내려치는 모든 것을 자른다. 같은 오러 블레이드나 신의 금속이라는 오리하르콘이 아니면 견딜 수가 없다. 그랬기에 감히 일반 검으로 오러 블레이드를 흘려낼 수 없다.

흘려내려 하다가 검이 잘린다.

그런데 이니안이라는 녀석은 오러 블레이드가 존재하는 검면을 적절히 이용해 자신의 검을 흘려냈다. 말로 하면 쉬웠지만 실제로 자신을 베어오는 오러 블레이드를 이렇게 흘려낸다는 것은 매우 정교한 검의 움직임이 필요하다. 실패하는 찰나 검과 함께 자신의 몸이 잘린다. 어지간히 자신의 실력에 자신이 없고서는 사용할 수 없는 방법이다.

그런데 처음 오러 블레이드를 사용할 때부터 이니안은 카르세온의 검을 그런 식으로 흘려내고 있었다. 전력을 다해 오러 블레이드를 사용하고 있는 카르세온으로서는 미칠 노릇이었다.

그때 이니안의 검이 변화를 일으켰다.

마령천참검법 제3초 혈화만천(血花滿天).
핏빛 꽃이 가득 핀다.

다시 몰아쳐 오는 이니안의 검. 사방에서 현란하게 뻗어온다는 것은 조금 전의 피어스 브레이크와 같았지만 그 변화는 달랐다. 조금 전의 피어스 브레이크는 강맹하게 찔러오는 것 일변도였다면 이번의 검은 흩날렸다. 꽃잎이 허공에 흩날리듯 강맹한 찌르기 속에 교묘한 변화가 숨겨져 있었다.

조금 전보다 더욱 변화무쌍해진 검의 움직임에 카르세온은 더욱 정신이 없었다. 그는 태어나서 이토록 전력을 다해 검을 휘둘러 본 기억이 없었다. 그야말로 자신의 몸 안에 잠재한 모든 힘을 끌어내고 있었다.

그 순간이다. 사방에서 몰아쳐 오던 이니안의 검이 씻은 듯이 사라졌다. 그리고 이니안의 모습도 사라졌다.

"어디냐?!"

깜짝 놀란 카르세온이 외쳤다. 하지만 어디에도 없었다.

이니안은 현란한 혈화만천의 초식으로 카르세온의 눈을 가리고 마령보의 마령귀은술로 몸을 숨겼다. 슬슬 이니안은 한계에 부딪치고 있었다.

성취가 낮은 검법을 강력한 위력으로 펼치다 보니 마나의 소모가 급격했다. 게다가 아직 다크 크리스를 상대하면서 입은 내상도 남아 있었다. 마나가 흐르는 길인 기혈이 들끓어 오르고 있었다. 계속해서 지금과 같은 교착 상태를 유지한다면 지는 것은 자신이다. 그랬기에 결정을 짓기 위해 전력을 다해 혈화만천에 이어 마령보의 마령귀은술을 펼쳤다.

그의 의도대로 카르세온은 완벽하게 이니안을 놓쳤다.

카르세온은 검봉을 곧추세우고 온몸의 기감을 끌어올려 주변의 기척을 살폈다. 지금은 모습이 보이지 않지만 분명 자신을 향해 치고 들어올 것이다.

"오른쪽입니다!"

그때 하론이 외쳤다.

하론이 가지고 있는 아티팩트가 반응한 것이다. 시메티딘으로부터 받은 암흑 마나를 감지하는 아티팩트. 그것의 일부분이 검게 물들어 있었다.

하지만 카르세온은 움직이지 않았다. 대신 냉엄한 눈으로 하론을 노려보았다.

"끼어들지 마라."

"하지만… 정당한 대결에서 숨는 것은……."

"기사와 용병의 대결이다."

카르세온은 그 말로 하론의 변명을 일축했다.

이니안도 그 순간만은 공격하지 않았다. 그리고 자리를 옮기지도 않았다. 그가 자신의 위치를 안다 하더라도 어쩔 수 없다. 자신의 공격은 단순한 공격이 아니니까.

마령천참검법 제4초 청검밀밀(淸劍密密).

맑은 검이 은밀히 다가와.

정녕 기척도 소리도 없었다. 어느 순간 맑은 빛을 뿌리는 검이 불쑥 솟아올라 찔러왔다. 만약 하론이 오른쪽이라는 말을 해주지 않았더라면 그 검이 자신의 몸을 파고드는 순간까지 몰랐을 것이다. 오른쪽이라는 말을 듣고 오른쪽에 조금 더 신경을 썼기에 그 검의 존재를 아주 조금 빨리 알아차릴 수 있었다.

알아차리자마자 카르세온은 전력으로 자신의 검을 휘둘렀다. 오러 블레이드는 황금빛을 사방에 뿌리며 불타올랐다.

구우우웅!

오러 블레이드와 청검밀밀의 초식에 의해 맑은 빛의 기운이 서린 검이 부딪치자 사방이 진동했다.

검과 검이 부딪치는 소리가 아니었다.

마나와 마나가 부딪쳤기에 사방이 울렸다.

"크윽!"

이니안은 신음 소리를 흘리며 검을 밀쳐내 뒤로 물러섰다.

'빌어먹을.'

격돌의 순간 마나가 폭주하며 내상이 도졌다. 강력한 힘에 부딪친 충격 때문이었다. 목구멍에서 비릿한 피가 느껴졌지만 이니안은 억지로 삼켰다.

"대단하군. 잘리지 않다니……. 이번에도 피어스 브레이크였나?"

카르세온은 이니안의 검을 유심히 살폈다. 하지만 이니안은 대답하지 않았다.

"사이몬의 검이라……."

카르세온은 가만히 중얼거렸다.

카르세온은 지그시 이니안을 노려보았다. 이니안도 카르세온을 노려보고 있었다.

서로 검을 곧추세우고 마주한 두 사람의 얼굴에 땀방울이 흘러내린다. 두 사람의 입에서는 연신 격한 숨과 함께 새하얀 입김이 뿜어져 나오고 있었다. 두 사람 모두 슬슬 결판을 내야 한다는 생각을 하고 있었다. 이미 싸움을 시작하고 상당한 시간이 흘렀다. 짧아진 그림자가 이미 지나간 시간을 말해주고 있었다.

"역시 제법이야. 소드 마스터가 아닌데도 이런 힘을 발휘하는 것을 보면 말이지."

카르세온은 자신의 오러 블레이드를 감당해 낸 이니안의 검에 놀라움을 금치 못했다.

'그까짓 소드 마스터, 뭐가 그렇게 대단한 거라고.'

이니안은 그렇게 생각했지만 과연 카르세온은 강했다. 과연 소드 마스터의 실력이었다.

과거 가졌던 무수한 경험이 있었기에 그는 눈앞의 소드 마스터 카르세온과 어느 정도 대등하게 싸울 수 있었다. 하지만 객관적으로 분명 카르세온이 한 수 위다. 자신은 단지 검법의 위력을 빌려 카르세온을 몰아쳤을 뿐이다. 잠시 낭패에 빠뜨리기는 했지만 카르세온에게는 여전히 힘이 남아 있었다.

그에 반해 자신은 조금 전 전력을 다해 준비한 회심의 일격이 빗나갔다. 물론 불청객이 끼어든 때문이었지만 그렇다고 아무나 피할 수 있는 일격이 아니었다. 카르세온이었기에 막아낸 것이다.

"이니안 오빠……."

등 뒤에서 걱정 가득한 목소리가 들려온다. 로즈를 둘러싸고 있는 여덟의 기사의 얼굴에 은은한 미소가 감돈다. 이니안의 얼굴에 어린 낭패한 기색을 읽은 것이다. 반면, 그들의 대장은 아직 여유가 있는 얼굴이다. 그들은 두 사람의 얼굴에서 대장의 승리를 직감했다.

"쳇, 괴물 얼음탱이 녀석. 괴물이 아니었잖아?"

케라우의 목소리는 여전히 이니안의 신경을 긁었다.

이니안의 눈이 번쩍 뜨인다.

온몸의 마나가 춤을 춘다.

이렇게 된 이상 단 한 번이다. 더 이상의 여력이 없었다. 이번 일격에 모든 것을 걸어야 했다. 마나의 고갈과 내상으로 그의 내부는 이미 엉망이었다.

파괴했던 마나 스피어를 복구하면서 잃어버렸던 마나를 회복했다 하나 아직 소드 익스퍼트에 머무르고 있는 그로서는 모험이다. 상대는 소드 마스터였다. 소드 마스터를 상대로 일격필살의 승부를 거는 것은 분명 승산이 없는 싸움이다.

가진 바 모든 힘을 단 한 번의 공격에 모두 쏟아 붓는다면 당연히 소드 마스터가 강하다. 하지만 더 이상 선택의 여지가 없었다.

이미 자신은 무수한 싸움으로 인해 지쳐 있었다. 더 이상 시간을 지체하면 곳곳의 내상으로 인해 무릎을 꿇을 것이다. 그전에 승부를 내야 했다. 이니안은 자신이 익힌 검법의 위력에 한 가닥 희망을 걸었다.

"훗, 또 피어스 브레이크인가? 얼마든지."

이니안의 기세에서 무언가를 느꼈음인가? 카르세온이 미소를 지었다. 그의 미소에는 여유가 있었다. 그 역시 이니안의 상태를 간파했다. 자신의 적인 이니안은 이미 거의 모든 기력이 다해 있었다.

이니안은 온몸의 마나를 끌어 모았다. 그 마나를 검에 밀어 넣는다. 이니안의 검은 어느새 곳곳에 이가 빠져 보기 흉하게 변해 있었다. 검을 흘려냈다고는 하지만 오러 블레이드와 부딪친 결과였다.

두 사람 사이에 서서히 바람이 인다. 자연적으로 부는 바람이 아니다. 두 사람의 몸에서 몰아쳐 나오는 마나의 기운이 만들어내는 바람이다.

이니안의 두 눈이 빛난다.

카르세온의 검이 점점 더 밝게 빛난다. 황금빛의 오러 블레이드는 광휘라 불러도 좋을 빛을 쏟아냈다.

"타핫! 마령천참멸!"

이니안은 자신이 사용할 수 있는 가장 강한 위력의 검을 뻗었다. 마령현신을 펼쳤을 때 느꼈던 어떤 미진함 때문에 마령천참검법 최후의 절초인 마령천참멸을 펼친 것이다.

"샤이닝 소드(Shining Sword)!!"

커다란 외침과 함께 카르세온은 자신의 피어스 브레이크를 사용했다. 두 사람은 일격필살의 공격으로 서로를 덮쳐 간다.

카르세온의 검에서 뿜어져 나온 황금빛에 주변의 모든 사람은 시선을 돌렸다. 마치 태양이 지상에 내려온 듯한 강렬한 빛.

그 빛 속에서 두 사람의 검이 격돌했다.

'훗, 빵 두 조각과 차가운 우유 한 병이라…….'

그 순간 이니안은 로즈와의 첫 만남을 떠올렸다.

이 대결의 시작이 되었던 만남을.

콰콰콰콰콰콰쾅!

그리고 요란한 폭음이 주위를 뒤흔들었다.

둘이 격돌한 곳에 거대한 구덩이가 파였다.

사방에 자욱히 이는 눈보라와 흙먼지.

잠시 후 두 사람이 격돌한 곳이 서서히 드러났다. 검에서 뿜어져 나온 황금빛의 오러는 카르세온을 감싸며 그를 지키고 있었다. 그 자리에 서 있는 이는 카르세온 혼자였다.

"이, 이니안 오빠!"

그 사실을 확인하는 순간 로즈의 입에서 비명이 터져 나왔다.

그녀의 얼굴이 세차게 움직인다. 이니안을 찾기 위해서 시선이 갈 수는 있는 곳곳을 둘러보았다. 하지만 어디에도 이니안은 보이지 않았다. 다른 하이 나이트들 역시 이니안을 찾지 못했다.

하지만 케라우와 카르세온은 이니안이 어디 있는지 아는 듯 한 곳만을 바라보았다. 공터 가장자리의 아름드리 나무. 그 나무 아래에 눈 무더기가 만들어져 있었다.

카르세온은 천천히 눈 무더기를 향해 다가갔다. 그때서야 모든 이들의 시선이 카르세온을 향했다. 눈 무더기 앞에 선 카르세온은 기합을 내질렀다. 그의 기합에 눈이 사방으로 흩날렸다. 그리고 이니안의 모습이 드러났다.

피를 토한 듯 옷과 입 주변이 붉게 물들어 있었다. 그의 오른손에는 검신이 산산조각나고 남은 검병만이 쥐어져 있었다.

"이니안 오빠……."

멀리서 그 모습을 확인한 로즈가 흐느끼듯 중얼거렸다. 그리고 달렸다. 이니안을 향해 달렸다. 그러나 곧 멈춰 서야 했다.

그녀가 뛰쳐나가는 순간 깜짝 놀란 하이 나이트들이 그녀의 앞을 가로막은 것이다.

"비켜요!"

분노에 찬 로즈의 목소리가 터져 나왔다.

"그럴 순 없습니다!"

자신들의 대장의 승리로 이 싸움은 끝났다. 그렇다면 다음은 대가를 받는 것뿐.

하이 나이트들의 눈이 차갑게 가라앉았다.

"비키지 않는다면 뚫고 가겠어요!"

로즈는 마크와 마이어 사이로 몸을 들이밀었다. 그러자 두 사람은 서로 어깨를 겹치며 그 틈을 막았다. 그러자 자연 그들의 좌우로 다른 사람과의 틈이 벌어졌다. 로즈는 순간 몸을 뱅그르르 돌려 그 틈으로 향했다.

하지만 이내 다른 하이 나이트들이 그곳을 막았다.

로즈의 앞에 하이 나이트의 장벽이 펼쳐졌다.

"정말 계속 막을 건가요?"

"그는 명예를 건 결투에서 패했습니다. 그에 대한 권리는 부단장께 있습니다. 아무리 포르시아님께서 그러신다 해도 달라지는 건 없습니다."

하론이 담담히 말했다. 담담했지만 엄격했다. 누구도 침범할 수 없는 영역을 이야기하는 그의 목소리는 단호했다.

"그런……."

로즈가 작게 중얼거렸다.

"애초에 포르시아님께서도 이 대결에 동의하지 않으셨습니까?"

하론의 말에 로즈의 얼굴이 붉게 물들었다.

"그렇다면 당신도 두 사람만의 대결에 끼어들었잖아요."

로즈가 하론을 노려보며 소리를 질렀다. 그녀는 하론이 이니안의 위치를 가르쳐 준 것을 문제 삼은 것이다.

"그, 그것은……."

하론의 얼굴이 붉게 물들었다. 그것은 분명 기사로서는 절대 해서는 안 되는 일이었다.

"정당한 기사의 대결에서 몸을 숨기는 것은 비겁한 행동입니다."

"이니안 오빠는 용병이에요. 기사의 기준으로 용병을 판단하지 말아

주세요. 그러는 당신이야말로 기사 주제에 다른 사람의 대결에 끼어든 것 아닌가요?"

표독스러웠다.

지금 로즈는 이니안에 대한 걱정으로 흥분해 있었기에 어느 때보다 날카롭게 상대를 몰아붙였다.

하론이 주춤 뒷걸음질쳤다.

로즈의 기세에 밀린 것이다. 공작가의 혈통이 만들어내는 무형의 위엄. 지금 로즈의 몸에서 그러한 위엄이 뿜어져 나오고 있었다.

하론이 한 발짝 더 뒤로 물러서면서 하이 나이트들 사이로 로즈가 지나갈 공간이 만들어졌다. 로즈는 그 사이로 당당히 걸어갔다. 누구도 더 이상 로즈를 막지 못했다. 그저 멍한 눈으로 그녀의 뒷모습을 바라볼 뿐이었다.

'압도당했다고? 이 내가? 어린 여자에게?'

하론은 믿을 수 없다는 듯 멍한 얼굴로 로즈의 걸음을 바라보았다.

'역시… 공녀님이시라는 것인가. 위엄은 피를 타고 전해져 가는 것인가?'

하론은 로즈의 뒷모습에서 오랜 세월 혈통을 타고 내려온 가문의 위엄을 보고 있었다.

'졌군. 후우…….'

이니안은 눈이 몸을 덮는 충격에 정신을 차렸다. 온몸을 차가운 기운이 감싸자 감각이 서서히 돌아왔다. 정신을 차려서 가장 먼저 든 생각은 패배였다.

패배했다 해서 큰 충격은 없었다. 그에게 패배는 일상이었다. 이슈데인이라는 이름을 가진 천재를 형으로 둔 죄였다.

'역시 산산조각났군.'

카르세온의 오러 블레이드와 부딪치는 순간 직감했다. 자신의 검은 한계라는 것을. 오른손에 느껴지는 검병의 감촉은 검신이 산산조각났음을 말해주었다.

그때 눈 위를 내리누르는 압력이 있었다.

"우욱!"

그 충격에 이니안은 한 번 더 피를 토했다. 처음 이곳까지 날아와 나무에 등을 부딪치는 순간 기혈이 들끓어 피를 토했었다. 그리고 곧 정신을 잃었다. 정신을 잃자마자 눈이 몸을 덮어 그를 일깨웠지만.

압력이 가시자 밝은 빛이 눈을 찔러왔다.

그 빛과 함께 서 있는 사내가 있었다. 카르세온이었다. 카르세온이 승자의 오만한 얼굴로 이니안을 내려다보았다.

"너의 검은 이 정도였군."

담담한 목소리.

"쿨럭! 글쎄, 그런 모습으로 할 말은 아닌 것 같은데?"

이니안은 대답을 하면서 한 번 더 피를 토해냈다. 다만 조금 전과 다른 것은 피의 색깔이었다. 조금 전은 검게 죽은피를 토했지만 지금 토한 피는 선홍빛의 피였다. 울혈을 모두 토해냈다는 증거다.

카르세온은 이니안의 말에 자신의 몸을 살폈다. 과연 곳곳이 찢어지고 잘리고, 상당히 낭패한 모습이었다. 이니안의 마지막 일격이 그에게 상당한 충격을 준 것이다. 아니, 솔직히 카르세온이 평생 동안 겪은 공격 중 가장 무시무시한 것이었다.

"훗, 이런 모습이라도 승자이기에 할 수 있는 말이다."

카르세온의 얼굴에 미소가 일었다.

그는 꺾었다. 대륙 최강이라는 사이몬의 검을 꺾은 것이다. 그것으로 충분했다. 자신이 승리자라는 사실만으로 충분했다.

"쳇, 그건 인정해 주지."

이니안 자신이 패배한 것은 분명한 사실이었다.

"그래도 네 녀석, 분명 강했다. 소드 익스퍼트로 나를 이렇게 몰아붙인 사람은 없었으니까."

"그래? 아쉽군. 나를 이긴 사람은 제법 많아서 말이야."

이니안은 빙그레 웃으며 대답했다. 그의 얼굴 어디에서도 패배의 충격은 찾아볼 수 없었다. 그것이 카르세온의 심기를 상하게 했다.

자신에게 패한 자는 이런 얼굴을 해서는 안 된다. 분함과 억울함, 그리고 스스로의 무력함에 한탄하는 얼굴을 하고 있어야 했다. 하지만 이니안이라는 녀석의 얼굴은 편안하기 그지없었다.

이 녀석은 패배한 것이 분하지도 않은가? 자신보다 강한 이가 있다는 것이 자존심 상하지도 않은가? 그런 생각에 카르세온의 가슴 한쪽에 짜증이 어렸다.

"편안해 보이는군."

그 말에는 가시가 돋쳐 있었다.

"물론. 한두 번 져보는 것도 아닌데. 내 입으로 이런 말 하는 것도 뭐하지만 지는 게 생활이었다. 크크크크!"

이니안의 표정이 변했다. 그의 웃음소리에는 한이 서려 있었다. 그제야 카르세온의 표정이 조금 풀렸다. 자신이 바란 모습을 이니안이 보여주었기에. 하지만 그는 몰랐다. 이니안의 가슴에 한을 만든 이는 자신이 아님을.

"그런가? 뭐, 그건 내가 알 바 아니지."

"큭큭, 맞는 말이야."

카르세온은 무심한 눈으로 이니안을 내려다보았다. 그의 검이 움직였다. 그의 검에서 오러 블레이드는 사라진 지 오래였다. 그도 이번 싸움에 모든 힘을 쏟아 부었다. 더 이상 오러 블레이드를 유지할 여력 따위는 남아 있지 않았다.

"그럼 이제 끝을 내야겠지?"

그 말을 하는 순간 카르세온의 눈에 살기에 어렸다. 이니안은 그의 눈에 어린 살기를 직시했다. 그의 표정은 담담했다.

용병의 세계에 뛰어들어 죽을 고비를 수도 없이 넘겼다. 어떤 때는 '이제 죽었구나' 하고 생각한 적도 있었다. 그런 것들은 이니안을 죽음 앞에서 의연하게 만들었다. 용병이란 항상 죽음의 강에 한쪽 발을 담그고 사는 이들인 것이다.

그것이 다시 한 번 카르세온의 심기를 상하게 했다. 자신의 목을 향해 검이 다가가고 있는데 저렇게 담담한 눈이라니…….

겁에 질려 있어야 했다.

살려달라고 바짓자락을 잡고 빌어야 했다.

그것이 승자와 패자,

죽이는 자와 죽는 자의 모습이다.

그런데 지금은 그렇지 않았다. 묘하게 기분이 나빴다.

"훗, 역시 사이몬의 검을 익힌 자라는 건가?"

카르세온은 이니안의 성격을 대강 파악했다. 그랬기에 그런 말을 한 것이다. 반응이 있을 테니까.

과연 반응이 있었다. 패배에 상관없이 초연하던 이니안의 얼굴이 붉게 물들었다. 담담하던 눈에 불꽃이 피어올랐다. 그제야 카르세온은 만족했다. 자신에게 패해 죽는 이의 얼굴이 아무런 동요도 없이 무심하다니 그건 있을 수 없는 일이다.

"헛소리 그만 하고 끝을 내라!"

이니안은 분노가 담긴 말을 씹어뱉듯 내뱉었다.

"그래야지."

카르세온은 만족의 웃음과 함께 자신의 검을 조금 더 빨리 움직였다.

검극이 이니안의 목젖에 닿았다.

이제 조금만 힘을 주어 찌르면 눈앞의 용병은 그 생을 다한다.

카르세온은 서서히 손에 힘을 주었다. 그는 이 순간을 즐기듯 아주 천천히 검을 움직였다. 검극이 이니안의 목젖에 상처를 냈다.

붉은 피가 천천히 목을 타고 흘러내린다.

"그럼."

카르세온의 웃음이 섬뜩하게 빛났다.

『3권으로 이어집니다』

외전

이니안의 일기

외전─이니안의 일기

"고모! 고모!"

멀리 복도에서 들려오는 아이들의 소리에 메이린은 읽고 있던 책을 덮었다. 이번에는 저 개구쟁이들이 또 무슨 일로 자신을 찾는지 기대가 되었다. 그 아이들은 항상 자신에게 즐거움을 주었다.

벌컥!

공작가 저택의 문이라고는 생각할 수 없을 정도로 거칠게 열렸다. 역시 자신의 귀여운 조카들이었다.

"고모, 이 책 뭐예요?"

메이린의 시선이 큰조카 아이덴이 들고 온 책으로 향했다.

'어머? 저건…….'

그녀도 까맣게 잊고 있던 책이다. 그녀도 잊고 있었으니 당연히 무신경한 이니안은 생각도 못할 테지.

"이거, 아빠가 예전에 쓰던 방 책상에서 나왔는데 뭔지 아세요? 아빠의 책상 서랍에서 책이라니, 믿을 수 없어요."

둘째조카인 네이라가 그 예쁜 눈을 초롱초롱 빛내며 메이린을 바라보았다. 과연 이니안의 딸답게 예쁜 얼굴이다.

"호호호, 너희 아버지가 공부하곤 거리가 좀 멀긴 하지."

메이린의 웃음에 두 남매는 서로 마주 보며 고개를 끄덕였다. 자신의 아버지 이야기지만 그건 분명 사실이었으니까.

올해 아홉 살인 아이덴과 일곱 살인 네이라도 그 정도는 알고 있었다.

"너희들, 아버지 책상 엉망으로 어지럽혔지?"

메이린이 짐짓 사납게 눈을 뜨고 두 조카를 내려다보았다. 그녀는 아이들이 가지고 온 책이 어디에 있는 것인지 알고 있었기에 조카들이 얼마나 방을 어질러 놓았을지 보지 않아도 알 수 있었다.

"헤헤헤, 그게… 저기……."

아이덴이 멋쩍게 웃으며 머리를 긁적인다. 항상 저 웃음에 져왔다.

"후우, 알았다. 대신 너희가 어질러 놓은 것은 너희가 치워야 한다?"

"네, 그건 당연하죠."

공작의 손자와 손녀지만 자신이 어질러 놓은 것은 스스로 치워야 한다. 아무리 하인과 하녀가 넘쳐 나도 자신의 일은 자신의 손으로. 이 집안의 철칙이다.

"그 책에 채워진 자물쇠 때문에 가지고 온 거지?"

메이린 역시 과거에 그 책을 본 적이 있었기에 어렵지 않게 조카들이 자신을 찾은 이유를 알 수 있었다.

"네, 헤헤헤."

아이덴이 웃으며 메이린에게 책을 내밀었다. 메이린은 앉은 자리에서 머리핀을 이용해 어렵지 않게 자물쇠를 열었다. 이건 모두 경험의 산물이었다. 과거에 수없이 열어보았으니까.

메이린은 단언할 수 있었다.

저기 저 책은 세상에서 가장 재미있는 책이라고.

"우와!"

"고모, 대단하세요!"

두 아이의 얼굴에 감탄이 어렸다.

"너희들, 그 책은 아버지랑 로레인 고모 몰래 숨어서 봐야 한다?"

메이린이 한쪽 눈을 찡긋하며 웃었다.

"네~!"

두 아이는 동시에 대답하고 금세 방에서 뛰쳐나갔다. 분명 이 저택 어딘가에 있는 저들만의 비밀 장소로 가는 것이리라.

"호호호, 이니안. 나를 원망하지 마. 아이들 손에 일기가 들어가도록 방치한 네 잘못이야. 하긴, 자기도 잊고 있으니 애들이 찾은 거겠지. 그마나 다행이라면 저 귀염둥이들이 로레인 언니한테 가지고 가지 않은 것 정도랄까? 이니안 너, 나한테 감사해야 해. 최소한의 안전 장치는 만들어뒀으니까 말야. 호호."

기분 좋게 웃은 메이린은 덮어두었던 책을 다시 펼쳤다. 그리고 조용히 중단했던 독서를 계속했다.

대륙력 658년 5월 15일.

"이얍!"

챙챙!

"으헛"

"마지막입니다!"

난 힘차게 외치며 검을 뻗었다. 검은 어느새 내 앞에 서 있는 나의 대련 상대 라이오 아저씨의 목 옆에서 차가운 검날을 빛내고 있었다. 이번에도 나의 승리다.

"휴, 도련님. 정말 대단하시네요. 또 제가 졌습니다."

아저씨의 말에 나는 씨익 웃어주었다.

"뭐, 운이 좋았죠. 그럼 전 이만."

어디선가 상쾌한 바람이 불어와 나의 땀을 씻어준다. 대련으로 땀에 흠뻑 젖어 있을 때 불어오는 바람의 상쾌함이란 느껴보지 못한 사람은 절대 알 수 없다. 그리고 이 상쾌함이 내가 수련에 빠져들게 하는 이유 중 하나다.

내 이름은 이니안 케이 사이몬. 카실로니아 왕국의 4대 공작가 중 하나인 사이몬 공작가의 둘째아들이다. 올해로 내 나이는 열다섯. 형은 나보다 꼭 열 살이 많다. 그리고 형과 나 사이에 세 누나가 있다. 그 누나들에 대한 이야기는 차후에 기회가 닿으면 하도록 하고 우선 우리 가문에 대한 이야기부터.

우리 사이몬 가문은 카실로니아 왕국의 건국 공신가이다. 그리고 그 공을 인정받아 공작의 작위를 받았고, 벌써 300년째 유지해 오고 있다. 우리 가문의 초대 가주이신 진 사이몬 공작은 건국왕 폐하와는 둘도 없는 친구 사이셨다고 한다.

대륙제일의 검술을 지닌 그분은 전장에서 활약하는 장군은 아니셨다. 건국왕 폐하의 친우셨기에 항상 곁을 지키셨다고 한다.

진 사이먼 공작께서 건국왕 폐하의 목숨을 구한 수는 헤아릴 수가 없다고 한다. 그러니까 진 사이먼 공작께서 계시지 않았으면 건국왕 폐하는 카일로니아 왕국을 세우시기 전에 돌아가셨다는 거다. 그랬기에 카일로니아 왕국이 자리를 잡자마자 가장 먼저 공작의 작위를 우리 가문에 내리신 것이다.

현재 공작이신 아버지 라이데온 케이 사이먼 공작은 국왕의 경호를 담당하는 근위기사단의 단장으로 계시다. 왕국제일의 기사로 인정받는 나의 형 이슈데인 케이 사이먼 자작은 왕세자 전하의 경호를 담당하는 근위기사이다.

공작이 국왕의 경호기사라는 사실에 의문을 품을지도 모른다. 사실 이 라칼트 대륙의 어느 나라 공작이 경호기사를 하고 있겠는가? 설혹 그것이 제국의 황제를 경호하는 일일지라도 말이다. 이 일은 우리 가문의 시조이신 진 사이먼 공작의 유언에 따른 것이다.

사실 그분의 과거에 대한 기록은 별로 남아 있지 않다. 건국왕 폐하와 함께한 이후부터 기록이 남아 있을 뿐. 하지만 그분은 소중한 사람을 지키는 것을 무척 중요하게 여겼다고 한다. 아니, 자신의 생명보다도 중하게 여기셨다고 한다. 진 사이먼 공작께서 돌아가시며 남기신 유언은 '사람을 지키기 위해 검을 사용하라'였다. 그리고 그분의 유언을 따르기 시작하면서 우리 가문의 기사에게 붙은 호칭이 있었으니 '가드 나이트'였다.

가드 나이트. 말 그대로 지킴이 기사다. 누군가를 지키기 위한 기사인 것이다. 그리고 모든 공작은 그 유언을 충실히 지켰다. 그래서 카일로니아 왕국 건국 이후 근위기사단의 역대 단장은 모두 우리 가문의 가주였다. 부단장 역시 우리 가문의 사람이었다.

아무리 근위기사단의 단장이라 하더라도 항상 국왕 폐하 옆을 지킬 수는 없는 노릇 아닌가? 기사단장 역시 사람이었고, 가족과 사생활이 있었다. 그래서 보통 단장과 부단장이 이교대로 국왕 폐하를 경호했는데, 국왕 폐하 바로 옆에서 폐하를 호위하는 두 사람 모두 우리 가문의 사람이었다.

이것은 아주 중대한 사실이다. 왕세자 경호 담당 책임자 역시 우리 가문 사람이고 보면 항상 왕과 함께하게 되는 셈이다. 이것이 바로 우리 가문을 왕국제일의 권력가로 만들어놓았다. 뼛속까지 기사 가문인 우리 가문의 사람은 그런 권력에는 별로 신경을 안 쓰지만 말이다.

아무튼 그랬기에 단순히 경호기사 가문으로만 보일 수도 있는 우리 가문이 300년에 걸친 성세를 이어오고 있는 것이다. 흠, 이 정도면 가문에 대한 소개는 대충 끝이 난 것인가?

흠흠, 그럼 본격적으로 내 소개를 해볼까?

나이와 이름은 앞에서 말했고, 앞서 말했지만 우리 가문은 기사 가문이다. 당연히 남아는 어릴 때부터 검을 배우고 모두들 실력이 대단하다. 공작 직계인 나도 어릴 때부터 검을 배웠고, 그 실력 또한 대단하다. 난 올해 초, 그러니까 열다섯이 되는 해에 드디어 소드 마스터의 경지에 접어들었다. 믿어지는가? 한 나라에 그 수가 다섯이면 많다고 하는 소드 마스터의 경지를 열다섯에 이루다니.

그렇다! 나는 천재인 것이다~! 우하하하하!

우리 가문의 검술은 카일로니아 왕국뿐 아니라 대륙제일이다. 초대 가주이신 진 사이몬 공작께서 남기신 여러 가지 가전 검법 덕이다. 그랬기에 대륙에서 가장 많은 소드 마스터를 보유한 가문이기도 하다.

현재 나까지 모두 여섯의 소드 마스터가 우리 가문에 있다. 놀랍지 않은가? 게다가 아버지께서는 대륙에 단 셋밖에 없다는 그랜드 마스터이시다. 그리고 가까운 시일 안에 우리 가문에 또 다른 그랜드 마스터가 탄생할 예정이다.

"이니안~!"

누군가가 나를 불렀다. 난 땀에 전 몸을 깔끔하게 씻고 개운함을 맛보기 위해 내 방으로 가는 길이었다. 나를 부르는 소리에 뒤를 돌아보니 피곤한 기색의 형이 서 있었다. 우리 집안의 다음 대 가주이자 현재 카일로니아 왕국 최고의 기사 이슈데인 케이 사이몬.

"라이오 아저씨랑 대련했다며? 오랜만에 이 형과도 대련 좀 해보는 게 어때?"

피곤한 기색이 역력하던 형의 얼굴은 대련 이야기를 하면서 점점 밝아지더니 말이 끝났을 때쯤에는 활력이 넘쳐흘렀다.

"됐네. 싫없어. 벌써 방에도 다 와가는데 다시 나가기 싫다구. 그리고 형도 이제 일 끝나고 돌아온 모양인데 그만 씻고 잠이라도 푹 자는 게 어때? 하루종일 왕세자 저하 경호한다고 피곤했을 텐데 말이야."

나의 말에 형은 오른손 검지를 까닥거리면서 혀를 찼다.

"쯧쯧쯧, 기사의 길을 가는 녀석이 다시 연무장으로 나가는 걸

귀찮아하다니 자세가 안 됐어. 게다가 진정한 소드 마스터는 하루 정도 잠을 못 잤다고 해서 피곤해하거나 하지는 않지. 너, 나한테 질까 봐 그러는 거지?"

눈을 가늘게 뜨며 나의 기분을 살포시 긁어주는 형의 말에 나의 표정이 험상궂게 변했다. 내 표정을 내가 볼 수는 없지만 지금 내 감정의 상태가 얼굴에 드러났다면 험상궂을 수밖에 없다.

"누.가. 형.한.테. 질.까. 봐. 대.련.을. 피.한.다.는. 거.지?"

분노에 떨며 한 자 한 자 힘주어 끊어 형에게 물었다.

"그거야 당연히 너지. 뭐, 네가 나한테 이겨본 적이 있으려나~"

능글맞은 표정으로 다시 한 번 내 속을 확실하게 긁으며 대답하는 형이다. 특히 마지막 말을 길게 빼며 확실히 내 자존심을 찢어놓았다. 내 손은 부들부들 떨렸고 피가 머리로 몰렸다. 얼굴이 점점 벌게지는 것 같았다. 분노가 발끝부터 머리 위로 서서히 차 올랐고 머리 꼭지까지 완벽하게 찼을 때 나는 나도 의식하지 못한 채 오른손을 검병으로 가져가고 있었다.

나도 알아차리지 못할 정도의 빠른 발검! 빛살이 되어 쏘아진 검은 어느새 형을 향해 날아가고 있었다.

챙!

어느새 빼 든 검으로 형은 나의 검을 막았다. 맑게 울린 검명에 나의 머리는 빠른 속도로 싸늘히 식었다. 그리고 떠오른 생각.

'당했다, 또!'

"훗, 느려. 이런 속도로 날아다니는 모기나 한 마리 잡을 수 있겠어?"

여유있게 나의 검을 막은 형은 씨익 웃으며 한마디 던진 후 유유히 자기 방 쪽으로 사라져갔다.

"아~! 이제 목욕하고 한숨 푹 자볼까? 아무리 소드 마스터라지만 역시 밤을 샌다는 건 피곤해. 사람에게는 적절한 수면이 필요한 법이지. 암."

사라지면서 한마디 남기는 것 또한 잊지 않는 형이었다.

항상 다음엔 절대 안 넘어간다고 생각하면서도 오늘도 당하고 말았다. 사실 경호라는 일은 무척이나 힘든 일이다. 어디서 나타날지 모르는 위협에 대비해 항상 신경을 곤두세우고 있어야 한다. 아무리 소드 마스터라도 24시간 내내 정신을 집중해 주위를 살피는 일은 분명 피로한 일이다. 스트레스 또한 장난이 아니다.

형은 그렇게 쌓인 스트레스를 항상 이런 식으로 푼다, 바로 나를 도발한 후 살짝 놀려주고는 사라지는 것으로. 그렇게 푼 형의 스트레스는 나에게 아주 성실히 차곡차곡 쌓였다.

사실 알고 보면 형이 나를 도발하는 말은 항상 정해져 있다. 하지만 나는 항상 그 말에 넘어간다, 다음엔 절대 안 당하겠다고 다짐하면서도.

내가 천재라는 말은 했던가? 뭐, 나를 고깝게 보는 사람도 있겠지만 내가 천재인 건 분명한 사실이고, 사실을 말하기에 나는 당당할 수 있다. 열다섯에 소드 마스터에 이른 검사가 천재가 아니라면 세상에 천재라는 것이 존재할까?

하. 지. 만. 이런 내가 천재라면 형이란 존재는 과연 뭘까? 열세 살에 소드 마스터의 경지에 이른 형은. 그리고 현재 형은 소드 마스터 최상급이다. 내가 아까 말한 우리 가문에 나타날 또 한

명의 그랜드 마스터가 바로 형이다. 스물다섯에 최상급의 소드 마스터라니……

대륙 어디에도 이런 빠른 성취를 보인 사람은 없었다. 우리 나라에서만 하더라도 이미 아버지를 제외하고는 형을 상대할 수 있는 기사가 없었다.

그.런.데. 저 빌어먹을 형이라는 인간은 항상 투덜거린다. 12년이나 소드 마스터에 머물러 있다면서. 세상에는 죽을 때까지 검을 휘둘러도 소드 마스터는커녕 중급의 소드 익스퍼트도 되지 못하는 이가 부지기수다. 정말 형의 저런 태도는 그런 사람들을 두 번, 아니, 세 번 죽이는 짓이다.

내가 형의 도발에 쉽게 넘어가는 이유도 바로 여기에 있다. 바로 열등감. 항상 나를 형과 비교하기에 나 스스로 열등감에 빠지는 것이다.

주위에서 나를 형과 비교하는 이는 아무도 없다. 형이라는 존재 자체가 워낙 괴물 같은 천재이다 보니 세상 사람들은 아예 형을 사람으로 취급하지 않는다. 형은 아예 열외시켜 놓고 생각을 한다. 그게 정신 건강에 이롭다나?

그래서 내 주위의 사람들은 항상 나를 천재라 칭송한다. 부모님도, 가신들도, 우리 가문의 사이몬 기사단 사람들도. 하지만 난 항상 홀로 형과 나를 비교한다. 그리곤 열받는다.

방으로 돌아온 나는 욕실로 들어가서 욕조에 몸을 뉘였다. 땀이 범벅이 되도록 검을 휘두르고 따뜻한 물에 몸을 담근 채 즐기는 이 휴식. 어쩌면 나는 검을 수련하는 것보다 수련 후의 이 시간을 더 즐기는 것인지도 몰랐다. 아무튼 천국이라니까.

그렇게 즐거운 목욕을 마치고 깔끔한 옷으로 갈아입었다. 저기 벗어 놓은 땀에 전 옷들은 하인들이 알아서 세탁을 해 다시 가져다 놓을 거다. 창밖을 보니 어느새 하늘에 어둠이 깔리고 별들이 하나둘 빛나기 시작했다. 오늘 하루도 이렇게 끝이 난 것이다.

이때쯤이면 나는 하늘을 그저 가만히 바라보곤 한다. 오늘 하루의 일을 다시 한 번 생각해 보는 것이다. 스스로에게 떳떳한 하루를 보냈는지, 오늘 하루 내가 정말 열심히 살았는지를. 이런 습관은 저절로 생긴 것은 아니다. 아버지의 엄격한 교육 아래 자라난 것이다. 아마 형도 방에서 나와 같이 이렇게 어두워오는 하늘을 멍하니 바라보고 있을 것이다. 오늘 하루 일을 다시 한 번 꼼꼼히 되돌아보면서 말이다.

대륙력 658년 6월 18일.

젠장, 차라리 날 죽이라고! 연무장 백 바퀴를 돌라고 하든지, 아니면 기본 검식 수련 천 번을 하라고 하든지! 그런 걸 시키면 얼마든지 해줄 수 있어! 하지만 이게 뭐야? 공부라니? 그것도 악마랑 오빠 동생 하는 큰누나라니?

오늘로 내가 로레인 누나와 공부를 시작한 지 3일째.

내가 처음 한 말을 들어서 알겠지만 나에게는 지옥 그 자체나 다름없었다.

일단 왕립학교 입학 시험 과목부터 공부를 하기 시작했는데 그 과목이 역사, 신학, 수학이다. 딱 세 과목. 왕립학교 입학 시험 과목이라 하기에는 적지만 대신 그만큼 깊이 있는 문제가 나왔다. 즉, 왕립학교에 입학하는 학생이라면 반드시 저 세 과목은 기본적인 실력이 있어야 한다는 것이다.

또한 저 세 과목은 내가 가장 싫어하는 과목이기도 했다.

"자, 이니안, 내가 시킨 부분은 다 외웠지?"

내가 지금 나의 상황에 대해 한탄하며 머리를 쥐어뜯고 있을 때, 잠시 자리를 비웠던 로레인 누나의 목소리가 들렸다. 그 목소리에 아차 하며 책상 한 켠에 놓인 탁상시계를 쳐다보았다. 아뿔싸! 벌써 누나가 준 시간은 끝났다. 그럼 그동안 난 뭘 했느냐? 현재 내 신세에 대한 한탄과 불평들을 내뱉고 있었지. 설마 시간이 이리 빨리 갈 줄은⋯⋯.

어느새 옆에 놓인 의자에 앉은 누나는 나를 지그시 바라보았다. 그리고 살짝 올라가는 입술. 분명 지금 내 상태를 눈치챈 것이다. 그러니 저리도 사악하게 웃는 것이지.

"저런, 다 못 외웠나 보구나?"

안타깝다는 듯 말하는 로레인 누나. 하지만 그 목소리에는 즐거움만이 가득했다.

"그럼 벌칙은 알고 있지?"

"저⋯ 누나, 다시 한 번 기회를⋯⋯."

벌칙. 이제는 말만 들어도 끔찍했다. 그래서 나는 최대한 불쌍한 표정을 지으며 누나에게 간절한 목소리로 말했다.

"이니안."

그런 나의 행동에 누나는 두 눈을 지그시 감으며 나직한 목소리로 날 불렀다.

"응?"

"넌 기사 지망생이지?"

"응."

누나의 나직한 물음에 난 찜찜한 표정으로 대답했다. 분명 저런 누나의 행동에는 무언가 있다. 그리고 난 그 무언가를 몰랐기에 한없이 찜찜했다.

"기사가 목숨을 건 대결에서 패하면 어떻게 되지?"

"명예롭게 죽어야지."

"그렇지?"

"당연하지."

어느새 기사의 명예에 관한 이야기가 나왔기에 난 당당한 얼굴로 대답했다. 이미 누나의 의도가 무엇인지는 내 머리에서 사라졌다. 지금 내 가슴과 머리에 가득한 것은 오로지 기사의 명예뿐이었다.

"그럼 내가 조금 전 너에게 시킨 건 기사라면 하나의 승부로 받아들여야 하고 진지하게 임했어야 해. 그리고 넌 다 못 외웠지. 그렇다면 곧 대결에서 졌다는 거야. 그렇다면 곱게 목을 씻고 죽을 준비를 해야지, 어디서 한 번 더 기회를 달라고 해! 너, 나중에 기사가 되어 대결에서 패했을 때도 그럴래?! 응?!"

뒤로 갈수록 목소리가 커지기 시작하더니 급기야는 날카롭게 울렸다.

"나·· 난·· 저가······."

들어보면 그런 것 같기도 하고 어떻게 생각해 보면 억지로 끼워 맞추는 듯한 억거지 같기도 했지만 난 아무런 대답도 못했다.

그저 빨갛게 변한 얼굴로 고개를 숙일 뿐.

누나의 말이 논리적이든 그렇지 않든 중요한 것은 그것이 아니다. 누나가 마지막으로 한 말이 가슴을 후벼팠다. '기사가 돼서 대결에 패했을 때 상대에게 목숨을 구걸할래?'라는 그 말. 비록 난 아직 기사가 아니지만 당당한 기사 가문의 아들이다.

그 말이 그렇게 내 가슴을, 나의 명예를 아프게 할 수 없었다.

"미안, 잘못했어."

결국 난 백기를 들었다. 그렇다. 누나의 말대로 어떻든 난 누나가 낸 과제를 다 못했고, 거기에 따른 벌칙을 당당히 받아야 했다. 그렇게 결심한 나의 말에 누나의 얼굴에 미소가 떠올랐다.

"그래, 그래야지."

그렇게 말하는 누나의 얼굴에 떠오른 미소는 점점 더 사악하게 변했다. 마족들이 와서 누님이라 부를 정도로 사악해진 그 얼굴. 그와 동시에 어느새 누나의 오른손에는 반들반들한 목검이 들려 있었다.

"준비해라."

단 한 마디의 말. 그 말을 끝으로 누나의 오른손이 바쁘게 움직였다. 동시에 나를 향해 수많은 잔영을 만들며 날아오는 목검. 난 최선을 다해서 맞았다, 단 한 대도 피하지 않고. 그것이 나의 벌칙이었다. 날아오는 검을 고스란히 맞을 것.

솔직히 나 정도의 실력이면 날아오는 검은 거의 자연스럽게 피할 수 있다. 이미 완전히 몸에 배어들어 본능 그 이상의 어떤 것이 존재하는 것이다. 못 피할 검이라면 모르지만 피할 수 있는 검이라면 나도 모르는 사이 피하게 되는데 그럴 수 없다니……

누나가 나에게 날리는 검은 내가 못 피할 정도는 절대 아니다. 검술은 내가 누나보다 훨씬 뛰어나니 그건 당연한데 벌칙이기에 나는 본능 그 이상의 어떤 것을 눌러가며 누나의 검을 맞아줘야 하는 것이다.

물론 누나도 치명적인 부분은 피해서 적당히 맞을 만한 곳을 골라서 때리지만 자존심이 상했다. 내가 누나의 검을 맞고 있어야 하다니……. 그래도 어쩌겠는가? 그냥 맞아야지.

어느새 지정된 횟수가 끝나자 누나는 목검을 거뒀다.

"하지만 너도 참 한심하다. 어떻게 똑같은 부분을 가지고 3일째 나한테 맞고 있니? 응? 너, 머리가 나쁜 거야? 아니야. 그렇지는 않을 텐데……. 왜 그렇게 공부를 안 하는 건데? 응?"

무척이나 상쾌한 얼굴로 검을 거둬들였던 누나는 어느새 한심하다는 얼굴로 나를 바라보고 있었다. 누나의 질책. 난 아무 말도 못하고 고개만 숙이고 있었다.

솔직히 난 머리가 좋다. 머리가 나쁘면 절대로 못 익히는 게 우리 집안 검술이다. 그런 검술을 난 아주 쉽게 익혔다. 즉, 머리가 좋다는 소리다. 한데 공부는 이러니 누나가 저런 말을 할 만도 하다. 하지만 어쩌겠는가? 무술서라면 저절로 눈이 가고 집중이 되는 반면 이런 신학 책은 제목만 봐도 머리에 쥐가 나니…….

"호호호, 언니도. 적당히 해. 어디, 이니안이 그런 게 어제오늘 일도 아닌데, 뭘."

그때 들려오는 구원의 목소리. 노크 소리가 안 들린 걸 보니 그냥 문을 열고 들어온 모양이다. 지옥에 빠진 나에게 메시아 같은 둘째누나 이리아.

"어라? 웬일이야, 이리아? 네가 이 시간에 다 들어오고?"

"응, 오늘은 좀 일찍 끝났어. 그나저나 잘하고 있었니, 우리 막내?"

큰누나의 물음에 대답한 이리아 누나는 어느새 곁에 다가와 내 머리를 쓰다듬어 주었다.

"그런데 공부는 많이 했니? 시작했다는 이야기만 듣고 한 번도 못 봐줘서 오늘 와봤는데."

다정하게 묻는 이리아 누나. 역시 천사다. 저기 있는 저 악마랑은 차원이 다르다. 누나의 물음에 내 얼굴은 미소로 가득 찼다.

"많이 하고 말 게 뭐가 있어. 창세신화 도입부에서 벌써 3일이나 보내고 있는데."

내가 입을 열기도 전에 옆에서 들려온 큰누나의 목소리. 나의 얼굴은 대번에 일그러졌지만 그와 동시에 일그러지는 큰누나의 얼굴을 확인하고는 금세 원상태로 돌아왔다. 다만 큰누나의 말에 두 눈을 동그랗게 뜬 작은누나가 날 물끄러미 내려다보고 있었다.

"정말이야?"

믿을 수 없다는 목소리. 작은 누나의 물음에 나는 고개를 숙일 수밖에 없었다. 큰누나가 같은 말을 하면 묘한 반발감이 생기는데 작은누나가 저리 말하면 나는 아무런 힘을 못 쓴다.

"그게… 책만 보면 자꾸 엉뚱한 생각이 떠오르고… 또… 그게……."

무언가 말을 하려 했지만 무슨 말을 하겠는가? 나는 그저 횡설수설 이 말 저 말 웅얼거릴 뿐이었다.

"후, 너한테 공부가 안 맞는다고 생각은 했지만 이 정도일 줄은 몰랐다. 하지만 어쩔 수 없잖아? 왕립학교에 입학하려면 당연히 해야 하는 건데 열심히 해야지."

나의 말을 듣던 작은누나는 따스한 눈길을 주며 내 어깨를 두드려 주었다. 그 작은 손길에 나는 갑자기 불끈 솟아오르는 의욕에 두 눈에서 불이 번쩍였다.

"이리아, 어떻게 할래? 오늘은 네가 가르쳐 볼래? 보아하니 나하고 할 때보다 더 의욕에 불타는 거 같은데 말야. 적어도 내가 시킬 때는 저런 얼굴은 아니었거든."

나의 변화를 눈치챈 큰누나가 작은누나에게 말을 꺼냈다. 그거야말로 내가 바라는 것이기에 나는 반짝반짝 빛나는 눈으로 작은누나를 쳐다보았다.

"미안해서 어떻게 하지, 언니에게도 이니안에게도? 오늘 빨리 마쳐서 일찍 오긴 했는데 내일까지 해야 할 과제가 많아서. 이제부터 난 과제를 하러 가야 해."

아, 무슨 청천벽력 같은 소리인가. 결국 결론은 나는 계속 큰누나랑 공부를 해야 한다는 것이다. 작은누나는 한껏 미안한 얼굴로 나를 보았지만 어쩔 수 없는 일이니 내가 뭐라 하겠는가.

"그럼 열심히 해, 이니안."

그 말을 끝으로 작은누나는 내 공부방에서 나갔다.

"그럼 계속해 볼까?"

큰누나의 그 말은 나에게는 사형선고와 다름없었다. 내가 힘없이 고개를 끄덕이자 누나의 주먹이 머리로 날아왔다.

"아야!"

"야, 이리아가 있을 때랑 없을 때랑 대번에 얼굴이 그렇게 바뀌면 내 기분이 퍽도 좋겠다. 응?"

"아, 아니… 그게……."

가시가 있는 큰누나의 말에 황급히 변명하려 했지만 아무 소용없었다.

"됐다, 됐어. 30분 준다. 아까 그 부분 다 외워라."

그 말을 끝으로 큰누나도 방에서 사라졌다. 그렇다. 이게 지난 3일간의 일이었다. 어디서 어디까지 외워라. 그 말만 하고 큰누나는 사라졌다. 그리고 정해진 시간이 지나고 나서 나타나서는 외웠는지 확인한다. 다 못 외웠으면 아까의 그 벌칙.

그리고 지금까지 난 단 한 번도 그 벌칙에서 벗어난 적이 없었다. 지금 큰누나가 정해주고 나간 부분은 첫날 처음 공부를 시작할 때의 그 부분이었다.

이게 무슨 공부란 말인가. 어디서 어디까지 외워라. 단 한 마디. 하다못해 한 번 읽어주지도 설명해 주지도 않았다. 그냥 외워라. 이 말만 하고 사라지는 큰누나. 그러니 내가 어찌 불만을 안 가질 수 있겠느냐 말이다.

다시 30분이 흐르고 어김없이 큰누나가 들어왔다. 정말 시간 하나는 칼같이 지킨다.

"다 외웠어?"

들어오자마자 다른 말 없이 일단 확인부터 하는 큰누나. 벌써 3일째다. 내가 아무리 공부를 하기 싫다지만 이번만큼은 외웠다. 보낸 시간이 3일인데다 조금 전 이리아 누나의 격려도 있었다. 그 덕에 이번에는 그야말로 죽어라 외웠다.

무슨 말인지도 모를 잠만 오는 말을 그저 외웠다. 뜻은 알려 하지도 않았고, 이해하려 하지도 않았다. 그냥 외웠다. 내가 자신만만하게 고개를 끄덕이자 누나의 얼굴이 살짝 변했다.

"정말?"

큰누나는 믿을 수 없다는 듯 다시 물었다. 나는 다시 힘차게 고개를 끄덕였다. 이번만큼은 외웠으니까.

"읊어봐."

세상에 어찌 저런 말을 할 수 있단 말인가? 3일 만에 겨우 외운 동생한테 기특하다는 말은 못할망정 읊으라니? 정말 친누나가 맞을까? 작은누나와 막내누나를 봤을 때 분명 큰누나는 친누나가 아닐 거라는 게 나의 생각이다. 하지만 어디까지나 나의 생각일 뿐, 누구에게도 말하지 않았다. 말했다가는 그 결과가 뻔했기에.

그런 생각을 뒤로하고 나는 누나가 정해준 부분을 소리 내어 외우기 시작했다. 얼마 만에 거둔 성과인데 누나의 저런 태도에 오기가 치밀어 외운 내용을 읊는 나의 목소리는 과히 좋지만은 않았다.

"호오, 정말 다 외웠네?"

내가 다 외우자 큰누나는 신기하다는 듯 나를 바라봤다. 그런 큰누나의 눈빛을 나는 의기양양하게 받았다. 코는 한껏 하늘을 향해 솟아 있었다.

"그럼 여기서 여기까지. 시간은 한 시간. 그럼 있다가 보자."

그 말을 남기고 큰누나는 유유히 사라졌다. 그런 큰누나의 뒷모습을 바라본 나는 허탈한 심정에 책상에 엎어졌다. 대체 뭐란 말인가, 저 반응은? 그리고 이 공부 방법은? 기껏 외웠더니 다음

분량을 정해주며 사라지는 저 무성의한 태도. 정말 공부할 맛 안 난다.

이렇게 큰누나와 나와의 공부는 나의 의사와는 하등 상관없이 순조롭게 이어져 나갔다.

"우와~!"

어둠침침한 곳에서 마법등에 의존해 책장을 넘기던 아이덴의 입에서 감탄성이 터져 나왔다.

"로레인 고모, 엄청 무섭구나. 그지, 오빠?"

"그래, 앞으로 조심해야 할 것 같아."

동생 네이라의 말에 아이덴은 심각하게 고개를 끄덕였다.

"그런데 아빠, 너무 바보 같아. 그깟 신학 경전을 못 외워서 로레인 고모한테 그렇게 구박받고."

무어가 억울한 것인지 네이라가 입술을 삐죽이며 말했다.

"그러게. 나도 다 외우는 건데 왜 아빠는 열다섯 살이 되도록 그걸 못 외웠을까?"

아이덴이 고개를 저었다.

이니안은 자신도 모르는 사이에 자신의 아이들에게 우습게 보여지고 있었다. 모두 자신의 물건을 제대로 간수 못한 탓이리라.

"그런데 이 다음에 어떻게 됐을까?"

네이라가 눈을 빛내며 말한다.

"어서 넘겨보자."

아이덴의 손이 급하게 일기장을 넘기고 있다.